FANTASY

Die Welt der DRACHENLANZE
im Goldmann Verlag:

Die Chronik der DRACHENLANZE
1. Drachenzwielicht (24855) • 2. Drachenjäger (24856) • 3. Drachenwinter (24857) • 4. Drachenzauber (24858) • 5. Drachenkrieg (24859) • 6. Drachendämmerung (24860)

Die Legenden der DRACHENLANZE
1. Die Brüder (24861) • 2. Die Stadt der Göttin (24862) • 3. Der Krieg der Brüder (24863) • 4. Die Königin der Finsternis (24864) • 5. Der Hammer der Götter (24865) • 6. Caramons Rückkehr (24866)

Das Heldenlied der DRACHENLANZE
1. Das Ehrenwort (24587) • 2. Verrat unter Rittern (24589) • 3. Das Schwert des Königs (24591) • 4. Heldenblut (24593) • 5. Unter dunklen Sternen (24594) • 6. Die Stunde des Skorpions (24595)

Die Geschichte der DRACHENLANZE
1. Die Zitadelle des Magus (24538) • 2. Der Magische Turm (24539) • 3. Die Jagd des Todes (24540) • 4. Der Zauber des Palin (24541) • 5. Der edle Ritter (24542) • 6. Raistlins Tochter (24543)

Der Bund der DRACHENLANZE
1. Ungleiche Freunde (24867) • 2. Die Erben der Stimme (24868) • 3. Die Stunde der Diebe (24869) • 4. Finstere Pläne (24870) • 5. Das Mädchen mit dem Schwert (24871) • 6. Verspätete Rache (24872) 7. Schattenreiter (24673) • 8. Das Siegel des Verräters (24674) • 9. Stahl und Stein (24675) • 10. Das Schloß im Eis (24676) • 11. Der Zauber des Dunkels (24677) • 12. Die Jäger der Wüste (24678)

Die Krieger der DRACHENLANZE
1. Der Dieb der Zauberkraft (24816) •
2. Die Ritter der Krone (24817)

DRACHENLANZE – Die Neue Generation (24621)

Die Erben der DRACHENLANZE
1. Drachensommer (24708) • 2. Drachenfeuer (24718) • 3. Drachennest (24782) • 4. Die Grube der Feuerdrachen (24783)

Weitere Bände in Vorbereitung.

MARGARET WEIS & TRACY HICKMAN

DIE LEGENDEN DER DRACHENLANZE 1

Die Brüder

Aus dem Amerikanischen
von Marita Böhm

GOLDMANN

Die amerikanische Originalausgabe erschien
unter dem Titel »DRAGONLANCE® Saga, Legends 1:
Time of the Twins« (Book 1)
bei TSR, Inc., 1801 Lind Ave SW, Renton, WA 98055, USA

Umwelthinweis:
Alle bedruckten Materialien dieses Taschenbuches
sind chlorfrei und umweltschonend.
Das Papier enthält Recycling-Anteile.

Der Goldmann Verlag
ist ein Unternehmen der Verlagsgruppe Bertelsmann

Genehmigte Taschenbuchausgabe

U. S., CANADA,
ASIA, PACIFIC &
LATIN AMERICA
Wizards of the Coast, Inc.
P.O. Box 707
Renton, WA 98057-0707
+ 1-206-624-0933

EUROPEAN HEADQUARTERS
Wizards of the Coast,
Belgium
P.B. 34
2300 Turnhout
Belgium
+32-14-44-30-44

Visit our website at http://www.tsr.com

Published in the Federal Republic of Germany by
Wilhelm Goldmann Verlag, München
Deutschsprachige Rechte beim
Wilhelm Goldmann Verlag, München
Umschlaggestaltung: Design Team München
Umschlagillustration: TSR/Larry Elmore
Innenillustrationen: Valerie Valusek
Satz: IBV Satz- und Datentechnik GmbH, Berlin
Druck: Elsnerdruck, Berlin
Verlagsnummer: 24861
V. B. · Herstellung: SC
Printed in Germany
ISBN 3-442-24861-2

1 3 5 7 9 10 8 6 4 2

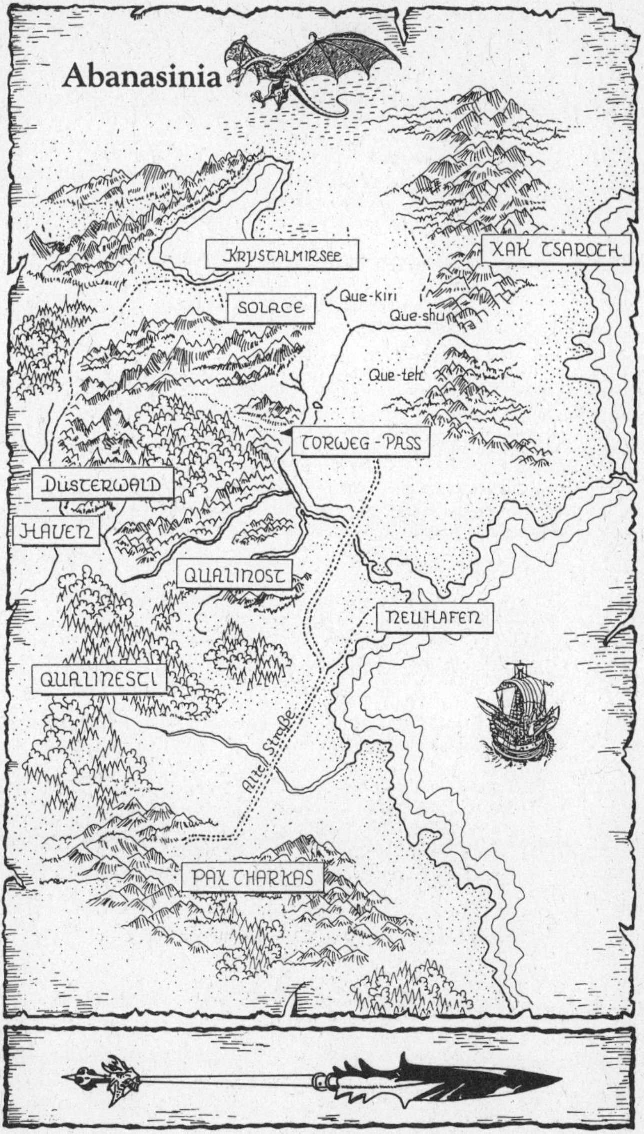
Abanasinia
KRYSTALMIRSEE
XAK TSAROTH
SOLACE
Que-kiri
Que-shu
Que-teh
TORWEG-PASS
DÜSTERWALD
HAVEN
QUALINOST
NEUHAFEN
QUALINESTI
Alte Straße
PAX THARKAS

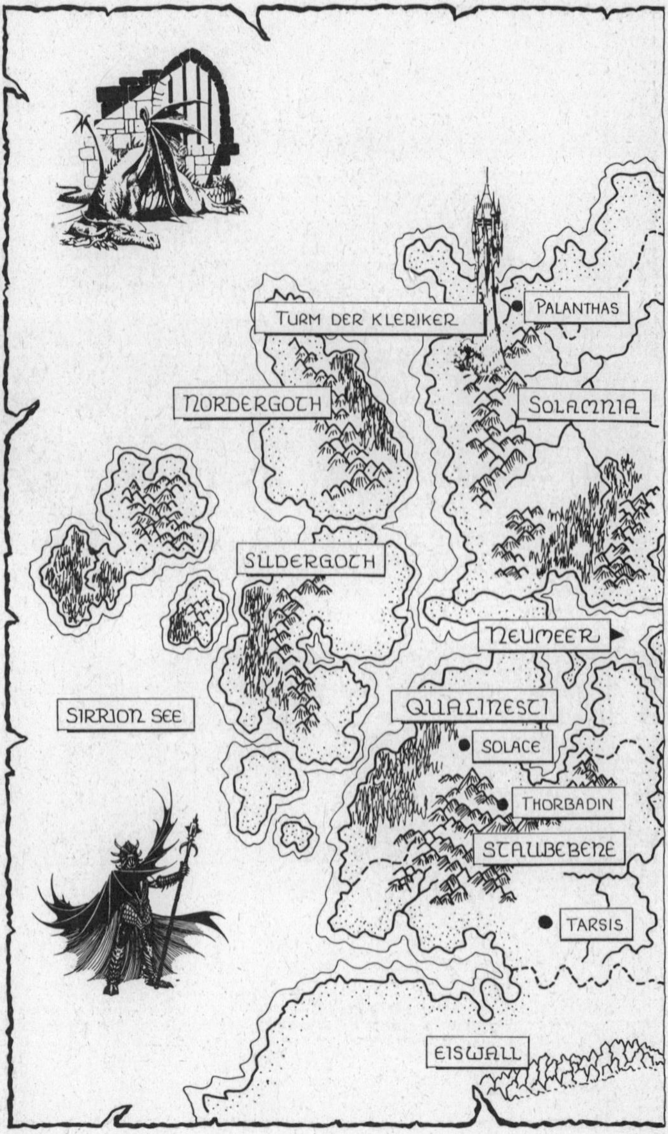
TURM DER KLERIKER
PALANTHAS
NORDERGOTH
SOLAMNIA
SÜDERGOTH
NEUMEER
SIRRION SEE
QUALINESTI
SOLACE
THORBADIN
STAUBEBENE
TARSIS
EISWALL

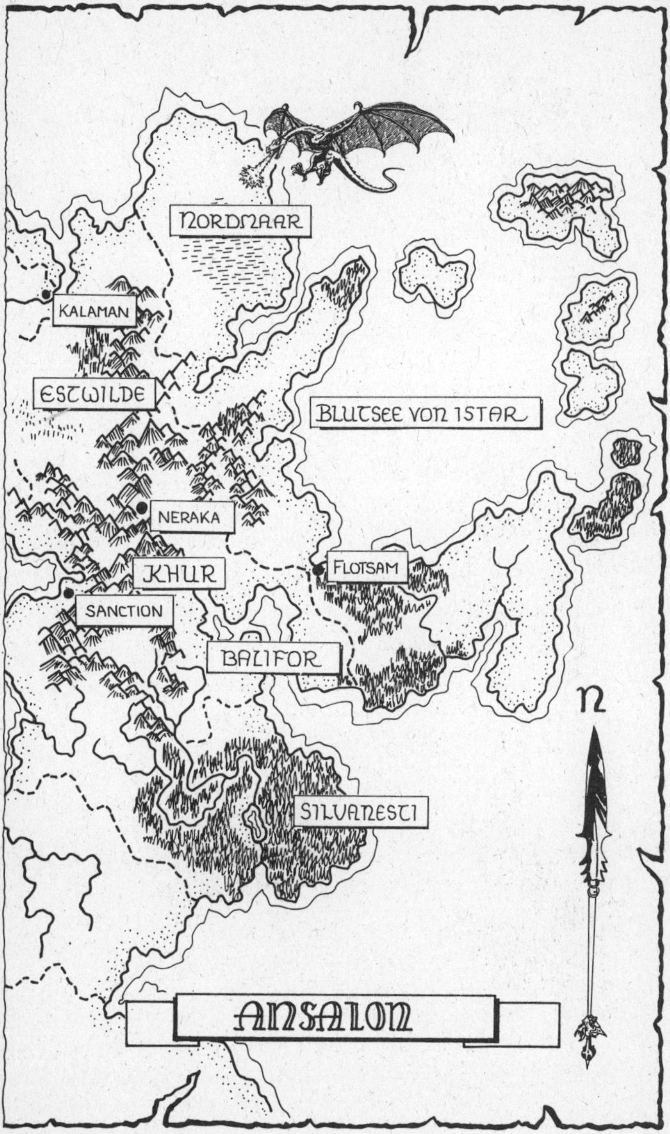
NORDMAAR
KALAMAN
ESTWILDE
BLUTSEE VON ISTAR
NERAKA
FLOTSAM
KHUR
SANCTION
BALIFOR
SILVANESTI
ANSALON
N

Das Treffen

Eine einsame Gestalt näherte sich leise dem entfernten Licht. Man hörte sie nicht, ihr Schritt wurde in der sie umgebenden unermeßlichen Dunkelheit verschlungen. Bertrem gönnte sich einen seltenen Augenblick des Genusses, als er auf die Reihen von Büchern und Schriftrollen blickte, die einen Teil der »Chroniken von Astinus« bildeten, in denen die Geschichte dieser Welt, die Geschichte Krynns, ausführlich geschildert wurde.

Es ist, als ob man von der Zeit verschlungen wird, dachte er seufzend, während er die friedlichen, stummen Reihen betrachtete. Er wünschte kurz, daß er irgendwo andershin verschlungen würde, um sich nicht der schwierigen Aufgabe, die vor ihm lag, stellen zu müssen.

»Das ganze Wissen über diese Welt ist in diesen Büchern enthalten«, sagte er sich nachdenklich. »Aber ich habe bisher noch kein Mittel gefunden, das mir das Eindringen bei ihrem Autor erleichtern würde.«

Bertrem blieb vor der Tür stehen und sammelte seinen Mut. Die fließenden Roben des Ästheten legten sich von selbst um ihn, fielen in korrekten und ordentlichen Falten. Sein Magen jedoch weigerte sich, dem Beispiel der Roben zu folgen, und schlingerte heftig umher. Bertrem fuhr mit einer Hand über seinen Schädel, eine nervöse Geste aus jüngeren Jahren, bevor seine Haare dem erwählten Beruf zum Opfer fielen.

»Was quält mich nur?« fragte er sich düster. Ja, in das Zimmer des Meisters zu gehen, etwas, was er nicht mehr getan hatte seit... seit... Er schauderte. Ja, seit der junge Magier im vergangenen Krieg beinahe auf ihren Türstufen gestorben wäre.

Krieg... Veränderung, das war es. Wie seine Roben schien sich die Welt schließlich um ihn gelegt zu haben, aber er spürte wieder eine Veränderung nahen, so wie er es vor zwei Jahren gespürt hatte. Er wünschte, er könnte sie aufhalten...

Bertrem seufzte. »Sicherlich werde ich nichts aufhalten, wenn ich hier noch länger in der Dunkelheit herumstehe«, brummte er. Er fühlte sich ohnehin unbehaglich, als wäre er von Geistern umgeben. Ein helles Licht kam unter der Tür hervor und strahlte in den Korridor. Der Ästhet warf schnell einen Blick zurück auf die Schatten der Bücher, die wie friedliche Leichen in ihren Gräbern in den Regalen ruhten, dann öffnete er schnell die Tür und betrat das Arbeitszimmer von Astinus von Palanthas.

Obwohl sich der Mann in dem Zimmer befand, sprach er weder ein Wort, noch sah er auf.

Mit leisem, gemessenem Schritt ging Bertrem über den prächtigen Teppich aus Lammwolle, der auf dem Marmorboden lag, und blieb vor dem großen, polierten Holzschreibtisch stehen. Lange Zeit sagte er nichts, beobachtete lediglich die Hand des Historikers, die den Federkiel mit festen, gleichmäßigen Zügen über das Pergament führte.

»Nun, Bertrem?« Astinus hielt im Schreiben nicht inne.

Bertrem, der Astinus gegenüberstand, las die Buchstaben, die – obgleich verkehrt herum – klar und deutlich und leicht zu entziffern waren. »An diesem Tag, während die Dunkelwacht auf 29 ansteigt, betrat Bertrem mein Arbeitszimmer.«

»Crysania aus dem Haus Tarinius ist hier, um Euch zu sehen, Meister. Sie sagt, sie wird erwartet...« Bertrems Stimme verlor sich in ein Flüstern; der Ästhet hatte schon sehr viel Mut aufgebracht, um so weit zu kommen.

Astinus schrieb weiter.

»Meister«, begann Bertrem zaghaft und erbebte vor seiner Kühnheit. »Ich... wir sind in Verlegenheit. Sie ist immerhin eine Verehrte Tochter Paladins, und ich – wir fanden es unmöglich, ihr den Eintritt zu verwehren. Was soll...«

»Führ sie in meine privaten Räume«, unterbrach Astinus, ohne mit dem Schreiben aufzuhören oder aufzusehen.

Bertrems Zunge blieb am Gaumen kleben, so daß er einen Augenblick sprachlos verharrte. Die Buchstaben flossen aus dem Federkiel auf das weiße Pergament.

»An diesem Tag, während die Nachwacht auf 28 ansteigt, traf Crysania von Tarinius zu ihrer Verabredung mit Raistlin Majere hier ein.«

»Raistlin Majere!« keuchte Bertrem. Schrecken und Entsetzen lösten seine Zunge. »Sollen wir ihm etwa Einlaß gewähren…«

Jetzt sah Astinus auf, verärgert und gereizt zog er eine Braue hoch. Als seine Feder ihr ewiges Kratzen auf dem Pergament beendete, legte sich eine tiefe, unnatürliche Ruhe über den Raum. Bertrem erblaßte. Das zeitlose, ewig junge Gesicht des Historikers hätte als gutaussehend bezeichnet werden dürfen. Aber niemand, der sein Gesicht gesehen hatte, erinnerte sich je daran. Man erinnerte sich nur an die Augen – dunkel, aufmerksam, sich ständig bewegend, alles aufnehmend. Diese Augen konnten aber auch eine unermeßliche Ungeduld zum Ausdruck bringen, erinnerten Bertrem daran, daß die Zeit lief. Noch während die beiden sprachen, verrannen ganze Minuten der Geschichte, die nicht aufgezeichnet wurden.

»Vergib mir, Meister!« Bertrem verbeugte sich in tiefer Ehrfurcht, dann zog er sich überstürzt aus dem Arbeitszimmer zurück und schloß beim Hinausgehen leise die Tür hinter sich. Draußen angelangt, wischte er sich den rasierten, vor Schweiß glänzenden Schädel ab, dann eilte er in die stummen, marmornen Korridore der Großen Bibliothek von Palanthas.

Astinus blieb in der Türöffnung zu seinem privaten Bereich stehen, sein Blick ruhte auf der Frau, die dort saß.

Der Privatbereich des Historikers lag im westlichen Flügel der Großen Bibliothek und war klein. Wie alle anderen Räume in der Bibliothek war er mit Büchern in allen möglichen Ausführungen und Einbänden gefüllt, die in den Regalen an den Wänden aufgereiht waren und dem Wohnraum wie ein seit Jahrhunderten versiegeltes Mausoleum einen modrigen Geruch verliehen. Die Einrichtung war spärlich und alt. Die hübsch geschnitzten Holzstühle waren hart und ungemütlich. Ein niedriger Tisch an einem Fenster war völlig frei von Verzierungen und Gegenständen und spiegelte das Licht der Abendsonne auf seiner glatten schwarzen Oberfläche. Alles in dem Zimmer befand sich in vollkommener Ordnung. Selbst das Holz für das abendliche Feuer – die Spätfrühlingsnächte waren selbst hier im tiefen Norden kühl – war ordentlich wie ein Scheiterhaufen aufgeschichtet.

So kalt und makellos das private Gemach des Historikers auch war, schien es doch nur die kalte, makellose Schönheit der Frau widerzuspiegeln, die dort mit gefalteten Händen saß und wartete.

Crysania von Tarinius wartete geduldig. Sie war weder nervös, noch seufzte sie oder sah häufig zu dem wasserbetriebenen Zeitmeßgerät in einer Ecke. Sie las nicht – obgleich Astinus sicher war, daß Bertrem ihr ein Buch angeboten hatte. Sie schritt nicht im Zimmer auf und ab oder betrachtete die wenigen seltenen Verzierungen in den dunklen Winkeln der Bücherregale. Sie saß in einem geraden, unbequemen Holzstuhl, ihre klaren, hellen Augen waren auf die rotgefleckten Ränder der Wolken hoch über den Bergen gerichtet, als ob sie den Sonnenuntergang zum ersten – oder letzten – Mal auf Krynn beobachtete.

Sie war in diese Aussicht hinter dem Fenster so versunken, daß Astinus eintrat, ohne ihre Aufmerksamkeit zu erregen. Er musterte sie mit starkem Interesse. Das war für den Historiker nicht ungewöhnlich, der alle Wesen auf Krynn mit dem gleichen unergründlichen, durchdringenden Blick forschend betrachtete. Ungewöhnlich jedoch war, daß einen kurzen Augenblick ein Ausdruck des Mitleids und tiefen Kummers über das Gesicht des Historikers fuhr.

Astinus zeichnete die Geschichte auf. Er hatte sie seit Beginn der Zeit aufgezeichnet, sie vor seinen Augen beim Verstreichen beobachtet und in seinen Büchern festgehalten. Er konnte die Zukunft nicht voraussagen, denn das war Aufgabe der Götter. Aber er konnte alle Anzeichen der Veränderung spüren, die gleichen Anzeichen, die Bertrem so quälten. Während er dort stand, konnte er die Wassertropfen in dem Zeitmeßgerät fallen hören. Wenn er seine Hand darunterhielt, konnte er zwar die

Tropfen aufhalten, aber die Zeit würde trotzdem weiter verstreichen.

Seufzend wandte Astinus seine Aufmerksamkeit der Frau zu, von der er zwar gehört, die er aber niemals getroffen hatte.

Ihr Haar war schwarz, blauschwarz, schwarz wie das Wasser eines ruhigen Sees in der Nacht. Sie hatte es von einem zentralen Punkt aus streng nach hinten gekämmt und am Hinterkopf mit einem einfachen, schmucklosen Holzkamm befestigt. Die strenge Frisur paßte nicht zu ihren blassen, zarten Gesichtszügen, ließ die Blässe noch stärker hervortreten. Ihr Gesicht war völlig farblos. Ihre Augen waren grau und schienen fast zu groß. Selbst ihre Lippen waren blutleer.

Einige Jahre zuvor, als sie jung gewesen war, hatten die Diener das dichte schwarze Haar nach der neuesten Mode geflochten und gerollt, es mit silbernen und goldenen Nadeln hochgesteckt und mit glänzenden Juwelen geschmückt. Sie hatten ihre Wangen mit dem Saft zerstampfter Beeren getönt und sie in prächtige Gewänder in den blassesten Rosatönen und in Taubenblau eingekleidet. Einst war sie wunderschön gewesen. Einst hatten ihre Freier Schlange gestanden.

Jetzt trug sie ein weißes Kleid, wie es sich für eine Klerikerin Paladins gehörte. Es war schlicht, wenn auch aus edlem Stoff, und außer einem goldenen Gürtel um ihre schlanke Taille schmucklos. Ihr einziger Schmuck war der von Paladin – das Medaillon des Platindrachen. Ihr Haar wurde von einer lose sitzenden weißen Kapuze bedeckt, die die marmorne Glätte und Kälte ihres Gesichtes noch unterstrich.

Sie könnte aus Marmor sein, dachte Astinus, nur daß Marmor von der Sonne erwärmt werden kann.

»Ich grüße Euch, Verehrte Tochter Paladins«, sagte Astinus, der nun eintrat und die Tür hinter sich schloß.

»Ich grüße Euch, Astinus«, antwortete Crysania von Tarinius und erhob sich.

Als sie in dem kleinen Zimmer auf ihn zuging, war Astinus etwas überrascht über ihren schnellen und fast männlichen Schritt. Er stimmte mit ihren zarten Gesichtszügen gar nicht überein. Auch ihr Händedruck war fest und stark, ganz anders als bei den palanthischen Frauen, die selten die Hand gaben und dann auch nur die Fingerspitzen darreichten.

»Ich bin Euch zu Dank verpflichtet, daß Ihr Eure wertvolle Zeit als neutraler Teilnehmer bei diesem Treffen opfert«, sagte Crysania kühl. »Ich weiß, daß Ihr Euch sehr ungern von Euren Studien entfernt.«

»Solange es keine Zeitverschwendung ist, stört es mich nicht«, erwiderte Astinus, während er ihre Hand festhielt und sie eingehend betrachtete. »Doch muß ich zugeben, daß ich darüber verstimmt bin.«

»Warum?« Crysania musterte forschend und mit echter Verblüffung das ewig junge Gesicht des Mannes. Dann lächelte sie in plötzlicher Erkenntnis; es war ein kaltes Lächeln, das in ihrem Gesicht nicht mehr Leben erzeugte als das Mondlicht auf Schnee. »Ihr glaubt nicht, daß er kommen wird, nicht wahr?«

Astinus schnaubte wütend und ließ die Hand der Frau fallen, als ob er das Interesse an ihr völlig verloren hätte. Er wandte sich um, ging auf das Fenster zu und sah auf die Stadt Palanthas hinaus, deren weißglänzende Gebäude in den Sonnenstrahlen in atemraubender Schönheit funkelten – mit einer Ausnahme. Ein Gebäude blieb von der Sonne selbst in der hellsten Mittagszeit unberührt.

Und auf diesem Gebäude ruhte Astinus' Blick. Die schwarzen Steintürme, die sich aus dieser strahlenden, wunderschönen Stadt hervordrängten, krümmten und schlängelten sich, die Minaretts – mit den Kräften der Magie vor kurzem wiederaufgebaut – glitzerten blutrot im Sonnenuntergang; sie hatten das Aussehen verwester Skelettfinger.

»Vor zwei Jahren betrat er den Turm der Erzmagier«, sagte Astinus mit seiner ruhigen, leidenschaftslosen Stimme, als Crysania zu ihm ans Fenster trat. »Er betrat ihn mitten in der Nacht in der Dunkelheit; der einzige Mond am Himmel war der Mond, der kein Licht verbreitet. Er ging durch den Eichenwald von Shoikan, eine Gruppe verfluchter Eichen, der kein Sterblicher, nicht einmal Angehörige der Kenderrasse, sich zu nähern wagt.

Er ging seinen Weg zu den Toren, auf deren Widerhaken immer noch die Leiche des bösen Magiers aufgespießt war, der mit seinem letzten Atemzug den Fluch auf den Turm geworfen, sich aus den oberen Fenstern gestürzt hatte und von den Widerhaken der Tore durchbohrt wurde. Aber als *er* kam, verbeugte sich der Wächter vor ihm, die Tore öffneten sich bei seiner Berührung und schlossen sich hinter ihm. Und in diesen zwei Jahren haben sie sich nicht wieder geöffnet. Er ist nicht fortgegangen, und falls jemand eingelassen wurde, so wurde er nicht gesehen. Und Ihr erwartet ihn – hier?«

»Der Herr über Vergangenheit und Gegenwart.« Crysania zuckte die Schultern. »Er kam, so wie es vorausgesagt worden war.«

Astinus musterte sie erstaunt. »Ihr kennt die Geschichte?«

»Natürlich«, erwiderte die Klerikerin ruhig und sah kurz zu ihm hoch; dann richtete sie ihre klaren Augen wieder auf den Turm, der sich in nächtliche Schatten gehüllt hatte. »Ein guter General studiert immer den Feind, bevor er in die Schlacht reitet. Ich kenne Raistlin Majere sehr gut, in der Tat sehr gut. Und ich weiß – er wird heute abend kommen.«

Crysania starrte mit erhobenem Kinn weiterhin auf den scheußlichen Turm, ihre blutleeren Lippen zu einer geraden, gleichmäßigen Linie gezogen, ihre Hände hinter dem Rücken verschränkt.

Astinus' Gesicht wurde plötzlich ernst und nachdenklich, seine Augen trübten sich, obgleich seine Stimme kühl wie immer war. »Ihr scheint Euch sehr sicher zu sein, Verehrte Tochter. Woher wißt Ihr das?«

»Paladin hat zu mir gesprochen«, entgegnete Crysania, ohne ihre Augen vom Turm abzuwenden. »Mir erschien der Platindrache im Traum und sagte mir, daß das Böse – einst von der Welt verbannt – in der Person dieses schwarzen Zauberers Raistlin Majere zurückgekehrt sei. Wir stehen einer entsetzlichen Gefahr gegenüber, und mir wurde aufgetragen, sie zu verhüten.« Während Crysania sprach, wurde ihr Marmorgesicht weich, ihre grauen Augen leuchteten auf. »Es wird die Prüfung meines Glaubens sein, um die ich gebetet habe!« Sie blickte kurz zu Astinus. »Wißt, ich habe seit meiner Kindheit gewußt, daß es meine Bestimmung ist, eine große Tat zu vollbringen, der Welt und ihren Bewohnern einen großen Dienst zu erweisen. Das ist meine Gelegenheit.«

Astinus' Gesicht wurde beim Zuhören noch ernster und noch strenger. »Und das hat Paladin Euch gesagt?« fragte er abrupt.

Crysania, die vielleicht den Zweifel des Mannes heraushörte, schürzte die Lippen. Eine winzige Linie zwischen ihren Brauen und eine noch beherrschtere Gelassenheit in ihrer Antwort waren jedoch die einzigen Anzeichen ihres Zornes.

»Es tut mir leid, darüber gesprochen zu haben, Astinus, verzeiht mir. Es war eine Angelegenheit zwischen meinem Gott und mir, und derart heilige Dinge sollten nicht erörtert werden. Ich wollte Euch nur beweisen, daß dieser verruchte Mann kommen wird. Er kann nicht anders. Paladin wird ihn bringen.«

Astinus zog seine Augenbrauen dermaßen hoch, daß sie fast in seinem grauen Haar verschwanden.

»Dieser ›verruchte Mann‹, wie Ihr ihn bezeichnet, Verehrte Tochter, dient einer Göttin, die genauso mächtig ist wie Paladin – Takisis, die Königin der Finsternis! Oder vielleicht sollte ich nicht ›dient‹ sagen«, bemerkte Astinus mit einem sarkastischen Lächeln. »Nicht bei ihm…«

Crysanias Braue klärte sich, ihr kühles Lächeln kehrte zurück. »Das Gute stellt sich von selbst wieder her«, antwortete sie sanft. »Das Böse richtet sich gegen sich selbst. Das Gute wird wieder triumphieren, so wie es im Krieg der Lanze gegen Takisis und ihre verruchten Drachen der Fall war. Mit Paladins Hilfe werde *ich* über das Böse triumphieren, wie der Held Tanis, der Halbelf, über die Königin der Finsternis triumphiert hat.«

»Tanis der Halbelf triumphierte mit der Hilfe von Raistlin Majere«, sagte Astinus gleichmütig. »Oder ist das ein Teil der Legende, den Ihr zu ignorieren gedenkt?«

Keine Gefühlsregung zeigte sich auf dem stillen, gelassenen Gesicht Crysanias. Ihr Blick war auf die Straße gerichtet.

»Seht, Astinus«, sagte sie leise. »Er kommt.«

Die Sonne ging hinter den fernen Bergen unter, der Himmel, von ihrem Nachglühen erleuchtet, war in ein edelsteingleiches Purpurrot getaucht. Diener traten geräuschlos ein und entzündeten das Feuer in Astinus' kleiner Kammer. Und selbst das Feuer brannte geräuschlos, als ob die Flammen von dem Historiker unterwiesen worden wären, die friedliche Stille in der Großen Bibliothek zu wahren. Crysania saß wieder auf dem unbequemen Stuhl, ihre Hände waren wieder in ihrem Schoß gefaltet. Äußerlich wirkte sie ruhig und kühl wie immer. Aber im Inneren schlug ihr Herz vor einer Aufregung, die nur in dem Leuchten ihrer grauen Augen sichtbar war.

In der adligen und reichen Familie Tarinius aus Palanthas geboren, einer Familie, die fast so alt wie die Stadt selbst war, hatte Crysania jeden Komfort erhalten, den Geld und Rang verschaffen konnten. Intelligent und mit einem starken Willen begabt, wäre sie leicht zu einer dickköpfigen und eigensinnigen Frau herangewachsen. Ihre weisen und liebevollen Eltern jedoch hatten den Willen ihrer Tochter sorgfältig zurechtgestutzt, so daß er zu einem tiefen und beständigen Selbstbewußtsein gereift war. Crysania hatte in ihrem ganzen Leben nur einmal ihre in sie vernarrten Eltern enttäuscht, aber diese Enttäuschung war für sie sehr hart gewesen. Sie hatte sich von einer idealen Heirat mit einem adligen jungen Mann abgewendet, um ihr Leben in den Dienst lang vergessener Götter zu stellen.

Sie hatte von dem Kleriker Elistan gehört, der am Ende des Krieges der Lanze nach Palanthas kam. Seine neue Religion – oder vielleicht sollte man sie lieber als alte Religion bezeichnen – verbreitete sich wie ein Lauffeuer auf Krynn. Als sie zum ersten Mal zu einer Rede von Elistan ging, war Crysania skeptisch gewesen. Die junge Frau – sie war Mitte zwanzig – war mit Geschichten aufgewachsen, in denen die Götter die Umwälzung auf Krynn herbeigeführt hatten, indem sie das feurige Gebirge hinuntergeschleudert hatten, das das Land auseinanderriß und die heilige Stadt Istar im Blutmeer versinken ließ. Danach, so erzählte man sich, hätten sich die Götter von den Menschen abgewandt und sich geweigert, mit ihnen etwas zu tun zu haben.

Crysania hatte sich vorgenommen, Elistan höflich zuzuhören, aber sich Argumente zurechtgelegt, um seinen Behauptungen entgegenzutreten.

Jedoch war sie von ihm positiv beeindruckt gewesen. Elistan stand in jener Zeit im Zenit seiner Kraft. Gutaussehend und kräftig, selbst im mittleren Alter, wirkte er wie einer der alten Kleriker, die – wie es in einigen Legenden hieß – mit dem mächtigen Ritter Huma in die Schlacht geritten waren. Crysania fand an jenem Abend Anlaß, ihn zu bewundern. Es endete schließlich damit, daß sie vor seinen Füßen kniete und vor Demut und Freude weinte: Ihre Seele hatte schließlich den Anker gefunden, den sie gesucht hatte.

Die Götter hatten sich nicht von den Menschen abgewendet, hieß die Botschaft. Es waren die Menschen gewesen, die sich von den Göttern abgewendet hatten, da sie in ihrem Hochmut das gefordert hatten, was Huma in Demut gesucht hatte. Am folgenden Tag gab Crysania ihr Heim, ihren Reichtum, ihre Diener, ihre Eltern und ihren Verlobten auf und zog in ein kleines Haus, das der Vorläufer zu dem neuen Tempel war, den Elistan in Palanthas zu bauen plante.

Jetzt, zwei Jahre später, war Crysania eine Verehrte Tochter von Paladin, eine der wenigen Auserwählten, die für würdig erachtet wurden, die Kirche durch ihre schmerzhafte Kindheit zu führen. Es war gut, daß die Kirche dieses starke, junge Blut hatte. Elistan hatte sein Leben und seine Energie uneingeschränkt gegeben. Nun schien es, daß der Gott, dem er so treu gedient hatte, seinen Kleriker bald an seine Seite rufen würde. Und wenn dieses traurige Ereignis eintreten sollte, so glaubten viele, würde Crysania seine Arbeit fortsetzen.

Sicherlich wußte Crysania, daß sie auf die Führerschaft über die Kirche vorbereitet war, aber reichte das aus? Wie sie Astinus erzählt hatte, spürte die junge Klerikerin seit langem, daß ihre Bestimmung in einem großen Dienst für die Welt lag. Die Kirche durch ihre tägliche Routine zu führen, da nun der Krieg zu Ende war, schien langweilig und banal. Täglich hatte sie zu Paladin gebetet, ihr eine schwierige Aufgabe zu erteilen. Sie würde alles opfern, schwor sie, sogar ihr Leben im Dienste ihres geliebten Gottes.

Dann war ihr die Antwort gekommen.

Jetzt wartete sie mit einem Eifer, den sie kaum unterdrücken konnte. Sie hatte keine Angst, nicht einmal davor, diesen Mann zu treffen, der angeblich die mächtigste Kraft des Bösen auf ganz Krynn darstellte. Wenn ihre Erziehung es gestattet hätte, würde sie ihre Lippen zu einem verächtlichen und höhnischen Grinsen schürzen. Welches Böse konnte dem mächtigen Schwert ihres Glaubens standhalten? Welches Böse konnte ihre glänzende Rüstung durchdringen?

Wie ein Ritter, der zu einem Turnier reitet, geschmückt mit den Blumengirlanden seiner Geliebten, in dem Wissen, daß er mit diesem im Winde wehenden Pfand nicht verlieren kann, hielt Crysania ihre Augen starr auf die Tür gerichtet, eifrig auf die ersten Hiebe des Turniers wartend. Als sich die Tür öffnete, verkrampfte sie ihre bis dahin ruhig gefalteten Hände vor Aufregung.

Bertrem trat ein. Seine Augen gingen zu Astinus, der unbeweglich wie eine Steinsäule auf einem harten, unbequemen Stuhl am Feuer saß.

»Der Magier, Raistlin Majere«, sagte Bertrem. Seine Stimme schnappte bei der letzten Silbe über. Vielleicht fiel ihm die letzte Gelegenheit ein, als er diesen Gast angekündigt hatte – als Raistlin auf den Stufen der Großen Bibliothek im Sterben gelegen und Blut erbrochen hatte. Astinus runzelte die Stirn über Bertrems mangelnde Selbstbeherrschung, und der Ästhet verließ, so schnell es seine flatternden Roben erlaubten, das Zimmer.

Crysania hielt unbewußt den Atem an. Zuerst sah sie nichts, nur einen dunklen Schatten im Türeingang, als ob die Nacht selbst Gestalt angenommen hätte. Die Dunkelheit rührte sich nicht.

»Tritt ein, mein alter Freund«, sagte Astinus mit seiner tiefen, leidenschaftslosen Stimme.

Der Schatten wurde von einem Schimmer erleuchtet, der

Schein des Feuers fiel auf samtweiche schwarze Roben, und dann strahlten winzige Lichtfunken auf silbernen Fäden, eingestickten Runen in einer Samtkapuze. Einen kurzen Augenblick war von der Gestalt nur eine dünne, fast skelettartige Hand sichtbar, die einen Holzstab umklammert hielt. An der Spitze des Stabes saß eine Kristallkugel, die sich im festen Griff einer eingeschnitzten goldenen Drachenklaue befand.

Als die Gestalt das Zimmer betrat, spürte Crysania einen eisigen Schauer der Enttäuschung. Sie hatte Paladin um eine schwierige Aufgabe gebeten! Welches Böse war hier zu bekämpfen? Jetzt, wo sie ihn deutlich erkennen konnte, sah sie einen zerbrechlichen, mageren Mann, die Schultern leicht gebeugt, der sich beim Gehen auf seinen Stab stützte, als ob er sich ohne seine Hilfe nicht bewegen könnte. Sie kannte sein Alter, er war jetzt ungefähr achtundzwanzig Jahre alt. Doch bewegte er sich wie ein Neunzigjähriger – seine Schritte waren langsam und bedächtig, ja sogar schwankend.

Was ist das für eine Glaubensprüfung, diese erbärmliche Kreatur zu besiegen? fragte Crysania im stillen erbittert Paladin. Ich brauche ihn nicht zu bekämpfen. Er wird von seiner eigenen Bösartigkeit verzehrt!

Raistlin stand Astinus mit dem Rücken zu Crysania gegenüber und schob seine schwarze Kapuze zurück. »Ich grüße dich, Unsterblicher«, sagte er mit sanfter Stimme zu Astinus.

»Ich grüße dich, Raistlin Majere«, antwortete Astinus, ohne sich zu erheben. In seiner Stimme lag ein spöttischer Ton, als tausche er mit dem Magier einen geheimen Witz aus. Astinus machte eine Handbewegung. »Darf ich Crysania aus dem Haus Tarinius vorstellen?«

Raistlin drehte sich um.

Crysania keuchte, ein schrecklicher Schmerz in der Brust schnürte ihre Kehle zu, und einen Augenblick konnte sie nicht atmen. Scharfe, beißende Nadeln stachen in ihre Fingerspitzen, Eiseskälte zuckte durch ihren Körper. Ohne sich dessen bewußt zu sein, wich sie auf ihren Stuhl zurück, ihre Hände ballten sich zusammen, ihre Nägel gruben sich in ihr taubes Fleisch.

Alles, was sie sah, waren zwei goldene Augen, die aus den Tiefen der Dunkelheit leuchteten. Die Augen waren wie goldene Spiegel, von der in ihnen wohnenden Seele nichts enthüllend. Die Pupillen – Crysania starrte mit entrücktem Entsetzen auf die dunklen Pupillen. Die Pupillen in den goldenen Augen hatten die Form von Stundengläsern! Und das Gesicht... Von Leiden verzerrt, vom Schmerz der gequälten Existenz gekennzeichnet, die der junge Mann sieben Jahre lang geführt hatte, seitdem die grausigen Prüfungen im Turm der Erzmagier seinen Körper zerschmettert und seine Haut golden gefärbt zurückgelassen hatten, war das Gesicht des Magiers eine metallene Maske, undurchdringlich, gefühllos wie die Klaue des goldenen Drachen an seinem Stab.

»Verehrte Tochter Paladins«, sagte er mit sanfter Stimme, einer Stimme, die von Achtung und sogar Ehrfurcht erfüllt war.

Crysania schreckte hoch, starrte ihn erstaunt an. Damit hatte sie keineswegs gerechnet.

Dennoch konnte sie sich nicht bewegen. Sein Blick hielt sie gefangen, und sie fragte sich in Panik, ob er einen Zauber auf sie geworfen habe. Ihre Angst offenbar spürend, ging er durch das Zimmer auf sie zu und blieb vor ihr in einer beschützenden und beruhigenden Haltung stehen. Als sie aufblickte, konnte sie den Schein des Feuers in seinen goldenen Augen sehen.

»Verehrte Tochter Paladins«, wiederholte Raistlin; seine sanfte Stimme hüllte Crysania wie die samtene Schwärze seiner Roben ein. »Ich hoffe, es geht Euch gut?« Aber nun vernahm sie in der Stimme zynischen Spott. Das hatte sie erwartet, darauf war sie vorbereitet. Sein anfänglicher Ton des Respektes hatte sie überrumpelt, gestand sie sich wütend, aber ihre anfängliche Schwäche war verraucht. Als sie sich erhob und ihre Augen sich auf gleicher Ebene mit seinen befanden, umklammerte sie unbewußt mit ihrer Hand das Medaillon von Paladin. Die Berührung des kühlen Metalls flößte ihr Mut ein.

»Ich glaube nicht, daß wir bedeutungslose gesellschaftliche Floskeln austauschen müssen«, bemerkte Crysania spröde; ihr Gesicht war wieder glatt und kalt. »Wir halten Astinus von seiner Arbeit ab. Er wird die Beendigung unseres Treffens mit Freuden begrüßen.«

»Dem kann ich nur zustimmen«, sagte der schwarzgekleidete Magier mit einem leichten Kräuseln seiner schmalen Lippen, das man als ein Lächeln verstehen konnte. »Auf deine Bitte hin bin ich gekommen. Was willst du von mir?«

Crysania spürte, daß er sie auslachte. Daran gewöhnt, nur mit dem höchsten Respekt behandelt zu werden, steigerte sich ihr Zorn nur noch. Sie musterte ihn mit kalten Augen. »Ich bin gekommen, dich zu warnen, Raistlin Majere. Deine verruchten Pläne sind Paladin bekannt. Hüte dich, oder er wird dich vernichten…«

»Wie?« fragte Raistlin plötzlich, und seine seltsamen Augen flammten auf. »Wie will er mich vernichten?« wiederholte er. »Blitze? Überschwemmung und Feuer? Vielleicht ein weiteres feuriges Gebirge?« Er trat einen Schritt näher zu ihr.

Crysania bewegte sich von ihm weg auf ihren Stuhl zu. Sie umklammerte fest die harte Holzlehne und ging um den Stuhl herum, dann wandte sie sich ihm wieder zu und sah ihn an. »Es ist dein eigener Untergang, über den du dich lustig machst«, erwiderte sie ruhig.

Raistlin hielt seine Lippe gekräuselt, sprach aber weiter, als hätte er ihr Worte nicht vernommen. »Elistan?« Raistlins Stimme sank zu einem zischenden Flüstern herab. »Er will Elistan schicken, mich zu vernichten?« Der Magier zuckte die Schultern. »Aber nein, sicherlich nicht. Nach allen Berichten ist der große und heilige Kleriker Paladins müde, schwach, dem Tode nahe…«

»Nein!« schrie Crysania, biß sich dann wütend auf die Lippe, daß dieser Mann sie verleitet hatte, ihm ihre Gefühle zu zeigen. Sie hielt inne, holte tief Luft. »Paladins Wege dürfen nicht in Frage gestellt oder lächerlich gemacht werden«, sagte sie mit eisiger Ruhe, aber sie konnte nicht verhüten, daß sich in ihre Stimme ein kaum bemerkbarer sanfter Ton einschlich. »Und Elistans Gesundheit ist nicht deine Angelegenheit.«

»Vielleicht hege ich ein größeres Interesse an seiner Gesundheit, als du dir vorstellen kannst«, erwiderte Raistlin mit einem, wie Crysania meinte, höhnischen Lächeln.

Crysania fühlte das Blut in ihren Schläfen pochen. Während er sprach, bewegte sich der Magier um den Stuhl und näherte sich der jungen Frau. Er war ihr nun so nahe, daß Crysania eine seltsame, unnatürliche Wärme von seinem Körper durch die schwarzen Roben ausstrahlen fühlte. Sie konnte einen schwachen, angenehmen Duft an ihm riechen. Etwas Würziges... Seine Zauberzutaten, wurde ihr plötzlich klar. Der Gedanke verursachte ihr Übelkeit und widerte sie an. Mit dem Medaillon von Paladin in der Hand, dessen glattgemeißelte Ränder in ihr Fleisch stachen, wich sie von ihm zurück. »Paladin ist mir im Traum erschienen...«, sagte sie hochmütig.

Raistlin lachte.

Es gab nur wenige, die den Magier jemals hatten lachen hören, und diese erinnerten sich immer daran, hörten es in ihren dunkelsten Träumen. Es war dünn, hoch und scharf wie eine Klinge. Es verwarf alles Gute, machte sich über alles Rechte und Wahre lustig und bohrte sich in Crysanias Seele.

»Nun gut«, sagte Crysania, die ihn mit einer Verachtung anstarrte, daß sich ihre hellen grauen Augen zu einem Stahlblau verhärteten. »Ich habe mein Bestes getan, um dich von diesem Kurs abzuhalten. Ich habe dich aufrichtig gewarnt. Deine Vernichtung liegt nun in den Händen der Götter.«

Plötzlich, vielleicht weil er die Furchtlosigkeit erkannte, mit der sie ihn konfrontierte, hörte Raistlin zu lachen auf. Als er sie aufmerksam musterte, verengten sich seine goldenen Augen. Dann lächelte er, ein geheimes, inneres Lächeln aus einer so seltsamen Freude heraus, daß Astinus, der den Austausch der beiden beobachtet hatte, sich erhob. Der Historiker stellte sich gegen das Licht des Feuers. Sein Schatten schnitt durch beide hindurch. Raistlin zuckte fast beunruhigt zusammen. Er drehte sich halb um und musterte Astinus mit einem glühenden, drohenden Blick.

»Hüte dich, alter Freund«, warnte der Magier, »oder willst du dich in die Geschichte einmischen?«

»Ich mische mich nicht ein«, entgegnete Astinus, »wie du wohl weißt. Ich bin nur ein Beobachter, ich zeichne nur auf. In allen Dingen bin ich neutral. Ich kenne deine Intrigen, deine Pläne, so wie ich die Intrigen und Pläne aller kenne, die an diesem Tag atmen. Darum höre mich an, Raistlin Majere, und beachte diese Warnung. Diese Frau wird von den Göttern geliebt – so wie schon ihr Name sagt.«

»Von den Göttern geliebt? Werden wir das nicht alle, Verehrte Tochter?« fragte Raistlin und wandte sein Gesicht wieder Crysania zu. Seine Stimme war so weich wie der Samt seiner Roben. »Steht das nicht auf den Scheiben der Mishakal geschrieben? Ist es nicht das, was der göttliche Elistan lehrt?«

»Ja«, antwortete Crysania langsam, ihn argwöhnisch musternd, weiteren Spott erwartend. Aber sein metallenes Gesicht war ernst, er wirkte plötzlich wie ein Gelehrter – intelligent, weise. »So steht es geschrieben.« Sie lächelte kühl. »Es gefällt mir, daß du die heiligen Scheiben gelesen hast, obgleich du offensichtlich nichts daraus gelernt hast. Erinnerst du dich, was geschrieben steht...« Sie wurde von Astinus' Schnauben unterbrochen.

»Ich wurde lang genug von meinen Studien abgehalten.« Der Historiker ging über den Marmorboden zur Tür des Vorzimmers. »Läutet nach Bertrem, wenn ihr zum Aufbruch bereit seid. Leb wohl, Verehrte Tochter. Leb wohl... mein alter Freund.«

Astinus öffnete die Tür. Die friedliche Stille der Bibliothek strömte in das Zimmer und tauchte Crysania in eine erfrischende Kühle. Sie hatte sich wieder unter Kontrolle und entspannte sich. Ihre Hand ließ das Medaillon los. Der Form entsprechend verbeugte sie sich anmutig vor Astinus. Auch Raistlin verbeugte sich. Und dann schloß sich die Tür hinter dem Historiker. Die beiden waren allein.

Lange Zeit sprach keiner. Dann wandte sich Crysania, die Paladins Kraft durch ihren Körper strömen spürte, Raistlin zu. »Ich hatte vergessen, daß du es warst und jene mit dir, die die heiligen Scheiben zurückerobert haben. Du mußt sie natürlich gelesen haben. Ich würde gern mit dir darüber weiter diskutieren, aber in allen künftigen Verhandlungen, die wir vielleicht führen werden, Raistlin Majere«, sagte sie mit ihrer kühlen Stimme, »bitte ich dich, über Elistan mit mehr Respekt zu reden. Er...« Sie hielt verblüfft inne und beobachtete beunruhigt, wie der schlanke Körper des Magiers vor ihren Augen zugrunde zu gehen schien.

Von Hustenanfällen gepeinigt, seine Brust umklammernd, keuchte Raistlin nach Luft. Er taumelte. Wenn er sich nicht auf seinen Stab gestützt hätte, wäre er auf den Boden gestürzt. Ihre Abneigung und ihren Ekel vergessend, streckte Crysania ihre Hände aus, legte sie auf seine Schultern und murmelte dabei ein Heilgebet. Die schwarzen Roben fühlten sich weich und warm an. Sie konnte Raistlins Muskeln spüren, die sich in Krämpfen verzogen, seinen Schmerz und sein Leiden spüren. Mitleid erfüllte ihr Herz.

Raistlin löste sich von ihrer Berührung, schob sie zur Seite. Sein Husten besserte sich allmählich. Als er wieder frei atmen konnte, musterte er sie mit Verachtung.

»Verschwende deine Gebete nicht für mich, Verehrte Tochter«, sagte er verbittert. Er zog ein weiches Tuch aus seinen Roben und tupfte seine Lippen ab, und Crysania sah, daß es mit Blut befleckt war. »Gegen meine Krankheit gibt es kein Mittel. Das ist das Opfer, der Preis, den ich für meine Magie bezahlt habe.«

»Ich verstehe nicht«, murmelte sie. Ihre Hände zuckten, als sie sich lebhaft an die samtene, weiche Glätte der schwarzen Roben erinnerte, und unbewußt hielt sie sie hinter ihrem Rükken.

»Nicht?« fragte Raistlin und starrte mit seinen seltsamen goldenen Augen tief in ihre Seele. »Was hast du für *deine* Kraft geopfert?«

Eine schwache Röte, kaum sichtbar im Schein des sterbenden Feuers, befleckte Crysanias Wangen mit Blut, so wie die Lippen des Magiers mit Blut befleckt waren. Beunruhigt über dieses Eindringen in ihr Sein wendete sie ihr Gesicht ab, ihre Augen wanderten wieder zum Fenster. Die Nacht hatte sich über Palanthas gesenkt. Der silberne Mond, Solinari, stand wie ein heller Splitter im dunklen Himmel. Der rote Mond, sein Partner, war noch nicht aufgegangen. Der schwarze Mond... Sie ertappte sich bei der Frage, wo er wohl war. Konnte *er* ihn wirklich sehen?

»Ich muß gehen«, sagte Raistlin, sein Atem rasselte in seiner Kehle. »Diese Anfälle schwächen mich. Ich brauche Ruhe.«

»Gewiß.« Crysania hatte ihre Gelassenheit wiedergewonnen, und sie drehte sich zu ihm um. »Ich danke dir für dein Kommen...«

»Aber unser Geschäft ist noch nicht beendet«, unterbrach Raistlin sie sanft. »Ich wünsche mir eine Gelegenheit, dir zu beweisen, daß die Befürchtungen deines Gottes unbegründet sind. Ich habe eine Idee. Besuch mich doch im Turm der Erzmagier. Dort wirst du mich bei meinen Büchern vorfinden und meine Studien verstehen. Und dann wirst du dich beruhigen. So wie es in den Scheiben gelehrt wird, fürchten wir nur das Unbekannte.« Er trat einen Schritt näher zu ihr.

Erstaunt über seinen Vorschlag riß Crysania die Augen weit auf. Sie versuchte, sich von ihm fortzubewegen, aber sie hatte sich am Fenster unabsichtlich in eine Falle gestellt. »Ich kann nicht gehen... zum Turm«, stammelte sie, als seine Nähe ihr den Atem raubte. Sie versuchte um ihn herumzugehen, aber er bewegte leicht seinen Stab und versperrte ihr den Weg. Raistlin streckte seine Hand aus und hielt Crysania fest. »Wie mutig du bist, Verehrte Tochter«, bemerkte er. »Du zitterst nicht einmal bei meiner verruchten Berührung.«

»Paladin ist mit mir«, erwiderte Crysania hochmütig.

Raistlin lächelte, ein warmes Lächeln, dunkel und geheimnisvoll. Es faszinierte Crysania. Er zog sie näher zu sich. Dann ließ er sie los. Er lehnte den Stab gegen den Stuhl und ergriff ihren Kopf mit seinen schlanken Armen fest. Jetzt zitterte Crysania, aber sie konnte sich nicht bewegen, sie konnte nicht sprechen oder überhaupt etwas tun, außer ihn in einer wilden Angst anstarren, die sie weder unterdrücken noch verstehen konnte.

Raistlin hielt sie fest, beugte sich zu ihr und fuhr mit seinen blutbefleckten Lippen über ihre Stirn. Dabei murmelte er seltsame Worte. Dann ließ er sie los.

Crysania taumelte, stürzte fast. Sie fühlte sich schwach und benommen. Ihre Hand fuhr zu ihrer Stirn, die nach der Berührung seiner Lippen in einem sengenden Schmerz brannte. »Was hast du mir getan?« rief sie gebrochen. »Du kannst keinen Zauber auf mich werfen! Mein Glaube beschützt...«

»Natürlich.« Raistlin seufzte müde, und in seinem Gesicht und in seiner Stimme lag ein Ausdruck der Trauer, die Trauer eines Menschen, der ständig verdächtigt und mißverstanden wird. »Ich habe dir lediglich einen Zauber gegeben, damit du durch den Eichenwald von Shoikan gehen kannst. Der Weg wird nicht einfach sein.« Sein Sarkasmus kehrte zurück. »Aber dein Glaube wird dich beschützen!«

Der Magier zog seine Kapuze dicht über die Augen, dann verbeugte er sich vor Crysania, die ihn nur anstarren konnte, und ging mit langsamen, schwankenden Schritten zur Tür. Er streckte seine Skeletthand aus und zog am Klingelzug. Die Tür öffnete sich, und Bertrem trat so plötzlich ein, daß Crysania erkannte, daß er draußen Wache gestanden haben mußte. Ihre Lippen zogen sich zusammen. Sie warf dem Ästheten einen so wütenden, herrischen Blick zu, daß der Mann erblaßte.

Raistlin wollte gerade gehen, als Crysania ihn aufhielt. »Ich entschuldige mich, daß ich dir nicht vertraut habe, Raistlin Majere«, sagte sie sanft. »Und ich danke dir nochmals für dein Kommen.«

Raistlin drehte sich um. »Und ich entschuldige mich für meine scharfe Zunge«, sagte er. »Leb wohl, Verehrte Tochter. Wenn du wirklich keine Furcht vor dem Wissen hast, dann besuche mich im Turm in zwei Nächten von dieser Nacht an gerechnet, wenn Lunitari zuerst am Himmel erscheint.«

»Ich werde kommen«, antwortete Crysania bestimmt und bemerkte mit Vergnügen Bertrems entsetzten Blick. Sie nickte ihm zum Abschied zu, während ihre Hand auf der Rücklehne des mit Verzierungen versehenen Holzstuhles ruhte.

Der Magier verließ das Zimmer, Bertrem folgte ihm und schloß die Tür hinter sich.

Crysania, nun allein in dem warmen, friedlichen Zimmer, fiel vor dem Stuhl auf die Knie. »Oh, ich danke dir, Paladin!« keuchte sie. »Ich nehme deine Herausforderung an. Ich werde dich nicht enttäuschen! Ich werde nicht versagen!«

Hinter sich hörte sie das Geräusch von Klauenfüßen, die durch das Laub im Wald scharrten. Tika spannte sich an, versuchte jedoch so zu tun, als ob sie nichts hörte, um die Kreatur anzulocken. Das Schwert hielt sie fest in ihrer Hand. Ihr Herz schlug heftig. Immer näher kamen die Schritte, jetzt konnte sie das scharfe Atmen vernehmen. Eine Klauenhand berührte ihre Schulter. Tika wirbelte herum, schwang ihr Schwert und – stieß ein Tablett mit Krügen zu Boden.

Dezra kreischte auf und sprang erschrocken zurück. An der Theke sitzende Stammgäste brachen in rauhes Gelächter aus. Tika war sich bewußt, daß ihr Gesicht so rot wie ihr Haar sein mußte. Ihr Herz pochte, ihre Hände zitterten. »Dezra«, sagte sie kühl, »du hast die Anmut und den Verstand eines Gossenzwerges. Vielleicht solltest du mit Raf den Platz tauschen. Du bringst den Abfall hinaus, und ich lasse *ihn* die Gäste bedienen!«

Dezra, die sich hingekniet hatte, um die in einem Biersee schwimmenden Scherben aufzuheben, sah auf. »Vielleicht sollte ich das!« schrie die Kellnerin und warf dabei die Scherben wieder auf den Boden. »Bedien doch selbst an den Tischen... oder ist das jetzt unter deiner Würde, Tika Majere, Heldin der Lanze?« Tika einen verletzten, vorwurfsvollen Blick zuwerfend, erhob sie sich, stieß mit den Füßen die Scherben aus ihrem Weg und stürzte aus dem Wirtshaus.

Die Tür blieb offen stehen und ließ das Licht des verblassenden Nachmittags in das Wirtshaus fluten. Die rötliche Glut der untergehenden Sonne leuchtete auf dem frisch polierten Holz der Theke und funkelte in den Gläsern. Sie tanzte sogar auf der Pfütze am Boden. Sie berührte neckend wie die Hand eines Geliebten Tikas feuerrote Locken, ließ viele der Stammkunden schmachtend auf die attraktive Frau starren.

Doch das bemerkte Tika nicht. Jetzt über ihren Zorn beschämt, spähte sie aus dem Fenster und sah Dezra, die ihre Augen an der Schürze abwischte. Ein Gast trat durch die offene Tür und schloß sie hinter sich. Das Licht verschwand und ließ das Wirtshaus wieder in einer kühlen Dunkelheit zurück.

Tika fuhr mit einer Hand über ihre Augen. In was für ein Ungeheuer verwandle ich mich? fragte sie sich zerknirscht. Denn es war überhaupt nicht Dezras Schuld gewesen. Es ist dieses entsetzliche Gefühl in mir! Ich wünsche mir fast, es gäbe hier Drakonier, gegen die man kämpfen könnte. Dann wüßte ich zumindest, wovor ich Angst hätte, zumindest könnte ich sie mit meinen eigenen Händen bekämpfen! Wie kann ich etwas bekämpfen, das ich nicht einmal benennen kann?

Stimmen unterbrachen ihre Gedanken, man verlangte nach Bier, nach Essen. Gelächter hallte durch das Wirtshaus zur letzten Bleibe.

Um das zu finden, bin ich zurückgekehrt. Tika schniefte und putzte ihre Nase mit dem Thekenlappen. Das ist meine Heimat. Diese Leute sind genauso recht und wunderschön und warm wie die untergehende Sonne. Ich bin von Liebe umgeben – Gelächter, guter Kameradschaft, einem Hund...

Tika stöhnte auf und eilte hinter der Theke hervor. »Raf!« rief sie aus und starrte den Gossenzwerg verzweifelt an.

»Bier verschüttet. Ich sauber machen«, sagte er, während er sie ansah und fröhlich mit der Hand über den Mund wischte.

Mehrere Stammkunden lachten, aber einige neue Gäste starrten den Gossenzwerg voll Abscheu an.

»Nimm den Lappen zum Aufwischen!« zischte Tika aus dem Mundwinkel, während sie die Gäste um Entschuldigung bittend anlächelte. Sie warf Raf den Thekenlappen zu, und der Gossenzwerg fing ihn auf. Aber er hielt ihn nur in der Hand und starrte ihn mit verwirrtem Gesichtsausdruck an.

»Was ich tun damit?«

»Die Pfütze aufwischen!« keifte Tika, während sie erfolglos versuchte, ihn mit ihrem langen Rock von der Kundschaft abzuschirmen.

»Oh! Ich das nicht brauchen«, erklärte Raf feierlich. »Ich nicht machen hübschen Lappen schmutzig.« Er reichte Tika das Tuch zurück, ließ sich auf allen Vieren nieder und begann das verschüttete Bier aufzulecken, das sich inzwischen mit Schmutz vermischte.

Tika langte mit glühenden Wangen nach unten, zog Raf am Kragen hoch und schüttelte ihn. »Nimm den Lappen!« flüsterte sie ihm aufgebracht zu. »Den Gästen vergeht der Appetit! Und wenn du damit fertig bist, möchte ich, daß du den großen Tisch neben der Feuerstelle sauber machst. Ich erwarte Freunde...« Sie brach ab.

Raf starrte sie mit großen Augen an und versuchte, ihre komplizierten Anweisungen zu verdauen. Er war eine Ausnahme, was Gossenzwerge anbelangte. Er war erst drei Wochen da, und Tika hatte ihm schon beigebracht, bis drei zu zählen – nur wenige Gossenzwerge schafften es über zwei hinaus –, und war seinen Gestank losgeworden. Dieses neugefundene überragende Wissen und dazu diese Sauberkeit hätten ihn in einem Gossenzwergenreich zu einem König werden lassen, aber Raf hegte derartige Ambitionen nicht. Er wußte, kein König lebte so wie er – verschüttetes Bier »aufwischen« und den Abfall hinausbringen. Aber Rafs Begabung hatte Grenzen, und die hatte Tika gerade erreicht.

»Ich erwarte Freunde und...«, fing sie aufs neue an, dann gab sie auf. »Oh, mach dir nichts draus. Mach das hier einfach sauber – mit dem Lappen«, fügte sie streng hinzu, »dann komm zu mir, und ich sage dir, was du dann zu tun hast.«

»Ich nicht trinken?« begann Raf, dann fing er Tikas zornigen Blick auf. »Ich tun.« Seufzend nahm er wieder den Lappen an sich, klatschte ihn auf den Boden und murmelte dabei etwas wie »gutes Bier verschwenden«. Dann hob er die Scherben der zerbrochenen Krüge auf, und nachdem er sie kurz angestarrt hatte, grinste er und steckte sie in die Taschen seines Hemdes.

Tika fragte sich kurz, was er wohl mit ihnen zu tun gedachte, wußte aber, es war klüger, nicht nachzufragen. Sie kehrte zur Theke zurück, nahm einige Krüge, füllte sie und versuchte dabei zu übersehen, daß sich Raf an einigen spitzen Scherben geschnitten hatte, sich jetzt zurücklehnte und mit wachem Interesse beobachtete, wie das Blut von seiner Hand tropfte.

»Hast du... Caramon gesehen?« fragte Tika beiläufig den Gossenzwerg.

»Nö.« Raf wischte mit seiner blutigen Hand über sein Haar. »Aber ich wissen, wo zu sehen.« Er sprang eifrig auf. »Ich suchen?«

»Nein!« schnappte Tika stirnrunzelnd. »Caramon ist zu Hause.«

»Ich nicht so denken«, entgegnete Raf kopfschüttelnd. »Nicht, wenn Sonne untergeht...«

»Er ist zu Hause!« Tika fuhr ihn so wütend an, daß der Gossenzwerg zurückwich.

»Willst du Wette machen?« murmelte Raf ganz leise. In diesen Tagen war Tikas Stimmung genauso hitzig wie ihr feuerrotes Haar.

Zu Rafs Glück hörte Tika ihn nicht. Sie hatte die Bierkrüge gefüllt und trug das Tablett zu einer großen Gruppe von Elfen, die in der Nähe der Tür saßen.

Ich erwarte Freunde, wiederholte sie insgeheim. Teure

Freunde. Einst wäre sie so aufgeregt, so ungeduldig gewesen, Tanis und Flußwind zu sehen. Jetzt... Sie seufzte und teilte die Bierkrüge aus, ohne sich bewußt zu sein, was sie tat. Im Namen der wahren Götter, betete sie, laß sie kommen und schnell wieder gehen! Ja, vor allem schnell wieder gehen! Wenn sie bleiben... Wenn sie herausfinden...

Tikas Herz sank bei diesem Gedanken. Ihre Unterlippe zitterte. Wenn sie blieben, war es das Ende. Schlicht und einfach. Ihr Leben würde vorbei sein. Der Schmerz war plötzlich stärker, als sie ertragen konnte. Sie stellte eilig den letzten Bierkrug ab und verließ die Elfen mit blinzelnden Augen. Sie bemerkte nicht die amüsierten Blicke, die die Elfen austauschten, während sie auf die Bierkrüge starrten, und sie erinnerte sich überhaupt nicht, daß sie alle Wein bestellt hatten.

Von ihren Tränen halbblind, war Tikas einziger Gedanke, in die Küche zu flüchten, wo sie ungestört weinen konnte. Die Elfen sahen sich nach einer anderen Bedienung um, und Raf, vor Zufriedenheit seufzend, ging wieder auf Hände und Knie und schlürfte glücklich das restliche Bier auf.

Tanis, der Halbelf, stand am Fuß eines kleinen Hügels und starrte auf die lange, geradlinige, schlammige Straße, die sich vor ihm erstreckte. Die Frau, die er begleitete, und ihre Reittiere warteten in einiger Entfernung hinter ihm. Die Frau hatte, wie auch die Pferde, eine Pause nötig gehabt. Obgleich ihr Stolz sie abgehalten hatte, ein Wort zu sagen, sah Tanis, daß ihr Gesicht vor Erschöpfung grau und eingefallen war. In der Tat war sie heute im Sattel eingenickt und wäre vom Pferd gefallen, hätte Tanis' starker Arm sie nicht aufgefangen. Folglich hatte sie keinen Einspruch erhoben, obgleich sie eifrig bemüht war, ihr Ziel zu erreichen, als Tanis erklärte, er wollte die Straße allein auskundschaften. Er half ihr vom Pferd und sah, wie sie es sich in einem Dickicht bequem machte.

Er hatte kein gutes Gefühl, sie allein zurückzulassen, spürte aber, daß die dunklen Kreaturen, die sie verfolgten, weit zurückgefallen waren. Sein Drängen auf Schnelligkeit hatte sich bezahlt gemacht, obgleich ihn und die Frau alles schmerzte und sie völlig erschöpft waren. Tanis hoffte, daß er genügend Vorsprung hatte, um seine Begleiterin der Person auf Krynn übergeben zu können, die in der Lage wäre, ihr zu helfen.

Sie waren seit Tagesanbruch geritten, vor einem Entsetzen fliehend, das sie seit ihrem Aufbruch in Palanthas verfolgt hatte. Was es genau war, konnte Tanis – trotz seiner Erfahrungen während des Krieges – nicht erkennen. Und dadurch wurde die ganze Angelegenheit noch beängstigender. Zu einer Konfrontation war es niemals gekommen, man konnte nur aus den Augenwinkeln wahrnehmen, daß es nach irgend etwas suchte. Seine Begleiterin hatte es auch gespürt, aber wie es für sie typisch war, war sie zu stolz gewesen, ihre Angst zuzugeben.

Als er sich vom Dickicht entfernte, fühlte sich Tanis schuldig. Er sollte keine wertvolle Zeit verschwenden. Seine Kriegerinstinkte protestierten. Aber es gab eine Sache, die er erledigen mußte, und er mußte sie allein erledigen.

Und so stand Tanis am Fuße des Hügels, rief seinen ganzen Mut zusammen, um sich vorwärts zu bewegen. Hätte ihn jemand gesehen, hätte er vermutet, daß er gegen einen Oger kämpfen wollte. Aber das war nicht der Fall. Tanis, der Halbelf, kehrte nach Hause zurück. Und er sehnte und fürchtete sich zugleich vor dem ersten Anblick.

Die Nachmittagssonne begann ihre absteigende Reise zur Nacht hin. Er würde das Wirtshaus erst nach Anbruch der Dunkelheit erreichen, und er empfand ein Grauen, nachts auf den Straßen zu reisen. Aber dort würde die alptraumhafte Reise beendet sein. Er würde die Frau in fähigen Händen zurücklassen und nach Qualinesti weiterreisen. Aber zuerst mußte er sich dieser Angelegenheit stellen. Mit einem tiefen Seufzer zog Tanis, der Halbelf, seine grüne Kapuze über den Kopf und begann den Anstieg.

Als er den Hügel erklomm, fiel sein Blick auf einen großen, moosbedeckten Findling. Kurz wurde er von seinen Erinnerungen überwältigt. Er schloß die Augen, spürte brennende Tränen unter seinen Lidern.

»Blödsinnige Suche«, hörte er die Stimme des Zwergs in seinem Gedächtnis widerhallen. »Das Dümmste, worauf ich mich je eingelassen habe!«

Flint! Mein alter Freund!

Ich kann nicht weitergehen, dachte Tanis. Es ist zu schmerzvoll. Warum habe ich mich je einverstanden erklärt zurückzukehren? Nichts hält mich hier jetzt noch... nur der Schmerz alter Wunden. Mein Leben hat sich schließlich zum Guten gewendet. Endlich habe ich Frieden gefunden, bin glücklich. Warum... warum habe ich ihnen gesagt, daß ich kommen würde?

Zitternd seufzte er auf, öffnete die Augen und sah auf den Findling. Vor zwei Jahren – im Herbst würden es drei sein – war er diesen Hügel hochgestiegen und hatte seinen alten Freund, den Zwerg Flint Feuerschmied, getroffen, der auf diesem Findling gesessen, ein Stück Holz geschnitzt und sich beklagt hatte – wie immer. Jenes Treffen hatte Ereignisse in Bewegung gesetzt, die die Welt erschüttert und im Krieg der Lanze ihren Höhepunkt gefunden hatten; in einer Schlacht war die Königin der Finsternis zurück in die Hölle getrieben und die Macht der Drachenfürsten gebrochen worden.

Und jetzt bin ich ein Held, dachte Tanis und blickte kläglich auf den protzigen Schmuck, den er trug: den Brustharnisch eines Ritters von Solamnia, eine grüne Schärpe aus Seide, das Kennzeichen der Wildläufer von Silvanesti, der angesehensten Legion der Elfen, das Medaillon von Kharas, die höchste Auszeichnung der Zwerge, und anderes mehr. Niemand – weder Mensch noch Elf oder Halbelf – war so geehrt worden. Es war eine Ironie. Er, der Rüstungen haßte, der Zeremonien haßte, war nun gezwungen, diese Auszeichnungen zu tragen, da es seinem Rang angemessen war. Wie der alte Zwerg darüber gelacht hätte!

»Du – ein Held!« Er konnte den Zwerg fast verächtlich schnauben hören. Aber Flint war tot. Er war im Frühling vor zwei Jahren in Tanis' Armen gestorben.

»Warum der Bart?« Wieder hätte er schwören können, Flints

Stimme gehört zu haben, die ersten Worte, die er ausgesprochen hatte, als er den Halbelf auf der Straße getroffen hatte. »Du warst doch so schon häßlich genug…«

Tanis lächelte und kratzte sich am Bart, den kein Elf auf Krynn wachsen lassen konnte, den Bart, das äußerliche, sichtbare Zeichen seines halbmenschlichen Erbes. Flint wußte genau, warum ich den Bart trug, dachte Tanis und blickte zärtlich auf den von der Sonne erwärmten Findling. Er kannte mich besser als ich. Er wußte von dem Chaos, das in meiner Seele tobte. Er wußte, daß ich eine Lektion zu lernen hatte.

»Und ich habe sie gelernt«, flüsterte Tanis seinem Freund zu, der nur in seinem Geist war. »Ich habe sie gelernt, Flint. Aber… oh, es war bitter!«

Der Geruch brennenden Holzes stieg in Tanis' Nase. Das und die geneigten Sonnenstrahlen und die kühle Frühlingsluft erinnerten ihn daran, daß er noch eine weite Strecke zurückzulegen hatte. Er drehte sich um und sah auf das Tal hinunter, wo er die bittersüßen Jahre seines frühen Mannesalters verbracht hatte. Er sah auf Solace hinunter.

Es war im Herbst gewesen, als er die kleine Stadt zum letzten Mal gesehen hatte. Die Vallenholzbäume im Tal hatten in den Farben der Jahreszeit gefunkelt, die leuchtenden Rot- und Goldtöne hatten sich im Purpur der Gipfel der Kharolisberge aufgelöst, das tiefe Azur des Himmels hatte sich im stillen Wasser des Krystalmir-Sees widergespiegelt. Ein Rauchschleier hatte über dem Tal gehangen, der Rauch von Kaminfeuern, die in der friedlichen Stadt brannten. Er und Flint hatten beobachtet, wie die Lichter aufgeflackert waren, eins nach dem anderen, in den Häusern, die in den Blättern der riesigen Bäume geschützt lagen. Solace, die Stadt auf den Bäumen – eins der Wunder auf Krynn.

Tanis sah das Bild vor seinem geistigen Auge genauso deutlich wie zwei Jahre zuvor. Dann verblaßte es. Damals war es Herbst gewesen. Jetzt war Frühling. Der Rauch war immer noch da, der Rauch von den Kaminfeuern. Aber jetzt stieg der Rauch überwiegend aus Häusern, die auf dem Boden errichtet worden waren. Das Grün lebender, wachsender Pflanzen war vorhanden, aber es schien lediglich – für Tanis – die schwarzen Narben des Landes zu betonen, die Narben, die niemals völlig getilgt werden konnten, obgleich er hier und dort die Zeichen des Pfluges sah.

Tanis schüttelte den Kopf. Alle dachten, daß mit der Zerstörung des verruchten Tempels der Königin in Neraka der Krieg beendet wäre. Alle waren eifrig bedacht, das schwarze und verbrannte Land zu pflügen, das vom Drachenfeuer versengt worden war, und ihren Schmerz zu vergessen.

Seine Augen wanderten zu dem riesigen schwarzen Kreis inmitten der Stadt. Hier würde niemals etwas wachsen. Kein Pflug konnte die Erde verwandeln, die von Drachenfeuer verwüstet und vom Blut Unschuldiger durchtränkt war, die von den Soldaten der Drachenfürsten ermordet worden waren.

Tanis lächelte grimmig. Er konnte sich vorstellen, wie ein Schandfleck wie dieser jene verärgern mußte, die vergessen wollten. Er war froh um diesen Schandfleck. Er hoffte, er werde für alle Ewigkeit bleiben.

Leise wiederholte er Worte, die Elistan gesprochen hatte, als der Kleriker in einer feierlichen Zeremonie den Turm des Oberklerikers in Erinnerung an jene Ritter, die dort gestorben waren, geweiht hatte.

»Wir müssen uns erinnern, oder wir werden der Selbstzufriedenheit verfallen – wie es schon einmal der Fall gewesen ist – und das Böse wird wiederkommen.«

Wenn es nicht schon bei uns ist, dachte Tanis grimmig. Und mit diesem Gedanken wandte er sich um und ging eilig den Hügel hinunter.

Das Wirtshaus zur letzten Bleibe war an diesem Abend überfüllt.

Während der Krieg über die Bewohner von Solace Verwüstung und Zerstörung gebracht hatte, brachte das Ende des Krieges Wohlstand, so daß einige bereits sagten, es sei gar nicht »so eine schlechte Zeit« gewesen. Solace war seit langer Zeit ein Treffpunkt der Reisenden in den Ländern Abanasinias. Aber in den Tagen vor dem Krieg war die Anzahl der Reisenden relativ gering gewesen. Die Zwerge – außer einigen wenigen abtrünnigen wie Flint Feuerschmied – hatten sich in ihrem Gebirgskönigreich Thorbadin eingeschlossen oder sich in den Hügeln verbarrikadiert, sich geweigert, mit dem Rest der Welt etwas zu tun haben zu wollen. Die Elfen hatten das Gleiche in ihrem wunderschönen Land Qualinesti im Südwesten und Silvanesti am östlichen Rande des Kontinents Ansalon getan.

Der Krieg hatte das alles verändert. Elfen und Zwerge und Menschen unternahmen nun weite Reisen, ihre Länder und Königreiche waren für alle geöffnet.

Das Wirtshaus zur letzten Bleibe – das bei Reisenden wegen seiner guten Getränke und wegen Otiks berühmten Würzkartoffeln beliebt war – wurde noch beliebter. Die Getränke und die Kartoffeln waren gut wie immer – obwohl Otik in den Ruhestand getreten war –, aber der wahre Grund für die zunehmende Kundschaft war, daß die Helden der Lanze – wie sie nun bezeichnet wurden – in früheren Zeiten Stammgäste dieses Wirtshauses gewesen waren.

Otik hatte in der Tat vor seinem Ausscheiden ernsthaft in Erwägung gezogen, neben der Feuerstelle ein Schild aufzustellen – vielleicht mit der Inschrift: »Hier tranken Tanis, der Halbelf, und seine Gefährten.« Aber Tika hatte sich diesem Plan so heftig widersetzt – der bloße Gedanke an Tanis' Reaktion, wenn er dieses Schild sehen würde, ließ Tikas Wangen brennen –, daß Otik ihn fallen gelassen hatte. Aber der dickliche Besitzer des Wirtshauses wurde niemals müde, seinen Stammgästen die Geschichte jener Nacht zu erzählen, als die Barbarin ihr seltsames Lied gesungen, Hederick, den Obersten Theokraten, mit ihrem blauen Kristallstab geheilt und damit den ersten Beweis für die Existenz der alten, wahren Götter geliefert hatte.

Tika, die nach Otiks Ausscheiden die Leitung des Wirtshauses übernommen hatte und hoffte, genug Geld zu sparen, um es kaufen zu können, hoffte fieberhaft, daß Otik sich zurückhielt, diese Geschichte heute abend noch einmal zu erzählen.

Es waren viele Elfengruppen da, die den ganzen Weg von Silvanesti zurückgelegt hatten, um der Beerdigung Solostarans, der Stimme der Sonne und des Herrschers des Elfenreiches Qualinesti, beizuwohnen. Sie drängten Otik nicht nur, die Geschichte zu erzählen, sondern erzählten auch eigene, über den Besuch der Helden in ihrem Land und wie sie die Elfen von dem bösen Drachen Cyan Blutgeißel befreit hatten.

Tika bemerkte, wie Otik dabei wehmütig in ihre Richtung blickte – Tika war schließlich ein Mitglied der Gruppe in Silvanesti gewesen. Aber sie brachte ihn mit einem zornigen Schütteln ihrer roten Locken zum Schweigen. *Das* war ein Teil ihrer Reise gewesen, den sie sich zu erzählen oder gar zu diskutieren weigerte. In der Tat betete sie jede Nacht, die entsetzlichen Alpträume von dem entstellten Land endlich vergessen zu können.

Tika schloß die Augen; sie wünschte, die Elfen würden das Thema fallen lassen. Sie hatte jetzt ihre eigenen Alpträume. Sie brauchte die alten Alpträume nicht, von denen sie heimgesucht wurde. »Laß sie nur kommen und schnell wieder gehen«, sagte sie leise zu sich und zu einem Gott, der vielleicht zuhörte.

Es war gerade nach Sonnenuntergang. Immer mehr Gäste traten ein, verlangten nach Essen und Trinken. Tika hatte sich bei Dezra entschuldigt, die zwei Freundinnen hatten einige Tränen zusammen vergossen, und jetzt waren sie beschäftigt, von der Küche zur Theke und zu den Tischen zu laufen. Tika zuckte jedes Mal zusammen, wenn sich die Tür öffnete, und sie blickte finster und gereizt, wenn sie Otiks Stimme sich über den Lärm der Krüge und Stimmen erheben hörte.

»... wunderschöner Herbstabend, wenn ich mich recht erinnere; ich war natürlich mehr beschäftigt als ein drakonischer Ausbildungsunteroffizier.« Das erste Lachen hob an. Tika biß die Zähne zusammen. Otik hatte eine dankbare Zuhörerschaft und war in vollem Schwung. Jetzt konnte ihn nichts mehr aufhalten. »Das Wirtshaus lag damals in den Vallenholzbäumen, wie alle Gebäude in unserer lieblichen Stadt, bevor sie von den Drachen zerstört wurde. Ah, wie wunderschön war es in den guten alten Tagen.« Er seufzte – an dieser Stelle seufzte er immer – und wischte sich eine Träne weg. Aus der Menge setzte ein mitfühlendes Gemurmel ein. »Wo war ich stehen geblieben?« Er schneuzte sich, ein weiterer Akt im Schauspiel. »Ach ja. Da stand ich, hinter der Theke, als sich die Tür öffnete...«

Die Tür öffnete sich, wie auf ein Stichwort. Tika strich aus ihrer schwitzenden Stirn eine rote Haarsträhne zurück und sah nervös hinüber. Plötzlich erfüllte Schweigen den Raum. Tika versteifte sich, ihre Nägel gruben sich in ihre Hände.

Ein hochgewachsener Mann, so groß, daß er sich bücken mußte, um einzutreten, stand in der Tür. Sein Haar war dunkel, sein Gesicht grimmig und streng. Obgleich er in Felle gehüllt war, war an seinem Gang und seiner Haltung sein starker und muskulöser Körper zu erkennen. Er warf einen schnellen Blick in das überfüllte Wirtshaus, mit dem er alle Anwesenden und mögliche Gefahren vorsichtig einschätzte.

Aber es war lediglich ein instinktives Handeln, denn als sein durchdringender, finsterer Blick auf Tika fiel, entspannte sich sein strenges Gesicht zu einem Lächeln, und er streckte seine Arme weit aus.

Tika zögerte, aber der Anblick ihres Freundes erfüllte sie plötzlich mit Freude und einer seltsamen Woge des Heimwehs. Sie schob sich durch die Menge und wurde in seiner Umarmung festgehalten. »Flußwind, mein Freund!« murmelte sie gebrochen.

Flußwind, der die junge Frau in seinen Armen hielt, hob sie mühelos hoch, als ob sie ein Kind wäre. Die Gäste begannen zu jubeln, stießen mit ihren Krügen auf die Tische. Hier stand ein Held der Lanze persönlich, als ob er auf den Flügeln von Otiks Geschichte herbeigetragen worden wäre. Und er spielte seine Rolle sogar überzeugend! Sie waren verzaubert.

Dann, als er Tika losgelassen hatte, warf der riesenhafte Mann seinen Fellumhang von seinen Schultern zurück, und jetzt konnten alle den Umhang des Stammeshäuptlings sehen, den der Mann aus den Ebenen trug, mit den V-förmigen, sich abwechselnden Fell- und Lederstücken, von denen jedes einzelne die Stämme der Ebenen darstellte, über die er herrschte. Sein Gesicht, obgleich älter und sorgenvoller als zu der Zeit, in der Tika ihn zum letzten Mal gesehen hatte, war von der Sonne und dem Wetter bronzefarben gebräunt, und in den Augen des Mannes lag eine innere Freude, die zeigte, daß er in seinem Leben endlich den Frieden gefunden hatte, den er zuvor jahrelang gesucht hatte.

Tika spürte ein Würgen in ihrer Kehle und drehte sich schnell um, aber nicht schnell genug.

»Tika«, sagte er, sein Akzent war stärker geworden, seitdem er wieder bei seinen Leuten lebte, »es ist gut, dich wohlauf und immer noch wunderschön vorzufinden. Wo ist Caramon? Ich kann es nicht erwarten, ihn zu sehen... Aber Tika, was ist los?«

»Nichts, nichts«, sagte Tika energisch, schüttelte ihre roten Locken und blinzelte. »Komm, ich habe einen Platz für dich am Feuer freigehalten. Du mußt erschöpft und hungrig sein.«

Sie führte ihn durch die Menge und redete dabei ununterbrochen, so daß ihm keine Gelegenheit blieb, ein Wort zu sagen. Die Gäste halfen ihr unabsichtlich und hielten Flußwind beschäftigt, indem sie näher zu ihm traten, um seinen Fellumhang zu berühren und zu bewundern; sie versuchten, ihm die Hand zu geben, oder drängten ihm Getränke auf.

Flußwind nahm dies alles gleichmütig hin, während er Tika durch die erregte Menge folgte und dabei sein wunderschönes Schwert in Elfenmachart dicht an seiner Seite festhielt. Sein strenges Gesicht wurde noch eine Schattierung strenger, und er sah häufig zu den Fenstern, als ob er bereits Sehnsucht verspürte, dem lauten, warmen Raum zu entfliehen und ins Freie zurückzukehren, das er so liebte. Aber Tika schob die ausgelassenen Stammgäste zur Seite, und kurz darauf hatte sie ihren alten Freund zu einem abgesonderten Tisch am Feuer neben der Küchentür geführt. »Ich bin gleich zurück«, sagte sie, warf ihm ein Lächeln zu und verschwand in der Küche, bevor er den Mund öffnen konnte.

Otiks Stimme hob wieder an, begleitet von einem lauten Klopfen. Seine Geschichte war unterbrochen worden. Otik benutzte seinen Rohrstock – eine der gefürchtetsten Waffen in Solace –, um die Ordnung wiederherzustellen. Der Wirtshausbesitzer war an einem Bein gelähmt, und er genoß es, auch diese Geschichte zu erzählen – wie er während des Falls von Solace verwundet wurde, als er nach seinem eigenen Bericht allein gegen eine eindringende Drakonierarmee kämpfte.

Tika, die mit einer Pfanne Würzkartoffeln zu Flußwind zurückeilte, funkelte Otik wütend an. Sie kannte die wahre Geschichte, wie sein Bein verletzt wurde, als er aus seinem Versteck unter dem Fußboden herausgezogen worden war. Aber sie verriet es niemals! Tief in ihrem Inneren liebte sie den alten Mann wie einen Vater. Er hatte sie aufgenommen und sie großgezogen, als ihr leiblicher Vater verschwunden war, ihr eine anständige Arbeit gegeben, als sie sich beinahe der Dieberei zugewandt hätte. Aber es war sinnvoll, ihn einfach daran zu erinnern, daß *sie* die Wahrheit kannte, um Otik zu hindern, seine unglaublichen Geschichten zu neuen Höhen auszudehnen.

Die Menge war recht ruhig, als Tika zurückkehrte, und sie hatte Gelegenheit, mit ihrem alten Freund zu sprechen. »Wie geht es Goldmond und eurem Sohn?« fragte sie lebhaft, als sie bemerkte, daß Flußwind sie aufmerksam musterte.

»Es geht ihr gut, und sie schickt dir ihre Liebe«, antwortete Flußwind mit seiner tiefen Baritonstimme. »Mein Sohn« – seine Augen strahlten vor Stolz – »ist erst zwei Jahre alt, aber schon so groß und sitzt auf dem Pferd besser als die meisten Krieger.«

»Ich hatte gehofft, daß Goldmond mit dir kommt«, sagte Tika mit einem Seufzen, das Flußwind nicht hören sollte.

Der riesige Barbar aß schweigend, bevor er antwortete. »Die Götter haben uns mit zwei weiteren Kindern gesegnet«, sagte er und starrte Tika mit einem seltsamen Ausdruck in seinen dunklen Augen an.

»Zwei?« Tika sah ihn verwirrt an. »Oh, Zwillinge!« rief sie erfreut. »Wie Caramon und Rais...« Sie hielt inne, biß sich auf die Lippe.

Flußwind runzelte die Stirn und machte ein Zeichen, um das Böse abzuwehren. Tika errötete und sah weg. In ihren Ohren rauschte es. Die Hitze und der Lärm machten sie schwindelig. Sie schluckte den bitteren Geschmack in ihrem Mund hinunter und zwang sich, mehr über Goldmond zu fragen, und nach einer Weile konnte sie sogar Flußwinds Antwort zuhören.

»...immer noch zu wenig Kleriker in unserem Land. Es gibt zwar viele Bekehrte, aber die Kräfte der Götter kehren nur langsam zurück. Sie arbeitet hart, für meine Begriffe zu hart, aber sie wird jeden Tag schöner. Und die Kinder, unsere Töchter, haben beide goldenes Haar...«

Kinder... Tika lächelte traurig. Als Flußwind ihr Gesicht sah, verfiel er in Schweigen, beendete sein Mahl und schob den Teller beiseite. »Mir wäre nichts lieber, als diesen Besuch zu verlängern«, sagte er langsam, »aber ich kann nicht lange von meinem Volk fernbleiben. Du kennst die Dringlichkeit meiner Mission. Wo ist Cara...«

»Ich muß dein Zimmer überprüfen«, sagte Tika und erhob sich so schnell, daß sie an den Tisch stieß. »Dieser Gossenzwerg sollte das Bett richten. Ich werde ihn höchstwahrscheinlich schlafend vorfinden...« Sie verschwand eilig. Aber sie ging nicht nach oben zu den Zimmern. Sie stand draußen an der Küchentür, spürte, wie der Nachtwind ihre fiebrigen Wangen kühlte, und starrte in die Dunkelheit hinaus. »Laß ihn fortgehen!« flüsterte sie. »Bitte...«

Tanis fürchtete sich vor dem ersten Anblick des Wirtshauses zur letzten Bleibe. Hier hatte vor drei Jahren im Herbst alles angefangen. Hier waren er und Flint und der unbezähmbare Kender Tolpan Barfuß eingekehrt, um alte Freunde zu treffen. Hier hatte sich seine Welt auf den Kopf gestellt, um sich niemals wieder in die richtige Stellung zu drehen.

Aber als Tanis auf das Wirtshaus zuritt, lösten sich seine Befürchtungen. Es hatte sich so viel verändert, daß es war, als ob er einen fremden Ort aufsuchte, einen Ort, der keine Erinnerungen bereithielt. Das Wirtshaus stand nun auf dem Boden und nicht mehr in den Zweigen eines riesigen Vallenholzbaumes. Es gab neue Anbauten, denn mehr Räume waren vonnöten, um den Zustrom der Reisenden zu beherbergen; es hatte ein neues, bei weitem moderneres Dach. Alle Narben des Krieges waren mitsamt den Erinnerungen beseitigt worden.

Doch dann, als Tanis sich gerade zu entspannen begann, öffnete sich die Vordertür des Wirtshauses. Licht strömte nach draußen, bildete einen goldenen Pfad des Willkommens; der Duft von Würzkartoffeln und das Geräusch von Gelächter kam mit der Abendbrise zu ihm. Die Erinnerungen kehrten schlagartig zurück, und Tanis senkte überwältigt den Kopf.

Aber glücklicherweise blieb ihm keine Zeit, bei der Vergangenheit zu verweilen. Als er und seine Begleiterin sich dem Wirtshaus näherten, lief ein Stalljunge herbei und ergriff die Zügel der Pferde.

»Futter und Wasser«, sagte Tanis, glitt erschöpft aus dem Sattel und warf dem Jungen eine Münze zu. Er streckte sich, um die Muskelkrämpfe zu lindern. »Ich habe eine Nachricht vorausschicken lassen, daß ein frisches Pferd für mich bereitgehalten werden sollte. Mein Name ist Tanis, der Halbelf.«

Der Junge riß die Augen weit auf. »Ja, Herr«, stammelte er, über die Maßen überrascht, von diesem großen Helden angesprochen zu werden. »Das Pferd steht bereit, soll ich es bringen, Herr?«

»Nein.« Tanis lächelte. »Ich will erst etwas essen. Bring es mir in zwei Stunden.«

»Zwei Stunden. Ja, Herr. Ich danke Euch, Herr.«

Als der Junge mit Tanis' Pferd von dannen eilte, wandte sich der Halbelf seiner Gefährtin zu und half ihr absteigen.

»Du mußt aus Eisen sein«, sagte sie und sah Tanis an, während er ihr auf den Boden half. »Willst du wirklich heute nacht weiterreiten?«

»Um die Wahrheit zu sagen, es schmerzt mich jeder Knochen«, begann Tanis, hielt dann inne, sich unbehaglich fühlend. Er war einfach nicht in der Lage, sich bei dieser Frau wohl zu fühlen.

Tanis konnte ihr Gesicht sehen, das sich im Licht aus dem Wirtshaus widerspiegelte. Er sah Müdigkeit und Schmerz. Ihre Augen lagen tief in blassen, hohlen Wangen. Sie taumelte, als ihre Füße den Boden erreichten, und Tanis reichte ihr schnell seinen Arm.

Tanis konnte sich vorstellen, wie sich diese Frau fühlen

mußte, die an körperliche Anstrengungen nicht gewöhnt war, und er mußte sie mit ungewollter Bewunderung betrachten. Sie hatte sich während der langen Reise nicht einmal beklagt. Sie hatte immer Schritt gehalten, war nie zurückgeblieben, hatte seinen Anweisungen ohne Fragen gehorcht.

Warum, fragte er sich, konnte er dann nichts für sie empfinden? Was hatte sie an sich, das ihn verärgerte und reizte? Als Tanis in ihr Gesicht sah, wußte er die Antwort. Die einzige Wärme in ihrem Gesicht war die Wärme, die vom Licht aus dem Wirtshaus kam. Ihr Gesicht selbst war kalt, leidenschaftslos, bar jeder – was? Menschlichkeit? So war sie die ganze lange, gefährliche Reise gewesen. O ja, sie war auf kühle Art höflich, auf kühle Art dankbar, unnahbar gewesen. Sie hätte mich wohl auch auf kühle Art beerdigt, dachte Tanis grimmig. Dann, als ob er sich für seine ehrfurchtslosen Gedanken rügen wollte, wurde sein Blick auf das Medaillon gelenkt, das sie um ihren Hals trug, den Platindrachen von Paladin. Er erinnerte sich an Elistans vertrauliche Abschiedsworte.

»Es ist passend, daß du sie begleitest, Tanis«, hatte der Kleriker gesagt. »In vielerlei Hinsicht beginnt sie eine Reise, die deiner eigenen vor zwei Jahren gleicht – der Suche nach Selbsterkenntnis. Nein, du hast recht, sie ist sich darüber noch nicht im klaren.« Dies war die Antwort auf Tanis' zweifelnden Blick. »Sie geht mit den Augen starr nach oben zum Himmel gerichtet.« Elistan lächelte traurig. »Sie hat nicht gelernt, daß man dabei auf jeden Fall stolpern wird. Wenn sie es nicht lernt, kann ihr Sturz sehr hart werden.« Kopfschüttelnd murmelte er ein sanftes Gebet. »Aber wir müssen unser Vertrauen in Paladins Hände legen.«

Tanis hatte damals die Stirn gerunzelt, und er runzelte sie auch jetzt, als er darüber nachdachte. Obgleich er im Laufe der Zeit einen starken Glauben an die wahren Götter entwickelt hatte – mehr durch Lauranas Glauben an sie als durch alles andere –, fühlte er sich unbehaglich dabei, ihnen sein Leben anzuvertrauen, und er wurde ungeduldig bei Leuten wie Elistan, die, wie es schien, den Göttern eine zu große Last aufbürdeten. Laßt die Menschen selbst für Veränderungen verantwortlich sein, dachte Tanis verärgert.

»Was ist los, Tanis?« fragte Crysania kühl.

Tanis, dem bewußt wurde, daß er sie die ganze Zeit über angestarrt hatte, hustete verlegen, räusperte sich und sah weg. Glücklicherweise kehrte in diesem Augenblick der Junge wegen Crysanias Pferd zurück, so daß Tanis nicht zu antworten brauchte. Er zeigte zum Wirtshaus, und die beiden gingen darauf zu.

»In der Tat«, sagte Tanis, als das Schweigen unerträglich wurde, »täte ich nichts lieber, als hier bei meinen Freunden zu bleiben. Aber ich muß übermorgen in Qualinesti sein, und ich werde nur rechtzeitig ankommen, wenn ich durchreite. Meine Beziehung zu meinem Schwager ist nicht so, daß ich es mir leisten kann, ihn zu beleidigen, indem ich bei Solostarans Beerdigung fehle.« Mit einem grimmigen Lächeln fügte er hinzu: »In politischer wie auch persönlicher Hinsicht, wenn du verstehst, was ich meine.«

Crysania erwiderte sein Lächeln, aber es war kein Lächeln des Verstehens. Es war ein Lächeln des Duldens, als sei dieses Gespräch über Politik und Familie unter ihrer Würde.

Sie hatten die Tür zum Wirtshaus erreicht. »Außerdem«, fügte Tanis leise hinzu, »vermisse ich Laurana. Es ist komisch, nicht wahr? Wenn sie in der Nähe ist und wir mit unseren Aufgaben beschäftigt sind, verbringen wir manche Tage einfach damit, uns schnell anzulächeln oder uns kurz zu berühren, und dann verschwinden wir wieder in unseren Welten. Aber wenn ich weit weg von ihr bin, ist es so, als ob ich plötzlich erwachte und feststellte, daß mein rechter Arm abgeschnitten ist. Wenn ich schlafen gehe, denke ich zwar nicht an meinen rechten Arm, aber wenn er weg wäre...«

Tanis verstummte plötzlich, kam sich närrisch vor. Aber Crysania hatte ihm offenbar überhaupt keine Beachtung geschenkt. Ihr glattes Marmorgesicht war, wenn das möglich war, noch kälter geworden, so daß das Silberlicht des Mondes im Gegensatz dazu warm schien. Tanis stieß kopfschüttelnd die Tür auf. Ich beneide Caramon und Flußwind wirklich nicht, dachte er grimmig.

Die warmen, vertrauten Klänge und Gerüche des Wirtshauses überspülten Tanis, und lange Zeit verschwamm alles. Da war Otik, älter und dicker, auf einen Stock gestützt. Da waren Leute, die er seit Jahren nicht mehr gesehen hatte, die zuvor nie viel mit ihm zu tun gehabt hatten, aber jetzt schüttelten sie eifrig seine Hand. Da war die alte Theke, immer noch glänzend poliert, und irgendwie schaffte er es, auf einen Gossenzwerg zu treten...

Und dann war da ein riesenhafter Mann, in Felle gehüllt, und Tanis wurde in die herzliche Umarmung seines Freundes gezogen. »Flußwind«, flüsterte er heiser und hielt dabei den Mann aus den Ebenen fest.

»Mein Bruder«, sagte Flußwind in Que-Shu, der Sprache seines Volkes. Die Menge im Wirtshaus jubelte wild, aber Tanis hörte nichts, weil eine Frau mit feuerroten Haaren und Sommersprossen ihre Hand auf seinen Arm legte. Tanis, immer noch Flußwind umklammernd, schloß Tika in ihre Umarmung ein, und lange Zeit standen die drei Freunde zusammen, verbunden durch Leid und Schmerz und Ruhm.

Flußwind brachte sie wieder zur Vernunft. Dieses öffentliche Zurschaustellen von Gefühlen nicht gewohnt, gewann der hochgewachsene Barbar seine Fassung wieder und trat zurück, blinzelte schnell und sah stirnrunzelnd zur Decke, bis er seine Beherrschung wiedererlangt hatte. Tanis, dessen rötlicher Bart tränenfeucht war, drückte Tika noch einmal schnell an sich, dann sah er sich um.

»Wo ist der große Ochse von deinem Ehemann?« fragte er fröhlich. »Wo ist Caramon?«

Es war eine einfache Frage, und Tanis war auf die Antwort gänzlich unvorbereitet. Die Menge verfiel in Schweigen; es schien, als ob jemand sie in ein Faß eingeschlossen hätte. Tika murmelte etwas Unverständliches, beugte sich nach unten, zog einen Gossenzwerg vom Boden hoch und schüttelte ihn so lange, bis seine Zähne im Mund zu klappern anfingen.

Verwirrt sah Tanis Flußwind an, aber der Mann aus den Ebenen zuckte nur mit den Schultern und zog seine dunklen Augenbrauen hoch.

Der Halbelf wollte Tika nach dem Grund fragen, aber da spürte er eine kalte Berührung am Arm. Crysania! Er hatte sie völlig vergessen! Er errötete und stellte sie nachträglich vor. »Darf ich Crysania von Tarinius, Verehrte Tochter Paladins, vorstellen?« sagte er förmlich. »Crysania, dies sind Flußwind, Stammeshäuptling der Barbaren, und Tika Waylan Majere.«

Crysania öffnete ihren Reiseumhang und zog ihre Kapuze zurück. Dabei blitzte das Platinmedaillon, das sie um den Hals trug, im hellen Kerzenlicht des Wirtshauses auf. Die weißen Lammwollroben der Frau waren durch die Falten ihres Umhangs zu sehen.

Ein ehrfürchtiges Gemurmel ging durch die Menge. »Eine heilige Klerikerin!« – »Hast du ihren Namen verstanden? Crysania! Im Rang steht sie gleich...« – »Elistans Nachfolgerin...«

Crysania neigte den Kopf. Flußwind verbeugte sich, sein Gesicht war feierlich, und Tika schob Raf eilig hinter die Theke, dann machte sie einen tiefen Knicks.

Als Crysania Tikas Ehenamen hörte, sah sie fragend zu Tanis, der als Antwort nickte.

»Ich fühle mich geehrt«, sagte Crysania mit ihrer klangvollen, kühlen Stimme, »zwei kennenzulernen, deren mutige Taten als Beispiel für uns alle leuchten.«

Tika errötete. Flußwinds strenges Gesicht änderte seinen Ausdruck nicht, aber Tanis sah, wieviel das Lob der Klerikerin dem tiefreligiösen Barbaren bedeutete. Was die Menge betraf, so jubelte sie stürmisch über die ihnen zugewiesene Ehre. Otik führte seine Gäste zu einem für sie bereitstehenden Tisch und strahlte die Helden an, als hätte er den ganzen Krieg zu ihren Gunsten arrangiert.

Als Tanis Platz genommen hatte, fühlte er sich zuerst unbehaglich. Aber er konnte sich mit Flußwind ohne Angst, belauscht zu werden, unterhalten. Zuerst mußte er jedoch herausfinden, wo Caramon war.

Wieder wollte er fragen, aber Tika, die sich wie eine Mutterhenne um Crysania kümmerte, sah, wie er den Mund öffnete, drehte sich um und verschwand in die Küche.

Tanis schüttelte verwirrt den Kopf, aber bevor er nachdenken konnte, hatte Flußwind ihm Fragen gestellt. Bald waren sie in ein Gespräch vertieft.

»Alle glauben, der Krieg sei vorbei«, sagte Tanis seufzend. »Und das bringt uns in eine schlimmere Gefahr als zuvor. Bündnisse zwischen Elfen und Menschen, die in finsteren Zeiten stark waren, beginnen in der Sonne zu schmelzen. Laurana ist jetzt in Qualinesti, um dem Begräbnis ihres Vaters beizuwohnen, und versucht außerdem, ein Einverständnis zwischen ihrem halsstarrigen Bruder Porthios und den Rittern von Solamnia herbeizuführen. Der einzige Hoffnungsschimmer, den wir haben, ist Porthios' Frau, Alhana Sternenwind.« Tanis lächelte. »Ich hätte es niemals für möglich gehalten, daß diese Elfin nicht nur duldsam gegenüber anderen Menschen ist, sondern sie auch noch gegenüber ihrem unduldsamen Gatten wärmstens unterstützt.«

»Eine seltsame Ehe«, bemerkte Flußwind, und Tanis nickte zustimmend. Die Gedanken beider Männer waren bei ihrem Freund, dem Ritter Sturm Feuerklinge, der nun tot war – ein Held des Turms des Oberklerikers. Beide wußten, daß Alhanas Herz dort in der Dunkelheit mit Sturm begraben war.

»Gewiß keine Liebesheirat.« Tanis zuckte die Schultern. »Aber es kann wohl eine Ehe sein, die hilft, die Ordnung in der Welt wiederherzustellen. Nun, was ist mit dir, mein Freund? Dein Gesicht ist düster und mitgenommen von neuen Sorgen, so wie es auch vor neuer Freude erstrahlt. Goldmond hat Laurana über die Zwillinge benachrichtigt.«

Flußwind lächelte kurz. »Du hast recht. Mir tut jede Minute weh, die ich fort bin«, sagte der Mann aus den Ebenen mit seiner tiefen Stimme, »obwohl dich wiederzusehen die Bürde meines Herzens erleichtert. Aber ich ließ zwei Stämme am Rande des Krieges zurück. Bis jetzt habe ich es geschafft, sie am Verhandeln zu halten, und es gab noch kein Blutvergießen.

Aber die Unzufriedenen arbeiten hinter meinem Rücken gegen mich. Jede Minute, die ich nicht da bin, gibt ihnen die Gelegenheit, alte Fehden wieder zu entfachen.«

Tanis drückte seinen Arm. »Es tut mir leid, mein Freund, aber ich bin dankbar, daß du gekommen ist.« Dann seufzte er wieder und warf Crysania einen Blick zu, da ihm klar wurde, daß er nun vor neuen Problemen stand. »Ich hatte gehofft, du wärst in der Lage, dieser Dame deine Führung und deinen Schutz anzubieten.« Seine Stimme sank zu einem Murmeln herab. »Sie ist auf der Reise zu dem Turm der Erzmagier im Wald von Wayreth.«

Flußwinds Augen weiteten sich vor Beunruhigung und Mißbilligung. Der Barbar mißtraute Magiern und allem, was mit ihnen zusammenhing.

Tanis nickte. »Ich sehe, du erinnerst dich an Caramons Geschichten über jene Zeit, als er und Raistlin dorthin reisten. Und *sie* waren eingeladen. Diese Dame geht ohne Einladung, um den Rat der Magier über...«

Crysania warf ihm einen scharfen, herrischen Blick zu. Stirnrunzelnd schüttelte sie den Kopf.

Tanis biß sich auf die Zunge und fügte matt hinzu: »Ich hatte gehofft, du könntest sie begleiten...«

»Ich hatte so etwas befürchtet«, entgegnete Flußwind, »als ich deine Botschaft erhielt, und das war der Grund für mein Kommen – um dir meine Ablehnung persönlich zu erklären. Du weißt, zu einer anderen Zeit hätte ich mit Freude geholfen und mich höchst geehrt gefühlt, meine Dienste einer so ehrwürdigen Person anzubieten.« Er verbeugte sich leicht zu Crysania hin, die seine Huldigung mit einem Lächeln entgegennahm, das aber unverzüglich schwand, als sie ihren Blick wieder auf Tanis richtete. Eine kleine, tiefe Linie des Zornes erschien zwischen ihren Brauen.

Flußwind fuhr fort: »Aber es steht zu viel auf dem Spiel, Tanis. Der Friede, den ich zwischen den Stämmen gestiftet habe, von denen sich viele jahrelang im Krieg befunden haben, ist nur ein schwacher. Unser Überleben als Nation hängt davon ab, daß wir uns verbünden und zusammenarbeiten, um unser Land wiederaufzubauen.«

»Ich verstehe«, sagte Tanis, gerührt von Flußwinds offensichtlichem Bedauern, seine Bitte um Hilfe abgelehnt zu haben. Der Halbelf fing jedoch Crysanias verstimmten Blick auf und wandte sich ihr in grimmiger Höflichkeit zu. »Es wird alles gut gehen, Verehrte Tochter«, sagte er mit mühsam aufgebrachter Geduld. »Caramon wird dich führen, und er ist dreimal so viel wert wie wir gewöhnliche Sterbliche, nicht wahr, Flußwind?«

Der Mann aus den Ebenen lächelte, alte Erinnerungen kehrten zurück. »Gewiß, er kann so viel essen wie drei gewöhnliche Sterbliche. Und er ist stark wie drei oder mehr. Erinnerst du dich, Tanis, als er das feiste Schweinsgesicht William hochhob, als wir in dieser Show auftraten...«

»Und als er die zwei Drakonier getötet hat, indem er einfach ihre Köpfe zusammengestoßen hat.« Tanis lachte. »Und erinnerst du dich, als wir im Zwergenkönigreich waren und Caramon hinter Flint schlich und...« Tanis lehnte sich vor und flüsterte etwas in Flußwinds Ohr. Das Gesicht des Barbaren errötete vor Lachen. Er erzählte noch eine andere Geschichte, und die beiden Männer setzten ihre Geschichten über Caramons Stärke, seine Geschicklichkeit mit dem Schwert, seinen Mut und seine Ehre fort.

»Und seine Sanftheit«, fügte Tanis nach kurzem Nachdenken hinzu. »Ich sehe ihn deutlich vor mir, wie er Raistlin so geduldig versorgte, seinen Bruder in seinen Armen hielt, als die Hustenanfälle den Magier fast entzweirissen...«

Er wurde von einem erstickten Aufschrei, einem Krachen und dumpfen Aufschlag unterbrochen. Tanis drehte sich erstaunt um und erblickte Tika, die ihn anstarrte; ihr Gesicht war weiß, ihre grünen Augen schimmerten von Tränen.

»Geht jetzt!« bat sie mit blassen Lippen. »Bitte, Tanis! Stellt keine Fragen! Geht einfach!« Sie ergriff seinen Arm, ihre Nägel gruben sich schmerzhaft in sein Fleisch.

»Was im Namen der Hölle ist los, Tika?« fragte Tanis aufgebracht, erhob sich und sah sie an.

Ein splitterndes Krachen folgte als Antwort. Die Tür zum Wirtshaus wurde von einer gewaltigen Kraft aufgerissen. Tika sprang zurück, ihr Gesicht verzerrte sich dermaßen vor Angst und Entsetzen, als sie zur Tür sah, daß Tanis sich mit der Hand am Schwert schnell umdrehte und Flußwind aufstand.

Ein riesiger Schatten füllte den Eingang, schien sich wie ein Leichentuch über den Raum auszubreiten. Der fröhliche Lärm und das Gelächter der Menge endeten plötzlich, wurden zu einem leisen, wütenden Murren.

Sich an die dunklen und bösen Dinge erinnernd, von denen sie gejagt worden waren, zog Tanis sein Schwert und stellte sich zwischen die Dunkelheit und Crysania. Er spürte, obwohl er ihn nicht sehen konnte, daß Flußwind hinter ihm stand und Deckung gab. Es hat uns also eingeholt, dachte Tanis, der die Gelegenheit fast begrüßte, dieses vage, unbekannte Entsetzen zu bekämpfen. Grimmig starrte er zur Tür, sah, wie eine aufgeblähte, groteske Gestalt in das Licht trat.

Tanis sah einen Mann, einen großen Mann, aber als er genauer hinblickte, erkannte er, daß es ein Mann war, dessen riesiger Körperumfang schwammig geworden war. Ein hervorquellender Bauch hing über eine Lederhose. Ein schmutziges Hemd klaffte am Nabel offen, das Hemd war zu klein, um so viel Fleisch zu bedecken. Das Gesicht des Mannes – teilweise durch einen drei Tage alten Bart verdunkelt – war unnatürlich gerötet und fleckig, sein Haar fettig und ungekämmt. Seine Kleidung, obgleich elegant, war schmutzig und roch stark nach Erbrochenem und ungebranntem Schnaps, der als Zwergenspiritus bekannt war.

Tanis senkte sein Schwert; er kam sich wie ein Narr vor. Es war nur ein armer betrunkener Wicht, wahrscheinlich der Stadttyrann, der seinen Körperumfang benutzte, um die Bürger einzuschüchtern. Er sah mit Mitleid und Ekel auf den Mann, dachte dabei jedoch, daß an ihm etwas merkwürdig Vertrautes war. Wahrscheinlich jemand, den er gekannt hatte, als er vor langer Zeit in Solace gelebt hatte, ein armer Kerl, der schlimme Zeiten durchmachte.

Der Halbelf wollte sich gerade umdrehen, als er bemerkte, daß alle im Wirtshaus ihn erwartungsvoll anstarrten.

Was erwarten sie von mir, das ich tun soll? dachte Tanis im plötzlichen Zorn. Ihn angreifen? Ein Held, den sie in mir sehen, der den Stadttrinker zusammenschlägt!

Dann hörte er ein Schluchzen an seinem Ellbogen. »Ich sagte dir, du sollest gehen«, jammerte Tika und sank auf einen Stuhl. Sie vergrub ihr Gesicht in den Händen und begann zu weinen, als ob ihr Herz bräche.

Tanis wurde immer verwirrter und sah kurz zu Flußwind, aber der Mann aus den Ebenen tappte offensichtlich genauso im Dunkeln wie sein Freund. Der Betrunkene taumelte unterdessen in den Raum und sah sich zornig um.

»Was ist hier los? Eine Party?« knurrte er. »Und niemand lädt mich ein?«

Niemand antwortete. Sie ignorierten gebannt den schlampigen Mann, ihre Augen immer noch auf Tanis haftend, und jetzt richtete sich sogar die Aufmerksamkeit des Betrunkenen auf den Halbelf. Der Betrunkene, in dem Versuch, seinen Blick auf ihn zu konzentrieren, starrte Tanis in verwirrtem Zorn an, als ob er ihm die Schuld für all seine Schwierigkeiten geben wollte. Dann plötzlich weiteten sich die Augen des Betrunkenen, sein Gesicht teilte sich zu einem närrischen Grinsen, und dann sprang er vorwärts mit ausgestreckten Armen. »Tanis… mein…«

»Im Namen der Götter«, stieß Tanis hervor, als er ihn endlich erkannte.

Der Mann taumelte nach vorne und stolperte über einen Stuhl. Einen Augenblick blieb er schwankend stehen, wie ein Baum, der gefällt wird und bereit zum Umfallen ist. Seine Augen rollten umher. Und dann fiel mit einem Aufschlag, der das Wirtshaus erbeben ließ, Caramon Majere, Held der Lanze, ohnmächtig vor Tanis' Füße.

3

»Im Namen der Götter«, wiederholte Tanis kummervoll, während er sich zu dem bewußtlosen Krieger beugte. »Caramon...«

»Tanis...« Flußwinds Stimme ließ den Halbelf schnell nach oben schauen. Der Barbar hielt Tika in seinen Armen, er und Dezra versuchten, die aufgewühlte junge Frau zu trösten. Aber Leute drängten sich näher, versuchten, Flußwind Fragen zu stellen, oder baten Crysania um einen Segen. Andere verlangten nach Bier oder standen einfach nur glotzend herum.

Tanis erhob sich schnell. »Das Wirtshaus ist für die Nacht geschlossen«, rief er.

Aus der Menge kam Hohngelächter, abgesehen von vereinzeltem Beifall im hinteren Raum, wo einige Gäste verstanden hatten, er wolle eine Runde ausgeben.

»Nein, es ist mein Ernst«, sagte Tanis fest; seine Stimme übertönte den Lärm. Die Menge kam zur Ruhe. »Ich danke euch allen für diesen Empfang. Ich kann euch gar nicht sagen, was es für mich bedeutet, wieder in meiner Heimat zu sein. Aber meine Freunde und ich wollen jetzt allein sein. Bitte, es ist spät...«

Mitfühlendes Gemurmel und ein gutgemeintes Klatschen setzten ein. Flußwind überließ es Dezra, sich um Tika zu kümmern, und kam nach vorne, um die wenigen Säumigen anzutreiben, die glaubten, Tanis habe die anderen, nur sie selbst nicht gemeint. Der Halbelf hielt bei Caramon Wache, der selig auf dem Fußboden schnarchte, und hinderte die Leute, auf den großen Mann zu treten. Er tauschte mit Flußwind einen Blick, als der Barbar an ihm vorbeiging, aber beide hatten erst Zeit zu sprechen, als das Wirtshaus leer war.

Otik Sandet stand an der Tür, dankte allen für ihr Kommen und versicherte ihnen, daß das Wirtshaus am nächsten Abend wieder geöffnet sein werde. Als alle gegangen waren, trat Tanis zu dem Eigentümer.

Der ältere Mann faßte Tanis am Arm und flüsterte ihm zu: »Ich bin froh, daß du zurückgekehrt bist. Schließ ab, wenn ihr fertig seid.« Er blickte kurz zu Tika, dann gab er ihm einen verschwörerischen Wink. »Tanis«, sagte er flüsternd, »wenn du zufällig siehst, daß Tika etwas aus der Geldkiste nimmt, beachte es nicht. Sie wird es eines Tages zurückgeben. Ich tue einfach so, als ob ich es nicht merke.« Sein Blick ging zu Caramon, und er schüttelte traurig den Kopf. »Ich weiß, du bist in der Lage zu helfen«, murmelte er, dann nickte er und stapfte auf seinen Rohrstock gestützt in die Nacht.

Helfen! dachte Tanis wild. Wir kamen, um *seine* Hilfe zu suchen. Caramon gab ein besonders lautes Schnarchen von sich, wurde davon wach, rülpste den Geruch von Zwergenspiritus aus und machte es sich wieder bequem. Tanis blickte düster auf Flußwind, dann schüttelte er verzweifelt den Kopf.

Crysania starrte halb mitleidig, halb angewidert auf Caramon. »Armer Mann«, sagte sie leise. Das Medaillon von Paladin glänzte im Kerzenschein. »Vielleicht...«

»Du kannst nichts für ihn tun«, weinte Tika. »Er braucht keine Heilung. Er ist betrunken, siehst du das nicht?«

Crysanias Blick wandte sich erstaunt zu Tika, aber bevor die Klerikerin etwas sagen konnte, trat Tanis zu Caramon. »Hilf mir, Flußwind«, sagte er, während er sich niederbeugte. »Wir bringen ihn nach Hau...«

»Ach, laß ihn liegen!« unterbrach ihn Tika und wischte sich die Augen mit dem Zipfel ihrer Schürze ab. »Er hat schon manche Nacht auf dem Fußboden verbracht. Eine weitere Nacht spielt keine Rolle.« Sie wandte sich zu Tanis. »Ich wollte es dir sagen. Wirklich. Aber ich dachte... Ich habe gehofft... Er war so aufgeregt, als dein Brief ankam. Er war... nun, mehr er selbst, wie ich ihn schon lange Zeit nicht mehr erlebt habe. Ich dachte, damit ist es vielleicht getan. Er würde sich ändern. Darum wollte ich, daß du kommst.« Sie ließ den Kopf hängen. »Es tut mir so leid...«

Tanis stand unentschlossen neben dem großen Krieger. »Ich verstehe nicht. Wie lange...«

»Darum konnten wir nicht zu eurer Hochzeit kommen, Tanis«, sagte Tika. »Ich wäre so gern gekommen! Aber...« Sie begann wieder zu weinen.

Dezra legte ihre Arme um sie. »Setz dich, Tika«, murmelte sie und half ihr, auf einer Bank mit hoher Lehne Platz zu nehmen.

Tika sank hinunter, ihre Beine gaben plötzlich nach.

»Laßt uns alle sitzen«, sagte Tanis, »und laßt uns einen klaren Kopf bekommen. Du dort...« Der Halbelf winkte den Gossenzwerg herbei, der sie von der Holztheke anstarrte. »Bring uns einen Krug Bier und einige Becher, Wein für Crysania, Würzkartoffeln...«

Tanis hielt inne. Der verwirrte Gossenzwerg starrte ihn mit kugelrunden Augen an, sein Mund war sperrangelweit geöffnet.

»Ich mache das lieber, Tanis«, bot sich Dezra lächelnd an. »Du wirst höchstwahrscheinlich einen Krug voller Kartoffeln bekommen, wenn Raf sich darum kümmern soll.«

»Ich helfen!« protestierte Raf empört.

»Du bringst den Abfall nach draußen!« fuhr Dezra ihn an.

»Ich große Hilfe...«, murmelte Raf verzweifelt, als er hinausschlurfte.

»Eure Zimmer sind im neuen Teil des Wirtshauses«, murmelte Tika. »Ich zeige sie euch...«

»Wir werden sie später finden«, sagte Flußwind streng, aber als er zu Tika sah, füllten sich seine Augen mit Mitgefühl. »Setz dich und sprich mit Tanis. Er muß bald aufbrechen.«

»Verdammt! Mein Pferd!« sagte Tanis und schreckte plötzlich hoch. »Ich bat den Jungen, es vorbeizubringen...«

»Ich kümmere mich darum«, bot Flußwind an.

»Nein, ich gehe. Es dauert nur einen Augenblick...«

»Mein Freund«, sagte Flußwind leise, als er an ihm vorbeiging, »ich muß an die frische Luft! Ich komme zurück, um dir zu helfen...« Er nickte in Richtung des schnarchenden Caramon.

Tanis lehnte sich erleichtert zurück. Der Mann aus den Ebenen verließ den Raum. Crysania nahm neben Tanis Platz und starrte sprachlos auf Caramon. Tanis sprach weiter zu Tika über kleine, belanglose Dinge, bis sie in der Lage war, sich aufzurichten, und sogar ein wenig lächelte. Als Dezra mit Getränken zurückkehrte, schien Tika entspannter, obgleich ihr Gesicht immer noch abgespannt wirkte. Tanis bemerkte, daß Crysania kaum ihren Wein anrührte. Sie saß einfach da und sah gelegentlich zu Caramon, die dunkle Linie erschien wieder zwischen ihren Brauen. Tanis wußte, er hätte ihr erklären sollen, was sich hier abspielte, aber zuvor wollte er selbst eine Erklärung haben. »Wann hat das...«, begann er zögernd.

»Angefangen?« Tika seufzte. »Ungefähr sechs Monate, nachdem wir zurückgekehrt waren.« Ihr Blick ging zu Caramon. »Er war so glücklich – anfangs. Die Stadt war völlig im Chaos, Tanis. Der Winter war für die Überlebenden entsetzlich gewesen. Die meisten waren am Verhungern, die Drakonier und die Goblinsoldaten nahmen ihnen alles weg. Diejenigen, deren Häuser zerstört worden waren, lebten dort, wo sie Schutz finden konnten – in Höhlen, Schuppen. Die Drakonier hatten die Stadt verlassen, als wir zurückkamen, und die Leute waren mit dem Aufbau beschäftigt. Sie begrüßten Caramon als Helden – die Barden waren bereits hier gewesen und hatten ihre Lieder über die Niederlage der Königin gesungen.« Tikas Augen schimmerten von Tränen und Stolz. »Er war so glücklich, Tanis, eine Zeitlang. Die Leute brauchten ihn. Er arbeitete Tag und Nacht – fällte Bäume, schleppte Holz von den Hügeln heran, baute Häuser. Er nahm sogar Schmiedearbeiten an, da Theros ja nicht mehr da war. Oh, er war nicht gut darin.« Tika lächelte traurig. »Aber er war glücklich, und es störte niemanden wirklich. Er stellte Nägel und Hufeisen und Wagenräder her. Das erste Jahr war gut für uns – wirklich gut. Wir heirateten, und Caramon schien zu vergessen...« Tika schluckte.

Tanis streichelte ihre Hand, und nachdem sie schweigend ein wenig gegessen und Wein getrunken hatte, konnte sie weitererzählen. »Jedoch im vergangenen Frühling begann sich alles zu ändern. Irgend etwas geschah mit Caramon. Ich bin mir nicht sicher, was. Es hatte etwas zu tun mit...« Sie brach ab, schüttelte den Kopf. »Die Stadt blühte wieder auf. Ein Schmied, der in Pax Tarkas gefangengehalten worden war, zog hierher und übernahm die Schmiede. Nun, es war immer noch nötig, für die Leute Häuser zu bauen, aber es war nicht mehr so eilig. Ich übernahm das Wirtshaus.« Tika zuckte die Schultern. »Ich vermute, Caramon hatte einfach zu viel Zeit.«

»Niemand brauchte ihn«, sagte Tanis grimmig.

»Nicht einmal ich...«, sagte Tika, schluckte und wischte sich über die Augen. »Vielleicht habe ich Schuld...«

»Nein«, widersprach Tanis. »Es ist nicht deine Schuld, Tika. Ich glaube, wir wissen beide, wer die Schuld trägt.«

»Egal«, Tika holte tief Luft. »Ich versuchte zu helfen, aber ich hatte hier so viel zu tun. Ich schlug alle möglichen Dinge vor, die er tun könnte, und er versuchte es auch. Er half dem örtlichen Wachtmeister, spürte abtrünnige Drakonier auf. Er arbeitete eine Zeitlang als Leibwächter, von Leuten angeheuert, die nach Haven reisten. Aber niemand heuerte ihn ein zweites Mal an.« Ihre Stimme wurde leiser. »Eines Tages im letzten Winter kehrte die Reisegruppe, die er beschützen sollte, mit ihm zurück, sie brachten ihn auf einem Schlitten. Er war völlig betrunken. Seitdem verbringt er seine ganze Zeit mit Schlafen und Essen oder steckt mit einigen Ex-Söldnern im Wirtshaus zum Trog zusammen, dieser Spelunke am anderen Ende der Stadt.«

Tanis wünschte, Laurana wäre hier, um solche Angelegenheiten zu besprechen, und schlug leise vor: »Vielleicht ein Kind?«

»Im letzten Sommer war ich schwanger«, sagte Tika teilnahmslos und stützte den Kopf in die Hand. »Aber nicht lange. Ich hatte eine Fehlgeburt. Caramon wußte überhaupt nichts davon. Seitdem…«, sie starrte auf den Holztisch, »nun schlafen wir nicht mehr im gleichen Zimmer.«

Vor Verlegenheit errötend, konnte Tanis nichts anderes tun, als ihre Hand zu streicheln und eilig das Thema zu wechseln. »Du hast vorhin gesagt, es habe etwas zu tun… womit?«

Tika erschauerte, dann trank sie einen Schluck Wein. »Damals begannen die Gerüchte, Tanis«, sagte sie mit leiser Stimme. »Dunkle Gerüchte. Du kannst dir wohl vorstellen, über wen!«

Tanis nickte.

»Caramon schrieb ihm, Tanis. Ich habe den Brief gesehen. Es war – es riß mein Herz entzwei. Kein Wort des Vorwurfs. Er war von Liebe erfüllt. Caramon bat seinen Bruder, zurückzukommen und bei uns zu leben. Er bat ihn, sich von der Dunkelheit abzuwenden.«

»Und was geschah dann?« fragte Tanis, obwohl er sich die Antwort bereits vorstellen konnte.

»Der Brief kam zurück«, flüsterte Tika. »Ungeöffnet. Das Siegel war nicht einmal gebrochen. Und auf dem Umschlag stand geschrieben: ›Ich habe keinen Bruder. Ich kenne niemanden mit Namen Caramon.‹ Und es war mit ›Raistlin‹ unterschrieben!«

»Raistlin!« Crysania sah Tika an, als sähe sie sie zum ersten Mal. Ihre grauen Augen waren groß und erstaunt, als sie sich von der rothaarigen jungen Frau zu Tanis wandten und dann zu dem riesigen Krieger auf dem Boden, der in seinem trunkenen Schlaf behaglich rülpste. »Caramon... Das ist Caramon Majere? Das ist *sein* Bruder? Der Zwilling, von dem du mir erzählt hast? Der Mann, der mich führen sollte...«

»Es tut mir leid, Verehrte Tochter«, sagte Tanis und wurde rot. »Ich hatte keine Ahnung, daß er...«

»Aber Raistlin ist so... intelligent, mächtig. Ich dachte, sein Zwillingsbruder müsse genauso sein. Raistlin ist sensibel, er beherrscht sich und jene, die ihm dienen. Er ist ein Perfektionist, während diese«, Crysania machte eine Handbewegung, »diese erbärmliche Kreatur, die zwar unser Mitleid und unsere Gebete verdient...«

»Dein sensibler und intelligenter Perfektionist hatte seine Hand im Spiel, daß diese ›erbärmliche Kreatur‹ so geworden ist, wie du sie jetzt vorfindest, Verehrte Tochter«, sagte Tanis mit beißender Stimme und versuchte angestrengt, seinen Zorn unter Kontrolle zu halten.

»Vielleicht war es genau anders herum«, sagte Crysania, während sie Tanis kalt musterte. »Vielleicht war es mangelnde Liebe, daß Raistlin sich vom Licht abwandte und in die Dunkelheit ging.«

Tika sah zu Crysania auf, in ihren Augen war ein eigenartiger Ausdruck. »Mangelnde Liebe?« wiederholte sie leise.

Caramon stöhnte im Schlaf und begann um sich zu schlagen.

Tika erhob sich schnell. »Wir bringen ihn lieber nach Hause.« Sie blickte hoch und sah Flußwinds große Gestalt in der Tür erscheinen, dann wandte sie sich zu Tanis. »Ich sehe dich morgen früh, nicht wahr? Kannst du nicht bleiben... wenigstens diese Nacht?«

Tanis sah in ihre flehenden Augen. »Es tut mir leid, Tika«, sagte er und ergriff ihre Hände. »Ich wünschte, ich könnte, aber ich muß weiter. Es ist ein langer Ritt von hier nach Qualinost, und ich wage nicht, mich zu verspäten. Das Schicksal von zwei Königreichen hängt vielleicht von meiner Gegenwart ab.«

»Ich verstehe«, sagte Tika leise. »Es ist auch nicht dein Problem. Ich komme schon klar.«

Tanis hätte sich vor Enttäuschung am liebsten den Bart ausgerissen. Er wäre am liebsten geblieben und hätte geholfen, wenn er überhaupt helfen konnte. Zumindest konnte er dann mit Caramon reden, versuchen, in diesen dicken Schädel etwas Vernunft zu bringen. Aber Porthios würde es als persönliche Beleidigung nehmen, wenn Tanis nicht zur Beerdigung erschiene, was sich nicht nur auf seine persönliche Beziehung zu Lauranas Bruder auswirken würde, sondern auch noch auf den Bündnisvertrag, der gerade zwischen Qualinesti und Solamnia verhandelt wurde.

Und dann, als seine Augen zu Crysania wanderten, wurde Tanis klar, daß er auch noch vor einem anderen Problem stand. Er stöhnte innerlich auf. Er konnte sie nicht nach Qualinost mitnehmen. Porthios konnte mit menschlichen Klerikern nichts anfangen.

»Schau«, sagte Tanis, der plötzlich eine Idee hatte. »Ich komme nach der Beerdigung zurück.« Tikas Augen leuchteten auf. Er wandte sich zu Crysania. »Ich lasse dich hier zurück, Verehrte Tochter. In dieser Stadt, in diesem Wirtshaus bist du sicher aufgehoben. Dann kann ich dich zurück nach Palanthas begleiten, da deine Reise fehlgeschlagen ist...«

»Meine Reise ist nicht fehlgeschlagen«, unterbrach ihn Crysania entschlossen. »Ich werde sie weiterführen, so wie ich sie begann. Ich beabsichtige, zum Turm der Erzmagier von Wareth zu reisen, um mich dort mit Par-Salian von den Weißen Roben zu beratschlagen.«

Tanis schüttelte den Kopf. »Ich kann dich nicht dorthin bringen«, sagte er. »Und Caramon ist offensichtlich nicht in der Lage. Darum schlage ich vor...«

»Ja«, unterbrach Crysania selbstgefällig. »Caramon ist eindeutig unfähig. Darum werde ich auf deinen Kenderfreund warten, der mich hier treffen wollte mit der Person, nach der er gesucht hat, und dann werde ich die Reise allein fortsetzen.«

»Nein!« schrie Tanis. Flußwind zog seine Augenbrauen hoch, um Tanis zu erinnern, mit wem er sprach. Mit Mühe gewann der Halbelf seine Beherrschung wieder. »Du kannst dir die Gefahr nicht vorstellen! Außer diesen dunklen Dingen, die uns verfolgt haben – und ich denke, wir wissen alle, wer sie geschickt hat –, kenne ich Caramons Geschichten über den Wald von Wayreth. Er ist noch dunkler! Wir kehren nach Palanthas zurück. Ich werde Ritter finden…«

Zum ersten Mal sah Tanis einen blassen Hauch von Farbe Crysanias Marmorwangen berühren.

Ihre dunklen Brauen zogen sich zusammen, als ob sie nachdächte. Dann klärte sich ihr Gesicht. Lächelnd sah sie zu Tanis auf. »Es gibt keine Gefahr«, sagte sie. »Ich bin in Paladins Händen. Die dunklen Kreaturen hat vielleicht Raistlin geschickt, aber sie haben keine Kraft, mir zu schaden! Sie haben lediglich meinen Entschluß bestärkt.« Als sie sah, daß Tanis' Gesicht noch grimmiger wurde, seufzte sie. »Ich verspreche dir so viel, daß ich darüber nachdenken werde. Vielleicht hast du recht. Vielleicht ist die Reise zu gefährlich…«

»Und eine Zeitverschwendung!« murmelte Tanis. Kummer und Erschöpfung ließen ihn schonungslos aussprechen, was er die ganze Zeit schon über den verrückten Plan der Frau gedacht hatte. »Wenn Par-Salian Raistlin vernichten könnte, dann hätte er das schon vor langer Zeit getan…«

»Vernichten!« Crysania musterte Tanis schockiert, ihre grauen Augen waren kalt. »Ich trachte nicht nach seiner Vernichtung.«

Tanis starrte sie erstaunt an.

»Ich trachte danach, ihn zu bekehren«, fuhr Crysania fort. »Ich will jetzt in meine Räume, wenn jemand so liebenswürdig ist, mich dorthin zu führen.«

Dezra eilte herbei. Crysania wünschte gelassen allen eine gute Nacht, dann folgte sie Dezra aus dem Zimmer. Tanis starrte ihr hinterher, ihm fehlten die Worte. Er hörte Flußwind etwas auf Que-Shu murmeln. Dann stöhnte Caramon wieder auf. Flußwind stieß Tanis an. Gemeinsam beugten sie sich über den schlummernden Caramon und zogen den großen Mann auf seine Füße.

»Ist der schwer!« keuchte Tanis und taumelte unter dem vollen Gewicht des Mannes, als Caramons schlaffe Arme über seine Schultern fielen. Der Gestank des Zwergenspiritus ließ ihn würgen.

»Wie kann er nur dieses Zeug trinken?« fragte Tanis Flußwind, als sie den betrunkenen Mann zur Tür schafften, während Tika ängstlich folgte.

»Ich kannte einmal einen Krieger, der diesem Fluch zum Opfer gefallen war«, grunzte Flußwind. »Er verunglückte, als er über einen Felsen sprang, von Kreaturen verfolgt, die nur in seinem Kopf existierten.«

»Ich sollte bleiben…«, murmelte Tanis.

»Du kannst nicht in der Schlacht für einen anderen kämpfen, mein Freund«, sagte Flußwind bestimmt. »Insbesondere, wenn es eine Schlacht zwischen einem Mann und seiner eigenen Seele ist.«

Es war nach Mitternacht, als Tanis und Flußwind Caramon sicher nach Hause gebracht und ihn auf seinem Bett abgeladen hatten. Tanis war in seinem ganzen Leben noch nie so müde gewesen. Seine Schultern schmerzten vom Gewicht des riesigen Kriegers. Er war völlig erschöpft, seine Erinnerungen an die Vergangenheit – einst angenehm – waren jetzt wie eine alte Wunde, offen und blutend. Und vor ihm lag noch ein stundenlanger Ritt. »Ich wünschte, ich könnte bleiben«, wiederholte er zu Tika, als sie zusammen mit Flußwind vor ihrer Tür standen und über die schlafende, friedliche Stadt Solace blickten. »Ich fühle mich verantwortlich…«

»Nein, Tanis«, sagte Tika ruhig. »Flußwind hat recht. Du kannst seinen Krieg nicht führen. Du führst jetzt dein eigenes Leben. Außerdem kannst du nichts tun. Du könntest die Dinge höchstens verschlimmern.«

»Vermutlich.« Tanis runzelte die Stirn. »Auf jeden Fall bin ich in ungefähr einer Woche wieder zurück. Ich werde dann mit Caramon sprechen.«

»Das wäre schön.« Tika seufzte, dann wechselte sie das Thema. »Nebenbei, was meinte Crysania damit, als sie über einen Kender sprach, der kommen soll? Tolpan?«

»Ja«, antwortete Tanis und kratzte sich am Bart. »Es hat etwas mit Raistlin zu tun, aber ich weiß nicht genau, was. Wir trafen Tolpan zufällig in Palanthas. Er fing wieder mit seinen Geschichten an. Ich warnte sie, daß nur die Hälfte von dem, was er sagt, wahr ist, und selbst diese Hälfte ist unsinnig, aber er hat sie vermutlich überredet, ihn nach einer Person suchen zu lassen, von der sie meint, daß sie ihr helfen kann, Raistlin zu bekehren!«

»Diese Frau ist wohl eine heilige Klerikerin von Paladin«, sagte Flußwind streng. »Mögen die Götter mir verzeihen, wenn ich über eine von ihnen Auserwählte schlecht spreche. Aber ich glaube, sie ist verrückt.« Nach dieser Erklärung warf er seinen Bogen über die Schulter und machte sich zum Aufbruch bereit.

Tanis schüttelte den Kopf. Er legte seinen Arm um Tika und küßte sie. »Ich befürchte, Flußwind hat recht«, sagte er leise zu ihr. »Halte ein Auge auf Crysania, solange sie hier ist. Ich werde mit Elistan über sie reden müssen, wenn wir zurückkehren. Ich frage mich, wieviel er von ihrem verrückten Plan weiß. Wenn Tolpan hier aufkreuzt, halte ihn fest, ja? Ich will nicht, daß er nach Qualinost kommt! Wie es aussieht, werde ich genug Ärger mit Porthios und den Elfen haben!«

»Sicher, Tanis«, sagte Tika sanft. Einen Augenblick schmiegte sie sich eng an ihn, ließ sich von seiner Kraft und dem Mitgefühl trösten, das sie in seiner Berührung und seiner Stimme spürte.

Tanis zögerte. »Tika…«, begann er.

Aber sie schob ihn von sich weg. »Geh, Tanis«, sagte sie bestimmt. »Du hast einen langen Ritt vor dir.«

»Tika. Ich wünschte…« Aber es gab nichts, was er ihr sagen konnte, was helfen konnte, und beide wußten es.

Er drehte sich langsam um und ging Flußwind nach.

Während sie beiden nachschaute, lächelte Tika. »Du bist sehr klug, Tanis. Aber dieses Mal irrst du dich«, sagte sie zu sich. »Crysania ist nicht verrückt. Sie ist verliebt.«

Eine Armee von Zwergen marschierte im Schlafzimmer umher. Jeder Zwerg hielt in seiner Hand einen Hammer, und wenn er am Bett vorbeikam, schlug er damit gegen Caramons Kopf.

Caramon stöhnte auf und fuchtelte mit den Händen. »Verschwindet!« murmelte er. »Verschwindet!«

Aber die einzige Antwort der Zwerge war, sein Bett auf ihre starken Schultern zu heben und in schnellem Tempo weiterzumarschieren.

Caramon spürte seinen Magen sich heben. Nach mehreren verzweifelten Versuchen schaffte er es, aus dem Bett zu springen, und stürmte zum Nachttopf in der Ecke. Nachdem er sich übergeben hatte, fühlte er sich besser. Sein Kopf klärte sich. Die Zwerge verschwanden – obgleich er argwöhnte, daß sie sich unter dem Bett versteckt hielten und nur darauf warteten, daß er sich wieder hinlegte.

Statt dessen öffnete er eine Schublade des winzigen Nachtschränkchens, in der er seine kleine Flasche mit Zwergenspiritus aufbewahrte. Weg! Caramon knurrte. Tika spielte also wieder *dieses* Spiel. Er grinste und stolperte zum Kleiderschrank an der anderen Seite des Zimmers. Er öffnete ihn und wühlte sich durch Tuniken und Hosen und Hemden, die seinem aufgeschwemmten Körper nicht mehr paßten. Da war sie – steckte in einem alten Stiefel.

Caramon zog zärtlich die Flasche hervor, nahm einen Schluck von dem scharfen Schnaps, rülpste und seufzte auf. Nun, das Hämmern im Schädel war verschwunden. Er sah sich im Zimmer um. Laß die Zwerge ruhig unter dem Bett bleiben. Es störte ihn nicht.

Im Nachbarzimmer war das Klirren von Porzellan zu hören. Tika! Eilig nahm Caramon einen weiteren Schluck, dann verschloß er die Flasche und steckte sie in den Stiefel zurück. Er schloß den Schrank leise, richtete sich auf, fuhr durch sein wirres Haar und machte sich daran, in den Hauptwohnbereich zu gehen. Dann sah er sich beim Vorbeigehen kurz im Spiegel. »Ich sollte mein Hemd wechseln«, murmelte er heiser. Er zog das schmutzige Hemd aus und warf es in eine Ecke. Vielleicht sollte er sich waschen? Pah! Wer war er denn – ein Waschlappen? Nun gut, er roch – es war ein männlicher Geruch. Unzähligen Frauen gefiel es, sie fanden es attraktiv, beklagten sich niemals oder nörgelten herum so wie Tika. Warum nahm sie ihn nicht so, wie er war? Nachdem er sich in ein sauberes Hemd gekämpft hatte, das er am Fußende des Bettes gefunden hatte, empfand Caramon Selbstmitleid. Niemand verstand ihn ... das Leben war schwer ... gerade jetzt machte er eine schwere Zeit durch ... aber das würde sich ändern ... wartet nur ... eines Tages – vielleicht morgen ...

Nachdem er aus dem Schlafzimmer getorkelt war, versuchte er lässig zu wirken, ging mit unsicherem Schritt durch das aufgeräumte, saubere Wohnzimmer und brach auf einem Stuhl am Eßtisch zusammen. Der Stuhl knarrte unter seinem Gewicht. Tika drehte sich um.

Als Caramon ihren Blick sah, seufzte er. Tika war sauer –

wieder einmal. Er versuchte sie anzugrinsen, aber es war ein erbärmliches Grinsen und half nicht. Ihre roten Locken flogen umher, als sie herumwirbelte und durch eine Tür in die Küche verschwand. Caramon zuckte zusammen, als er schwere Eisentöpfe klappern hörte. Das Geräusch brachte die Zwerge und ihre Hämmer zurück. Innerhalb kurzer Zeit kam Tika mit einem riesigen Teller mit Schinken, gebratenem Maiskuchen und Eiern zurück. Sie warf den Teller mit solcher Kraft vor ihm auf den Tisch, daß die Kuchen einige Zentimeter in die Luft sprangen.

Caramon zuckte wieder zusammen. Er fragte sich kurz, ob er in Anbetracht des empfindlichen Zustandes seines Magens essen konnte, aber er war am Verhungern und konnte sich nicht mehr daran erinnern, wann er das letzte Mal gegessen hatte. Tika ließ sich auf einen Stuhl neben ihm fallen. Als er kurz aufblickte, sah er ihre grünen Augen funkeln. Ihre Sommersprossen standen deutlich von ihrer Haut ab – ein sicheres Zeichen von Zorn.

»In Ordnung«, knurrte Caramon und aß. »Was soll ich jetzt machen?«

»Du erinnerst dich nicht?«

Caramon wühlte hastig in den nebligen Regionen seines Gehirns. Irgend etwas rührte sich vage. Am Abend zuvor hätte er irgendwo sein sollen. Er war den ganzen Tag zu Hause gewesen, um sich bereitzuhalten. Er hatte Tika versprochen... aber dann war er durstig geworden. Seine Flasche war leer. Er war nur zu einem schnellen Schluck ins Wirtshaus zum Trog gegangen, dann zu... wo... warum... »Ich hatte Geschäfte zu erledigen«, sagte er und wich Tikas Blick aus.

»Ja, dein Geschäft haben *wir* gesehen«, fuhr ihn Tika bitter an. »Das Geschäft, das dich direkt vor Tanis' Füßen hat umkippen lassen!«

»Tanis!« Caramon ließ die Gabel fallen. »Tanis... letzte Nacht...« Mit einem verzweifelten Stöhnen ließ der kräftige Mann seinen schmerzenden Kopf in seine Hände sinken.

»Du bist recht unangenehm aufgefallen«, fuhr Tika mit erstickter Stimme fort. »Vor der ganzen Stadt plus der Hälfte der Elfen, die auf Krynn leben. Ganz zu schweigen von unseren alten Freunden.« Jetzt weinte sie leise vor sich hin. »Unseren besten Freunden...«

Caramon stöhnte wieder auf. Jetzt weinte er auch. »Warum? Warum?« schluchzte er. »Tanis, ausgerechnet er...« Seine Selbstanklagen wurden von einem Klopfen an der Haustür unterbrochen.

»Und jetzt?« murmelte Tika, erhob sich und wischte die Tränen mit dem Ärmel ihrer Bluse weg. »Vielleicht ist es Tanis, trotz allem.« Caramon hob den Kopf. »Versuch zumindest, wie der Mann auszusehen, der du einst warst«, sagte Tika im Flüsterton, während sie zur Tür eilte.

Sie zog den Riegel zurück und öffnete die Tür. »Otik?« sagte sie erstaunt. »Was machst... Was ist das für Essen?«

Der dickliche, ältere Wirt stand in der Tür und hielt einen Teller mit dampfendem Essen in einer Hand. Er sah an Tika vorbei. »Ist sie nicht hier?« fragte er verblüfft.

»Wer ist hier?« erwiderte Tika verwirrt. »Niemand ist hier.«

Otiks Gesicht wurde düster. Geistesabwesend begann er vom Teller zu essen. »Dann hat der Stallbursche vermutlich doch recht. Sie ist verschwunden – obwohl ich doch dieses schöne Frühstück bereitet habe.«

»Wer ist verschwunden?« verlangte Tika aufgebracht zu wissen und fragte sich, ob er Dezra meinte.

»Crysania. Sie ist nicht in ihrem Zimmer. Auch ihr Gepäck ist nicht da. Und der Stallbursche sagte, sie sei am Morgen gekommen, habe ihm befohlen, das Pferd zu satteln, und sei davongeritten. Ich dachte...«

»Crysania!« keuchte Tika. »Sie ist allein weggeritten? Natürlich will sie...«

»Was?« fragte Otik kauend.

»Nichts«, sagte Tika. Sie erblaßte. »Nichts, Otik. Oh, du gehst besser zurück ins Wirtshaus. Ich... Ich komme heute etwas später.«

»Sicher, Tika«, meinte Otik freundlich, nachdem er Caramon über dem Tisch zusammengekrümmt gesehen hatte. »Komm rüber, wenn du kannst.« Dann ging er; er aß im Laufen. Tika schloß die Tür hinter sich.

Als Caramon sah, daß Tika wiederkam, und wußte, daß er nun eine Strafpredigt anzuhören hatte, erhob er sich unbeholfen. »Mir geht es nicht so gut«, sagte er. Er taumelte zurück in das Schlafzimmer und schlug die Tür hinter sich zu. Tika konnte gequältes Schluchzen hören.

Sie setzte sich an den Tisch und dachte nach. Crysania war verschwunden, sie hatte sich allein auf den Weg zum Wald von Wayreth gemacht. Oder besser gesagt, sie hatte sich auf die Suche begeben. Niemand fand den Wald gemäß der Legende. *Er* findet *dich*! Tika erschauerte und erinnerte sich an Caramons Geschichten. Der grauenhafte Wald war auf Karten verzeichnet, aber wenn man sie verglich, stimmten zwei Karten niemals über seinen Standort überein. Und immer stand ein Warnsymbol daneben geschrieben. In seinem Zentrum befand sich der Turm der Erzmagier von Wayreth, in dem die Kräfte aller Magier auf Ansalon konzentriert waren. Nun ja, fast alle...

In einem plötzlichen Entschluß erhob sich Tika und warf die Tür zum Schlafzimmer auf. Als sie eintrat, fand sie Caramon auf dem Bett weinend und schluchzend wie ein Kind vor. Sie verhärtete ihr Herz gegenüber diesem mitleiderregenden Anblick und ging mit festen Schritten hinüber zum Kleiderschrank. Als sie ihn öffnete und die Kleidungsstücke durchwühlte, fand sie die Flasche, warf sie aber einfach in eine Ecke des Zimmers. Dann – ganz unten – holte sie das hervor, wonach sie gesucht hatte.

Caramons Rüstung.

Sie nahm einen Beinharnisch am Lederriemen, erhob sich, drehte sich um und schleuderte das polierte Metallstück direkt auf Caramon. Es traf ihn an der Schulter und schlug dann klappernd auf den Boden.

»Au!« schrie der große Mann und setzte sich auf. »Im Namen der Hölle, Tika! Laß mich in Ruhe...«

»Du gehst ihr nach«, sagte Tika mit fester Stimme, während

sie einen weiteren Teil der Rüstung hochhob. »Du gehst ihr nach, und wenn ich dich im Schubkarren hier herausfahren muß!«

»Entschuldigt mich«, sagte ein Kender zu einem Mann, der neben der Straße am Stadtrand von Solace herumschlenderte. Der Mann schloß sofort die Hand um seine Geldbörse. »Ich suche das Haus eines Freundes von mir. Nun, in der Tat sind es zwei Freunde von mir. Es ist eine Frau, hübsch, mit roten Lokken. Ihr Name ist Tika Waylan...«

Der Mann funkelte den Kender an, dann deutete er mit dem Daumen. »Dort drüben.«

Tolpan folgte dem Daumen. »Dort?« fragte er beeindruckt. »Das wahrhaft herrliche Haus aus neuem Vallenholz?«

»Was?« Der Mann stieß ein kurzes, scharfes Lachen aus. »Wie nennst du es? Wahrhaft herrlich? Das ist gut!« Immer noch lachend ging er davon und zählte hastig die Münzen in seiner Börse.

Wie ungehobelt! dachte Tolpan und ließ geistesabwesend das Taschenmesser des Mannes in einen seiner Beutel gleiten. Dann vergaß der Kender unverzüglich den Vorfall und steuerte auf Tikas Haus zu. Sein Blick ruhte liebevoll auf jeder Einzelheit des schönen Hauses, das in den Zweigen des immer noch wachsenden Vallenholzbaumes stand.

»Ich freue mich ja so für Tika«, bemerkte Tolpan zu etwas, das wie ein Kleiderbündel auf Füßen aussah und neben ihm lief. »Und natürlich auch für Caramon«, fügte er hinzu. »Aber Tika hat wirklich niemals ein eigenes Zuhause gehabt. Wie stolz sie sein muß!«

Als Tolpan das Haus erreichte, erkannte er, daß es eines der besseren Häuser in der Stadt war. Es war in der jahrhundertealten Tradition von Solace gebaut. Die zierlichen Biegungen des gewölbten Giebels waren so geformt, daß es den Anschein hatte, als wären sie ein Teil des Baumes. Jeder Raum ging vom Hauptbereich des Hauses ab, das Holz der Wände war so geschnitzt und poliert, daß es dem Baumstamm glich. Das Bauwerk paßte sich der Form des Baumes an, eine friedliche Harmonie bestand zwischen der Arbeit des Menschen und der Natur. Tolpan spürte ein warmes Glühen in seinem Herzen, als er an seine zwei Freunde dachte, die in diesem wunderschönen Haus lebten und arbeiteten. Dann…

»Das ist ja witzig«, sagte Tolpan zu sich. »Ich frage mich, warum es kein Dach gibt.«

Als er näher kam und das Haus aufmerksamer betrachtete, bemerkte er, daß einige Dinge fehlten – unter anderem ein Dach. Die riesigen, gewölbten Giebel hatten in der Tat keine andere Funktion, als den Rahmen für ein Dach zu bilden, das nicht da war. Die Wände der Räume erstreckten sich nur teilweise um das Gebäude. Der Boden war nur eine dürftige Plattform.

Als Tolpan darunter stand, blickte er nach oben und fragte sich, was hier vor sich ging. Er konnte Hämmer und Äxte und Sägen sehen, die Rost ansetzten. So wie sie aussahen, waren sie seit Monaten nicht mehr benutzt worden. Das Bauwerk selbst zeigte die Einwirkung des Wetters. Tolpan zog nachdenklich an seinem Zopf.

Aber ein Teil des Hauses war fertig. Das Glas war sorgfältig in die Fensterrahmen eingesetzt worden, die Wände waren vollständig, ein Dach beschützte das Zimmer vor den Naturgewalten. Zumindest hatte Tika ein eigenes Zimmer, dachte der Kender. Aber als er das Zimmer genauer inspizierte, verblaßte sein Lächeln. Über der Tür, das konnte er deutlich trotz der Verwitterung erkennen, markierte ein sorgfältig ausgeführtes Zeichen den Wohnsitz eines Zauberers.

»Ich hätte es wissen müssen«, sagte Tolpan kopfschüttelnd. Er schaute sich um. »Nun, Tika und Caramon können hier auf keinen Fall leben. Aber der Mann sagte… Oh.«

Als er um den riesigen Vallenholzbaum ging, stieß er auf ein kleines Haus, das unter überwachsenen Unkräutern fast verloren ging, verborgen im Schatten des Vallenholzbaumes. Wenn ein Gebäude überhaupt unglücklich aussehen konnte, so sinnierte Tolpan, dann war es dieses hier. Die Farbe wies Risse auf und löste sich. Dennoch gab es Blumen in den Fensterkästen und gekräuselte Gardinen an den Fenstern. Der Kender seufzte. Das war also Tikas Haus, im Schatten eines Traumes gebaut.

Als er das kleine Haus erreichte, blieb er vor der Tür stehen und lauschte aufmerksam. Im Inneren schien eine schreckliche Unruhe zu herrschen. Er konnte dumpfe Schläge und zerbrechendes Glas und Schreie hören.

»Ich glaube, du wartest lieber draußen«, sagte Tolpan zu dem Kleiderbündel.

Das Bündel grunzte und ließ sich behaglich auf den schlammigen Weg vor dem Haus fallen. Tolpan sah unsicher darauf, dann zuckte er die Schultern und ging zur Tür. Er legte seine Hand auf den Türgriff, drehte ihn um und trat einen Schritt nach vorne, vertrauensvoll erwartend, daß er hineinspazieren konnte. Stattdessen schlug er mit der Nase gegen das Holz. Die Tür war verschlossen.

»Das ist ja komisch«, sagte Tolpan, trat zurück und sah sich um. »Was denkt sich Tika? Türen verschließen! Wie barbarisch. Ich dachte, ich werde erwartet…« Er starrte düster auf das Schloß. Das Geschrei und Gekreische ging innen weiter. Er glaubte Caramons tiefe Stimme zu hören.

»Es hört sich interessant an.« Tolpan sah sich um. »Das Fenster! Natürlich!«

Aber als er zum Fenster eilte, fand er es ebenfalls verschlossen vor. »Das hätte ich ja von Tika nicht erwartet«, murmelte der Kender traurig. Als er das Schloß näher begutachtete, bemerkte er, daß es einfach und schnell zu öffnen war. Er holte aus seiner Werkzeugsammlung in einem Beutel den Dietrich hervor, das Geburtsrecht jeden Kenders. Er setzte ihn ein, drehte ihn fachmännisch herum und war zufrieden, als er das Schloß aufklicken hörte. Selig lächelnd schob er die Fensterscheibe beiseite und kroch hinein. Er kam geräuschlos auf dem Boden auf, blickte aus dem Fenster zurück und sah das formlose Bündel im Rinnstein ein Nickerchen halten.

Erleichtert hielt Tolpan inne, um sich im Haus umzuschauen,

seine scharfen Augen nahmen alles auf, seine Hände berührten alles. »Oh, ist das interessant«, war sein unablässiger Kommentar, während er auf die verschlossene Tür vor ihm zusteuerte, durch die die lauten Geräusche kamen. »Tika hat bestimmt nichts dagegen, wenn ich es studiere. Ich stelle es wieder zurück.« Der Gegenstand purzelte aus eigenem Willen in seinen Beutel. »Und schau dir das mal an! Oh, da ist ja ein Sprung drin. Sie wird mir dankbar sein, wenn ich ihr das sage.« Der Gegenstand glitt in einen anderen Beutel. »Und was macht die Butterdose hier? Ich bin sicher, Tika bewahrt sie in der Speisekammer auf. Ich werde sie lieber wieder zu ihrem richtigen Platz bringen.« Die Butterdose verschwand in einem dritten Beutel.

Inzwischen hatte Tolpan die verschlossene Tür erreicht. Er drehte am Griff, war dankbar, daß Tika diese Tür nicht verschlossen hatte, und trat ein.

»Hallo«, sagte er glücklich. »Erinnert ihr euch? Sagt mal, das sieht ja nach Spaß aus. Darf ich mitspielen? Gib mir auch was, das ich auf ihn werfen kann, Tika. Donnerwetter, Caramon«, Tolpan betrat das Schlafzimmer und ging zu Tika hinüber, die ihn mit einem Brustharnisch in der Hand höchst erstaunt anstarrte, »was ist mit dir los? Du siehst schrecklich aus, einfach schrecklich! Sag mal, warum schmeißt du mit der Rüstung auf Caramon, Tika?« Er hob eine Kettenpanzerweste auf und wandte sich zu dem großen Krieger um, der sich hinter dem Bett verbarrikadiert hatte. »Macht ihr zwei das regelmäßig? Ich habe ja schon gehört, daß Ehepaare komische Dinge tun, aber dies scheint mir doch unheimlich...«

»Tolpan Barfuß!« Tika hatte ihre Stimme wiedergefunden. »Was im Namen der Götter hast du hier zu suchen?«

»Oh, ich bin sicher, Tanis hat euch gesagt, daß ich komme«, antwortete Tolpan und warf Caramon den Kettenpanzer zu. »Ich fand die Haustür verschlossen vor.« Er sah sie vorwurfsvoll an. »In der Tat bin ich durch ein Fenster eingestiegen, Tika«, sagte er streng. »Ich finde, du hättest rücksichtsvoller sein können. Nun gut, ich soll hier Crysania treffen und...«

Zu Tolpans Verblüffung ließ Tika den Brustharnisch fallen,

fing zu weinen an und brach auf dem Fußboden zusammen. Der Kender blickte zu Caramon, der sich hinter dem Bett wie ein Geist aus seinem Grab erhob. Caramon sah Tika mit einem verlorenen und sehnsüchtigen Ausdruck an. Dann bahnte er sich seinen Weg durch die Teile der Rüstung, die auf dem Boden verstreut herumlagen, und kniete sich zu ihr nieder. »Tika«, flüsterte er und streichelte ihre Schulter. »Es tut mir leid. Ich habe es nicht so gemeint. Ich liebe dich! Ich habe dich immer geliebt. Es ist nur... ich weiß nicht, was ich machen soll!«

»Du weißt, was du machen sollst!« schrie Tika. Sie riß sich von ihm los und sprang auf. »Ich habe es dir gesagt! Crysania ist in Gefahr. Du mußt ihr folgen!«

»Wer ist diese Crysania überhaupt?« schrie Caramon zurück. »Warum soll ich mich verdammt noch mal darum scheren, ob sie in Gefahr ist oder nicht?«

»Hör mir einmal in deinem Leben zu«, zischte Tika zwischen zusammengepreßten Zähnen, ihr Zorn trocknete ihre Tränen. »Crysania ist eine mächtige Klerikerin Paladins, eine der mächtigsten auf der Welt neben Elistan. Sie wurde in einem Traum gewarnt, daß das Böse von Raistlin die Welt zerstören könnte. Sie ist auf dem Weg zum Turm der Erzmagier von Wayreth, um mit Par-Salian zu sprechen, um...«

»Um Hilfe zu bekommen, ihn zu vernichten, nicht wahr?« knurrte Caramon.

»Und wenn es so wäre?« brauste Tika auf. »Verdient er es denn zu leben? Er würde dich töten, ohne einen Gedanken zu verlieren!«

Caramons Augen blitzten gefährlich auf. Tolpan schluckte, sah, wie sich die Faust des großen Mannes ballte, aber Tika ging auf ihn zu. Obwohl ihr Kopf kaum an sein Kinn reichte, hatte Tolpan den Eindruck, daß der Mann sich vor ihrem Zorn duckte. Seine Hand öffnete sich.

»Aber nein, Caramon«, sagte Tika grimmig, »sie will ihn nicht vernichten. Sie ist ein genauso großer Dummkopf wie du. Sie liebt deinen Bruder, mögen die Götter ihr beistehen. Sie will ihn retten, sie will ihn vom Bösen bekehren.«

Caramon starrte Tika verwundert an. Sein Ausdruck wurde weicher. »Wirklich?« fragte er.

»Ja, Caramon«, sagte Tika erschöpft. »Darum kam sie hierher. Sie dachte, du wärst in der Lage, ihr zu helfen. Nun, als sie dich gestern abend sah...«

Caramons Augen füllten sich mit Tränen. »Eine Frau, eine Fremde will Raist helfen. Und riskiert ihr Leben dabei.« Er begann wieder zu schluchzen.

Tika starrte ihn wütend an. »Oh, um der Liebe willen... Geh ihr nach, Caramon!« schrie sie und stampfte mit den Füßen auf. »Sie wird den Turm niemals allein erreichen. Das weißt du doch! Du bist durch den Wald von Wayreth gegangen.«

»Ja«, antwortete Caramon schniefend. »Ich ging mit Raist. Ich ging mit ihm, damit er den Turm finden und die Prüfung machen konnte. Diese verruchte Prüfung! Ich bewachte ihn. Er brauchte mich... damals.«

»Und Crysania braucht dich jetzt!« sagte Tika grimmig. Caramon stand immer noch unentschlossen da, und Tolpan sah, daß sich in Tikas Gesicht entschlossene, harte Linien festsetzten. »Du darfst keine Zeit verlieren, wenn du sie einholen willst. Erinnerst du dich an den Weg?«

»Ich erinnere mich!« rief Tolpan aufgeregt. »Das heißt, ich habe eine Karte.« Tika und Caramon drehten sich um und starrten den Kender an.

»Ich weiß nicht«, sagte Caramon, während er Tolpan düster musterte. »Ich erinnere mich an deine Karten. Eine davon führte uns zu einem Hafen, der überhaupt kein Meer hatte!«

»Das war nicht meine Schuld!« schrie Tolpan beleidigt. »Das hat sogar Tanis gesagt. Meine Karte war noch aus der Zeit vor der Umwälzung, bevor das Meer verschwand. Aber du *mußt* mich mitnehmen, Caramon! Ich sollte Crysania treffen. Sie hat mich auf eine Suche geschickt, eine richtige Suche. Und ich habe sie ausgeführt. Ich fand«, eine plötzliche Bewegung erregte Tolpans Aufmerksamkeit, »oh, da ist Bupu.« Er winkte mit der Hand.

Tika und Caramon drehten sich um und sahen ein formloses

Kleiderbündel in der Tür zu ihrem Schlafzimmer stehen. Nur waren aus dem Bündel inzwischen zwei schwarze, argwöhnische Augen gewachsen.

»Ich hungrig«, sagte das Bündel anklagend zu Tolpan.

»Aber was im Namen der Hölle will Crysania mit einer Gossenzwergin?« fragte Tika völlig verwirrt. Sie hatte Bupu in die Küche genommen, ihr altbackenes Brot und ein Stück Käse gegeben und sie dann wieder nach draußen geschickt – der Gestank der Gossenzwergin trug nicht gerade zur Behaglichkeit des kleinen Hauses bei. Bupu kehrte glücklich zum Rinnstein zurück, wo sie ihr Mahl mit Wasser aus einer Straßenpfütze ergänzte.

»Oh, ich habe versprochen, es nicht zu sagen«, erklärte Tolpan wichtigtuerisch. Der Kender half Caramon, seine Rüstung festzuschnallen – eine schwierige Aufgabe, da der große Mann beträchtlich zugenommen hatte, seitdem er sie das letzte Mal getragen hatte. Tika und Tolpan arbeiteten, bis sie schwitzten, zogen an den Riemen, drückten und preßten Fettwülste unter das Metall.

Caramon ächzte und stöhnte, wie ein Mann, der auf der Folterbank gestreckt wurde. Er leckte sich die Lippen, und sein sehnsüchtiger Blick ging mehr als einmal zum Schlafzimmer und der kleinen Flasche. Tika hatte sie nachlässig in eine Ecke geworfen.

»Oh, komm schon, Tolpan«, schmeichelte Tika, da sie wußte, daß der Kender kein Geheimnis für sich behalten konnte. »Ich bin sicher, daß Crysania nichts dagegen hat...«

Tolpans Gesicht verzog sich in Todesqualen. »Sie... sie ließ mich bei Paladin versprechen und schwören, Tika!« Das Gesicht des Kenders wurde feierlich. »Und du weißt, daß Fizban – ich meine Paladin – und ich persönliche Freunde sind.« Der Kender hielt inne. »Zieh deine Wampe ein, Caramon«, befahl er gereizt. »Wie bist du überhaupt in diesen Zustand geraten?« Er stellte seinen Fuß gegen den Oberschenkel des Mannes und zog.

Caramon kreischte vor Schmerz auf. »Ich bin gut in Form«,

murmelte er wütend. »Es ist die Rüstung. Sie ist eingelaufen.«

»Ich wußte gar nicht, daß Metall einlaufen kann«, sagte Tolpan interessiert. »Ich wette, es wurde erhitzt! Wie hast du das denn angestellt? Oder ist es hier herum heiß geworden?«

»Oh, halt den Mund!« fauchte Caramon.

»Ich war lediglich hilfsbereit«, sagte Tolpan verletzt. »Wegen Crysania.« Sein Gesicht nahm einen hochmütigen Ausdruck an. »Ich habe einen heiligen Eid geschworen. Ich kann nur sagen, daß sie von mir wollte, daß ich ihr alles über Raistlin sage, woran ich mich erinnere. Und das habe ich getan. Crysania ist wirklich eine wundervolle Person, Tika«, fuhr Tolpan feierlich fort. »Du hast es vielleicht nicht bemerkt, aber ich bin nicht sehr religiös. Das sind Kender in der Regel nicht. Aber man muß auch nicht sehr religiös sein, um zu erkennen, daß Crysania wahrhaft gut ist. Sie ist auch klug. Vielleicht sogar klüger als Tanis.« Seine Augen strahlten voll Geheimniskrämerei und Wichtigkeit. »Ich glaube, ich kann euch so viel sagen«, sagte er im Flüsterton. »Sie hat einen Plan! Einen Plan, um Raistlin zu retten! Bupu ist ein Teil des Planes. Sie will sie mit zu Par-Salian nehmen!«

Sogar Caramon bekam einen zweifelnden Blick, und Tika dachte insgeheim, daß Flußwind und Tanis vielleicht doch recht hatten. Vielleicht *war* Crysania verrückt. Trotzdem, alles, was Caramon helfen, ihm eine Hoffnung geben konnte...

Aber Caramon hatte sich offenbar seine eigenen Pläne zurechtgelegt. »Wißt ihr was? Es ist alles die Schuld von diesem Fistanudel, oder wie sein Name ist«, sagte er, während er unbehaglich an den Lederriemen zerrte, wo sie in sein schwammiges Fleisch schnitten. »Wißt ihr, dieser Magier Fizban – äh – Paladin hat uns davon erzählt. Und Par-Salian weiß auch etwas darüber!« Sein Gesicht strahlte auf. »Wir werden das schon in Ordnung bringen. Wir bringen Raistlin hierher zurück, wie wir es geplant hatten, Tika! Er kann in das Zimmer ziehen, das wir für ihn fertiggestellt haben. Wir kümmern uns um ihn, du und ich. In unserem neuen Haus. Es wird alles gut werden!« Caramons Augen leuchteten. Tika konnte ihn nicht ansehen. Er klang wie der alte Caramon, der Caramon, den sie geliebt hatte…

Sie behielt ihren strengen Gesichtsausdruck bei, drehte sich um und steuerte auf das Schlafzimmer zu. »Ich hole die restlichen Sachen…«

»Warte!« hielt Caramon sie auf. »Ich schaffe es schon. Wie wäre es, wenn du uns etwas Eßbares einpackst?«

»Ich helfe«, bot Tolpan sich an und ging eifrig auf die Küche zu.

»Nun gut«, sagte Tika. Sie streckte ihre Hand aus und erwischte den Kender am Zopf, der über seinen Rücken hing. »Warte eine Minute, Tolpan Barfuß. Du gehst nirgendwohin, bis du dich nicht hingesetzt und alle Beutel ausgepackt hast!«

Tolpan protestierte. Caramon eilte in das Schlafzimmer und schloß die Tür. Ohne stehen zu bleiben, ging er in die Ecke und ergriff die Flasche. Er schüttelte sie und fand sie halbgefüllt vor. Er lächelte zufrieden, warf sie tief in seinen Beutel und stopfte hastig Kleidungsstücke darüber. »Nun, ich bin bereit!« rief er Tika fröhlich zu.

Er bot einen grotesken Anblick. Die gestohlene Drachenrüstung, die er in den letzten Monaten des Feldzuges getragen hatte, war von ihm völlig aufpoliert worden, als er wieder nach Solace zurückgekehrt war. Sie war immer noch in einem hervorragenden Zustand. Nur bestand jetzt unglücklicherweise eine weite Lücke zwischen dem glänzenden schwarzen Kettenpanzer, der seine Brust bedeckte, und dem breiten Gürtel, der sich um seine dickliche Taille schloß. Er stöhnte, als er den Schild hob und ihn argwöhnisch betrachtete, als ob jemand ihn in den vergangenen zwei Jahren mit Bleigewichten behängt hätte. Sein Schwertgurt paßte nicht mehr um seinen durchhängenden Bauch. »Ich sehe wie ein Narr aus«, murmelte er.

Bupu starrte ihn mit Augen an, die so groß wie Teetassen waren, ihr Mund stand offen. »Er sehen fast wie mein Großbulp aus.« Sie seufzte.

Eine lebhafte Erinnerung an den fetten, schlampigen König

der Gossenzwergsippe in Xak Tsarot fiel Tolpan ein. Er ergriff die Gossenzwergin und stopfte ein Stück Brot in ihren Mund, um sie zum Schweigen zu bringen. Aber der Schaden war bereits angerichtet. Offensichtlich erinnerte sich auch Caramon.

»Das reicht«, knurrte er, lief knallrot an und schleuderte seinen Schild auf die Holzveranda, wo er laut klirrend aufschlug. »Ich gehe nicht! Es war sowieso eine dämliche Idee!« Er starrte Tika anklagend an, dann drehte er sich um und wollte wieder hineingehen. Aber Tika stellte sich vor ihn.

»Nein«, sagte sie ruhig. »Du gehst nicht eher in mein Haus zurück, Caramon, als bis du als ganze Person zurückkehrst.«

»Du redest Unsinn!« fuhr Caramon sie an und legte seine Hand auf ihre Schulter. »Geh mir aus dem Weg, Tika!«

»Hör mir zu, Caramon«, sagte Tika. Ihre Stimme war sanft, aber durchdringend; ihre Augen hielten die Aufmerksamkeit des großen Mannes fest. Sie legte ihre Hand auf seine Brust und sah ernst zu ihm auf. »Du hast dich einst angeboten, Raistlin in die Dunkelheit zu folgen. Erinnerst du dich?«

Caramon schluckte, dann nickte er stumm mit blassem Gesicht.

»Er lehnte es ab«, fuhr Tika sanft fort, »und sagte, es würde deinen Tod bedeuten. Aber, Caramon, du *bist* ihm in die Dunkelheit gefolgt! Und du stirbst allmählich! Raistlin sagte dir, du sollst deinen eigenen Weg gehen und ihn seinen gehen lassen. Aber das hast du nicht getan! Du versuchst, beide Wege zu gehen. Du lebst zur Hälfte in der Dunkelheit, und die andere Hälfte versucht, den Schmerz und das Entsetzen, das du hier siehst, wegzutrinken.«

»Es ist meine Schuld!« Caramon begann zu schluchzen, seine Stimme schlug um. »Es ist meine Schuld, daß er sich den Schwarzen Roben zuwandte. Ich habe ihn dazu getrieben! Das ist der Grund, warum Par-Salian versuchte, mich sehen zu lassen …«

Tika biß sich auf die Lippe. Ihr Gesicht wurde vor Zorn grimmig und streng, aber sie behielt ihre Gedanken für sich. »Vielleicht«, war ihr einziger Kommentar. Dann holte sie tief Luft.

»Aber du kommst nicht zu mir als Ehemann oder gar als Freund zurück, wenn du nicht mit dir selbst in Frieden zurückkommst.«

Caramon starrte sie an, als ob er sie zum ersten Mal sähe. Tikas Gesicht war entschlossen, ihre grünen Augen waren klar und kalt. Tolpan erinnerte sich plötzlich, wie sie gegen die Drakonier im Tempel von Neraka in jener letzten entsetzlichen Nacht des Krieges gekämpft hatte. Sie hatte genauso ausgesehen.

»Vielleicht wird das nie der Fall sein«, sagte Caramon verdrießlich. »Jemals daran gedacht, meine Liebe?«

»Ja«, antwortete Tika ruhig. »Ich habe daran gedacht. Auf Wiedersehen, Caramon.« Sie wandte sich von ihrem Ehemann ab, ging durch die Haustür und verschloß sie.

Caramon zuckte zusammen. Er ballte seine riesigen Fäuste, und eine Minute befürchtete Tolpan, er werde die Tür einschlagen. Dann wurden Caramons Hände schlaff. Zornig und im Versuch, seine angeschlagene Würde zu retten, stapfte er von der Veranda. »Ich werde es ihr zeigen«, murmelte er im Gehen, während seine Rüstung klirrte. »Ich komme in drei oder vier Tagen zurück, mit dieser Crysania. Dann werden wir uns unterhalten. Das kann sie nicht mit mir machen! Nein, bei allen Göttern! In drei, vier Tagen wird sie mich anflehen zurückzukommen. Aber vielleicht will ich dann nicht…«

Tolpan stand unentschlossen da. Hinter ihm im Haus konnten seine scharfen Kenderohren ein herzzerreißendes Schluchzen hören. Aber was konnte er tun? »Ich passe auf ihn auf, Tika!« schrie Tolpan, dann ergriff er Bupu, und beide eilten dem großen Mann nach. Tolpan seufzte. Von allen Abenteuern, die er unternommen hatte, begann dieses von Anfang an falsch.

5

Palanthas, die wegen ihrer Schönheit berühmte Stadt.

Eine Stadt, die sich von der Welt abgewendet hat und sich mit bewundernden Augen in ihrem Spiegel ansieht.

Wer hatte sie so beschrieben? Kitiara, die auf dem Rücken ihres blauen Drachen Skie saß, stellte sich müßig diese Frage, während sie in Sichtweite der Stadtmauern flog. Vielleicht der verstorbene, unbetrauerte Drachenfürst Ariakas. Diese Anmaßung wäre typisch für ihn gewesen. Aber über die Palanthianer hatte er recht behalten, mußte Kit zugeben. Ihre Angst war so groß gewesen, ihre geliebte Stadt in Schutt und Asche liegen zu sehen, daß sie mit den Drachenfürsten einen gesonderten Friedensvertrag ausgehandelt hatten. Erst kurz vor Kriegsende – als offensichtlich war, daß sie nichts zu verlieren hatten – hatten sie sich widerstrebend den anderen angeschlossen, um die Macht der Dunklen Königin zu bekämpfen.

Aufgrund des heldenhaften Opfers der Ritter von Solamnia

war die Stadt Palanthas vor der Zerstörung bewahrt geblieben und nicht wie andere Städte – etwa Solace und Tarsis – verwüstet worden. Kitiara, die nun in Reichweite der Bogenschützen auf den Mauern flog, schnaufte verächtlich. Und jetzt hatte Palanthas wieder ihre Augen auf ihren Spiegel gerichtet, verwendete ihr erneutes Aufblühen zur Steigerung ihrer bereits legendären Schönheit.

Darüber nachdenkend, lachte Kitiara laut auf, als sie den Aufruhr auf der Alten Stadtmauer sah. Es war jetzt zwei Jahre her, daß ein blauer Drache über die Mauern geflogen war. Sie konnte sich das Chaos und die Panik lebhaft vorstellen. In der stillen Nachtluft hörte sie das Schlagen der Trommeln und die Rufe der Trompeten.

Auch Skie konnte es hören. Sein Blut wallte auf bei den Schlachtgeräuschen, und er wandte sein glühendes rotes Auge zu Kitiara, bettelte sie an, es sich anders zu überlegen.

»Nein, mein Liebling«, rief Kitiara und streichelte besänftigend seinen Rücken. »Jetzt ist nicht die Zeit! Aber bald – wenn wir uns als erfolgreich erweisen! Bald, das verspreche ich dir!«

Skie mußte sich notgedrungen damit begnügen. Er verschaffte sich jedoch eine gewisse Befriedigung, indem er einen Blitz aus seinen aufklaffenden Kiefern atmete und die Steinmauer schwärzte, an der er vorüberflog. Die Soldaten verteilten sich wie Ameisen bei seinem Kommen, die Drachenangst strömte wellenartig über sie.

Kitiara flog langsam. Niemand wagte sie zu behelligen – eine Art Friedenszustand herrschte zwischen ihren Truppen in Sanction und den Palanthianern, obgleich es unter den Rittern einige gab, die die freien Völker von Ansalon zu überreden versuchten, sich zu verbünden und Sanction anzugreifen, wohin sich Kitiara nach dem Krieg zurückgezogen hatte. Aber die Palanthianer waren nicht zu beunruhigen. Der Krieg war beendet, die Gefahr vorbei.

»Und täglich wird meine Macht größer«, sagte Kitiara zu ihnen, während sie über die Stadt flog, dabei alles aufnahm und für künftige Gelegenheiten in ihrem Gedächtnis speicherte.

Palanthas ist wie ein Rad aufgebaut. Alle wichtigen Gebäude – der Palast des herrschenden Fürsten, die Regierungsgebäude und die uralten Häuser der Adligen – befinden sich im Stadtkern. Die Stadt dreht sich um diese Radnabe. Im nächsten Kreis stehen die Häuser der wohlhabenden Mitglieder der Gilden – die »Neureichen« – und die Sommerresidenzen jener, die außerhalb der Stadtmauern leben. Hier sind auch die Bildungszentren, einschließlich der Großen Bibliothek von Astinus. Nahe der Alten Stadtmauer schließlich sind der Marktplatz und alle möglichen Geschäfte.

Acht große Prachtstraßen führen wie Radspeichen aus der Altstadt hinaus. Bäume säumen diese Prachtstraßen, wunderschöne Bäume, deren Blätter das ganze Jahr über wie Goldborten leuchten. Die Prachtstraßen führen zum Hafen im Norden und zu den sieben Toren der Alten Stadtmauer.

Als Kitiara die Mauer umkreiste, sah sie die Neue Stadt, die wie die Alte Stadt kreisförmig angelegt war. Um die Neue Stadt zieht sich keine Stadtmauer, da Mauern »den gesamten Entwurf« ruinieren, wie einer der Fürsten es ausdrückte.

Kitiara lächelte. Sie sah nicht die Schönheit der Stadt. Die Bäume bedeuteten ihr nichts. Sie konnte die atemraubende Schönheit der sieben Tore betrachten, ohne daß ihr der Atem stockte – nun ja, vielleicht ein wenig. Wie leicht würde es sein, dachte sie aufseufzend, sie einzunehmen!

Zwei andere Bauwerke zogen ihr Interesse an. Das eine war ein neues, im Stadtkern gebautes – ein Tempel zu Ehren Paladins. Das andere Gebäude war ihr Ziel, und darauf ruhte nachdenklich ihr Blick.

Es trat in einem so lebhaften Gegensatz zur Schönheit der es umgebenden Stadt hervor, daß es sogar von Kitiaras kaltem, gefühllosem Blick bemerkt wurde. Sich aus den Schatten hervordrängend, von denen es wie ein gebleichter Fingerknochen umgeben wurde, war es ein Ding der Finsternis, um so entsetzlicher, als es einst das schönste Gebäude in Palanthas gewesen sein mußte – der uralte Turm der Erzmagier.

Er war Tag und Nacht von Schatten umgeben, denn ein Wald

von riesigen Eichen bewachte ihn, die höchsten Bäume, die auf Krynn wuchsen, wie einige der Weitgereisten ehrfürchtig flüsterten. Niemand konnte das mit Gewißheit sagen, denn niemand, nicht einmal Angehörige der Kenderrasse, die so gut wie keine Angst kennen, konnte sich in der fürchterlichen Dunkelheit der Bäume bewegen.

»Der Eichenwald von Shoikan«, murmelte Kitiara zu einem unsichtbaren Begleiter. »Kein Lebewesen wagt in ihn einzutreten. Nicht bevor er kam, der Herr über Vergangenheit und Gegenwart.«

Der blaue Drache landete auf einer verlassenen Straße neben dem Eichenwald von Shoikan. Kitiara hatte Skie bis zu Drohungen bedrängt, sie über den Wald zum Turm zu fliegen. Aber Skie, der zwar seinen letzten Blutstropfen für seine Herrin vergießen würde, verweigerte sich ihrem Befehl. Es ging über seine Macht. Kein sterbliches Wesen, nicht einmal ein Drache, konnte diesen verfluchten Ring der wachenden Eichen betreten.

Skie stand da und funkelte haßerfüllt in den Wald, seine roten Augen brannten, während seine Klauen nervös die Pflastersteine aufrissen. Gern hätte er seine Herrin am Betreten des Waldes gehindert, kannte aber Kitiara nur zu gut. Wenn sie sich einmal zu etwas entschlossen hatte, konnte sie nichts aufhalten. So faltete Skie seine riesigen Flügel um seinen Körper und starrte auf diese reiche, wunderschöne Stadt, während Gedanken an Flammen und Rauch und Tod ihn mit Sehnsucht erfüllten.

Kitiara stieg langsam von ihrem Drachensattel ab. Der silberne Mond Solinari stand wie ein blasser, abgetrennter Kopf am Himmel. Sein Partner, der rote Mond Lunitari, war gerade aufgegangen und flackerte jetzt wie der Docht einer erlöschenden Kerze am Horizont. Das schwache Licht der beiden Monde schimmerte auf Kitiaras Drachenschuppenrüstung, verwandelte sie in eine schaurige blutgetönte Farbe.

Kitiara studierte aufmerksam den Wald, trat einen Schritt vor, hielt dann nervös inne. Hinter sich konnte sie ein Rascheln vernehmen: Skies Flügel gaben stummen Rat. Laß uns von diesem Ort des Untergangs fliehen, Herrin! Fliehen, solange wir noch unser Leben haben!

Kitiara schluckte. Ihre Zunge war trocken und angeschwollen. Ihre Magenmuskeln verknoteten sich schmerzhaft. Lebhafte Erinnerungen an ihre erste Schlacht kehrten zurück, das erste Mal, als sie einem Feind gegenüberstand und wußte, daß sie diesen Mann töten mußte – oder sie selbst würde sterben. Dann hatte sie mit einem geschickten Stoß ihrer Schwertklinge gesiegt. Aber dies hier?

»Ich bin schon an vielen dunklen Orten dieser Welt gewesen«, sagte Kitiara mit tiefer, leiser Stimme zu ihrem unsichtbaren Gefährten, »und niemals hatte ich Angst. Aber hier kann ich nicht eintreten.«

»Halt einfach das Juwel hoch in deiner Hand, das er dir gab«, empfahl ihr Gefährte, der sich in der Nacht materialisierte. »Die Wächter des Waldes werden machtlos sein und dir nicht schaden.«

Kitiara sah in den dichten Ring der hohen Bäume. Ihre riesigen, sich ausstreckenden Äste löschten das Licht der Monde und der Sterne in der Nacht und am Tag das Licht der Sonne aus. Keine sanfte Brise berührte ihre uralten Arme, kein Sturmwind regte ihre großen Äste. Es hieß, daß selbst während der schrecklichen Tage vor der Umwälzung, als Stürme über das Land fegten, wie man sie auf Krynn nicht gekannt hatte, sich lediglich die Bäume des Eichenwaldes von Shoikan dem Zorn der Götter nicht gebeugt hätten.

Aber noch greulicher als seine ewige Dunkelheit war das Echo des ewigen Lebens, das aus seinen Tiefen pulsierte. Ewiges Leben, ewiges Elend und ewige Qual…

»Was du sagst, glaubt zwar mein Verstand«, antwortete Kitiara bebend, »aber nicht mein Herz, Fürst Soth.«

»Dann wende dich ab«, sagte der tote Ritter schulterzukkend. »Zeige ihm, daß die mächtigste Drachenfürstin auf der Welt ein Feigling ist.«

Kitiara starrte Soth aus den Augenschlitzen ihres Drachenhelms an. Ihre braunen Augen funkelten, ihre Hand näherte sich krampfhaft dem Knauf ihres Schwertes. Soth erwiderte ihren Blick, die orangefarbenen Flammen, die in seinen Augenhöhlen flackerten, brannten hell in entsetzlichem Spott. Und wenn *seine* Augen sie auslachten, was würden dann die goldenen Augen des Magiers enthüllen? Kein Gelächter – Triumph!

Kitiara preßte ihre Lippen eng zusammen und griff nach der Kette um ihren Hals, an der der Zauber hing, den Raistlin ihr geschickt hatte. Sie hielt die Kette fest im Griff, zog kurz daran, so daß sie entzweiriß. Dann hielt sie das Juwel in ihrer behandschuhten Hand.

Schwarz wie Drachenblut, fühlte sich das Juwel bei ihrer Berührung kalt an, strahlte seine eisige Kälte sogar durch ihre schweren Lederhandschuhe aus. Es lag schwer in ihrer Hand, glanzlos, unschön.

»Wie können diese Wächter es sehen?« verlangte Kitiara zu wissen, während sie es ins Licht der Monde hielt. »Schau, es glänzt oder funkelt gar nicht. Es sieht aus, als hielte ich nur ein Stück Kohle in meiner Hand.«

»Der Mond, der auf das Nachtjuwel scheint, den aber du und andere nicht sehen könnt, außer jenen, die ihn verehren«, erwiderte Fürst Soth, »und den Toten, die wie ich zum ewigen Leben verdammt sind, *wir* können ihn sehen. Für uns scheint er deutlicher als jedes andere Licht am Himmel. Halt ihn hoch, Kitiara, halt ihn hoch und geh voran. Die Wächter werden dich nicht aufhalten. Nimm deinen Helm ab, damit sie dein Gesicht und das Licht des Juwels in deinen Augen sehen können.«

Kitiara zögerte einen weiteren Moment. Dann, mit Raistlins spöttischem Gelächter in ihren Ohren, nahm die Drachenfürstin ihren gehörnten Drachenhelm ab. Immer noch stand sie da und sah sich um. Kein Wind fuhr durch ihre dunklen Locken. Sie fühlte kalten Schweiß an ihrer Schläfe herabtröpfeln. Mit einem zornigen Ruck wischte sie ihn mit ihrem Handschuh weg. Hinter ihrem Rücken hörte sie den Drachen winseln – ein seltsamer Laut, den sie bei Skie noch nie zuvor gehört hatte. Ihre Entschlossenheit sank. Die Hand, die das Juwel hielt, zitterte.

»Sie ernähren sich von Angst, Kitiara«, sagte Fürst Soth sanft. »Halt das Juwel hoch, laß sie es in deinen Augen widergespiegelt sehen!«

»Zeig ihm, daß du ein Feigling bist!« Diese Worte hallten in ihren Gedanken nach. Kitiara umklammerte das Nachtjuwel, hob es hoch über ihren Kopf und betrat den Eichenwald von Shoikan.

Die Dunkelheit senkte sich herab, hüllte sie so plötzlich ein, daß Kitiara einen entsetzlichen, lähmenden Augenblick dachte, sie sei erblindet. Nur Fürst Soths flammende Augen, die in seinem blassen Skelettgesicht flackerten, beruhigten sie. Sie zwang sich, ruhig stehen zu bleiben, den schwächenden Augenblick der Angst verblassen zu lassen. Und dann sah sie zum ersten Mal ein Licht von dem Juwel ausgehen. So ein Licht hatte sie noch nie zuvor gesehen. Es erhellte die Dunkelheit gerade so viel, daß Kitiara alles, was hier in der Dunkelheit lebte, unterscheiden konnte.

Mit Hilfe der Macht des Juwels konnte Kitiara die Stämme der lebenden Bäume ausmachen. Und jetzt konnte sie einen Pfad erkennen, der sich vor ihren Füßen bildete. Wie ein nächtlicher Fluß floß er in die Bäume hinein, und sie hatte das unheimliche Gefühl, daß sie mit ihm floß.

Fasziniert beobachtete sie, wie sich ihre Füße bewegten, sie ohne ihren Willen forttrugen. Der Wald hatte versucht, sie fernzuhalten, erkannte sie entsetzt, und jetzt zog er sie in sich hinein!

Verzweifelt versuchte sie, die Kontrolle über ihren Körper wiederzuerlangen. Schließlich hatte sie Erfolg, oder glaubte es wenigstens. Zumindest bewegte sie sich nicht mehr. Aber jetzt konnte sie nichts anderes tun, als in dieser fließenden Dunkelheit zu stehen und zu zittern; ihr Körper krümmte sich in Krämpfen der Angst. Über ihrem Kopf knirschten Zweige, als ob sie über einen Witz kicherten. Blätter strichen über ihr Gesicht. Hektisch versuchte Kitiara, sie wegzuschlagen, aber dann hielt sie inne. Ihre Berührung war zwar eisig, aber nicht unangenehm. Es war fast eine Liebkosung, eine Geste der Achtung.

Man hatte sie anerkannt, sie als eine ihresgleichen erkannt. Unverzüglich hatte sich Kitiara wieder in ihrer Gewalt. Sie hob den Kopf und sah auf den Pfad.

Er bewegte sich nicht. Es war eine Illusion gewesen, entstanden aus ihrem eigenen Entsetzen. Kitiara lächelte grimmig. Die Bäume selbst bewegten sich, traten zur Seite, um sie passieren zu lassen. Kitiaras Vertrauen stieg an. Sie ging mit festen Schritten auf dem Pfad dahin und drehte sich sogar mit triumphierendem Blick zu Fürst Soth um, der einige Schritte hinter ihr ging. Der tote Ritter schien sie jedoch nicht zu bemerken.

»Womöglich unterhält er sich mit seinen Mitgeistern«, sagte sich Kitiara mit einem Lachen, das plötzlich in ein Aufkreischen schieren Entsetzens umschlug.

Etwas hatte ihren Knöchel ergriffen! Eine Eiseskälte, die die Knochen erstarren ließ, kroch langsam durch ihren Körper und verwandelte ihr Blut und ihre Nerven in Eis. Der Schmerz war stark. Sie schrie vor Qual, umklammerte ihr Bein und sah, was sie ergriffen hatte – eine weiße Hand! Ihre knochigen Finger griffen aus dem Boden hervor und hatten sich fest um ihren Knöchel geschlungen. Sie saugt das Leben aus mir heraus, erkannte Kitiara, als sie spürte, wie die Wärme sie verließ. Und dann sah sie entsetzt, wie ihr Fuß in der Erde zu verschwinden begann.

Sie wurde von Panik überschwemmt. Hektisch trat sie gegen die Hand, versuchte sich aus dem einfrierenden Griff zu befreien. Aber sie hielt sie fest, und dann streckte sich noch eine andere Hand aus dem schwarzen Pfad empor und griff nach dem anderen Knöchel. Vor Entsetzen aufschreiend, verlor Kitiara das Gleichgewicht und stürzte zu Boden.

»Laß das Juwel nicht fallen!« ertönte Fürst Soths leblose Stimme. »Sie werden dich nach unten ziehen!«

Kitiara hielt das Juwel fest, umklammerte es, während sie kämpfte und versuchte, dem tödlichen Griff zu entkommen, mit dem sie langsam nach unten gezogen wurde, um das Grab der Hand zu teilen. »Hilf mir«, schrie sie; ihr schreckerfüllter Blick suchte Soth.

»Ich kann nicht«, antwortete der tote Ritter grimmig. »Meine Magie funktioniert hier nicht. Die Stärke deines eigenen Willens ist das einzige, was dich retten kann, Kitiara. Denk an das Juwel...«

Einen Augenblick lag Kitiara da und bebte unter der eisigen Berührung. Und dann jagte Zorn durch ihren Körper. Wie kann er es wagen, das mit mir anzustellen! dachte sie, während sie wieder spöttische goldene Augen sah, die sich an ihrer Qual erfreuten. Ihr Zorn taute die Kälte der Furcht auf und brannte die Panik weg. Sie war jetzt ruhig. Sie wußte, was sie zu tun hatte. Langsam schob sie sich aus dem Schmutz hoch. Dann hielt sie das Juwel kalt und bewußt hinunter zur Skeletthand, und schaudernd kam das Juwel mit dem blassen Fleisch in Berührung.

Ein gedämpfter Fluch rumorte aus den Tiefen des Bodens. Die Hand zitterte, dann löste sie ihren Griff und glitt in die faulenden Blätter neben dem Pfad zurück.

Schnell führte Kitiara das Juwel zu der anderen Hand, die sie umklammert hielt. Auch diese verschwand. Die Drachenfürstin raffte sich wieder auf und starrte um sich. Dann hielt sie das Juwel hoch. »Ihr verfluchten Kreaturen von lebenden Toten«, schrie sie gellend, »ihr werdet mich nicht aufhalten! Ich werde passieren! Habt ihr mich gehört? Ich werde passieren!«

Es kam keine Antwort. Die Zweige knirschten nicht mehr, die Blätter hingen schlaff herab. Kitiara setzte ihren Weg fort und verfluchte dabei flüsternd Raistlin. Sie war sich Fürst Soths Nähe bewußt.

»Bis jetzt, Kitiara«, sagte er, »hast du wieder einmal meine Bewunderung verdient.«

Kitiara gab keine Antwort. Ihr Zorn war verraucht, ließ eine hohle Stelle in ihrem Magen zurück, die sich schnell wieder mit Angst füllte. Sie traute sich nicht zu sprechen. Aber sie ging weiter, ihre Augen waren nun grimmig auf den vor ihr liegenden Pfad gerichtet. Überall konnte sie nun die Finger sehen, die sich durch die Erde gruben, nach lebendem Fleisch suchend, das sie begehrten und haßten. Blasse, hohle Gesichter funkelten sie von den Bäumen aus an, schwarze, formlose Dinge huschten an ihr vorbei, erfüllten die kühle, klamme Luft mit einem faulen Geruch des Todes und des Verfalls.

Aber obwohl die behandschuhte Hand, die das Juwel hielt, zitterte, schwankte sie doch niemals. Die fleischlosen Finger hielten sie nicht auf. Die Gesichter mit ihren klaffenden Mündern heulten vergeblich um ihr warmes Blut. Langsam teilten sich die Eichen vor Kitiara.

Und am Ende des Pfades stand Raistlin.

»Ich sollte dich töten, du verdammter Bastard«, sagte Kitiara, ihre Hand am Schwertknauf.

»Ich bin auch überglücklich, dich zu sehen, meine Schwester«, entgegnete Raistlin mit seiner sanften Stimme.

Es war das erste Mal seit mehr als zwei Jahren, daß sich Bruder und Schwester wiedertrafen. Jetzt, da sie sich außerhalb der Dunkelheit der Bäume befand, konnte Kitiara ihren Bruder sehen, der in Solinaris blassem Licht stand. Er war in Roben aus dem prächtigsten schwarzen Samt gekleidet. Sie fielen von seinen leicht gebeugten, dünnen Schultern in sanften Falten und legten sich um seinen schlanken Körper. Silberne Runen waren in der Kapuze eingestickt, die seinen Kopf bedeckte und außer seinen goldenen Augen alles im Dunkeln ließ. Die größte Rune war in der Mitte – ein Stundenglas. Weitere silberne Runen funkelten im Schein der zwei Monde an den Aufschlägen seiner weiten Ärmel. Er stützte sich auf den Stab des Magus; sein Kristall, der nur auf Raistlins Befehl leuchtete, wurde dunkel und kalt von einer goldenen Drachenklaue festgehalten.

»Ich sollte dich töten«, wiederholte Kitiara, und bevor sie sich ihres Handelns bewußt war, warf sie einen Blick auf den toten Ritter, der sich aus der Dunkelheit des Waldes herauszubilden schien. Es war kein befehlender, sondern ein einladender Blick, eine unausgesprochene Herausforderung.

Raistlin lächelte, ein Lächeln, das nur wenige jemals sahen. Es ging jedoch im Schatten seiner Kapuze verloren. »Fürst Soth«, sagte er und wandte sich grüßend zu dem toten Ritter.

Kitiara biß sich auf die Lippe, während Raistlins Stundenglasaugen die Rüstung des toten Ritters musterten. Die gravierten Symbole eines Ritters von Solamnia waren immer noch zu sehen – die Rose, der Eisvogel und das Schwert –, aber alles nur geschwärzt, als ob die Rüstung in einem Feuer verbrannt wäre.

»Ritter der Schwarzen Rose«, fuhr Raistlin fort, »der in den Flammen der Umwälzung starb, bevor der Fluch eines Elfenmädchens, dem du Unrecht tatest, dich zu einem bitteren Leben zurückholte.«

»So lautet meine Geschichte«, erwiderte der tote Ritter, ohne sich zu bewegen. »Und du bist Raistlin, Herr über Vergangenheit und Gegenwart, der vorausgesagt wurde.«

Die beiden standen da und starrten sich an, Kitiara dabei vergessend, die den stummen, tödlichen Wettkampf zwischen den beiden spürte, ihren eigenen Zorn vergaß und den Atem anhielt, um alles mitzuerleben.

»Deine Magie ist mächtig«, bemerkte Raistlin. Ein sanfter Wind glitt durch die Zweige der Eichen, liebkoste die schwarzen Falten der Roben des Magiers.

»Ja«, bestätigte Fürst Soth gelassen. »Ich kann mit einem einzigen Wort töten. Ich kann eine Feuerkugel mitten unter meine Feinde schleudern. Ich herrsche über eine Gruppe von Skelettkriegern, die allein durch ihre bloße Berührung zu töten vermögen. Ich kann eine Mauer aus Eis erschaffen, die jene, denen ich diene, beschützt. Das Unsichtbare ist für meine Augen sichtbar. Gewöhnliche Zaubersprüche versagen in meiner Gegenwart.«

Raistlin nickte, die Falten seiner Kapuze bewegten sich sachte.

Fürst Soth starrte den Magier schweigend an. Er ging dicht an Raistlin heran, hielt nur wenige Zentimeter vor dem zerbrechlichen Körper des Magiers an. Kitiaras Atem ging schneller.

Dann legte der verfluchte Ritter von Solamnia mit einer höfischen Geste seine Hand auf die Stelle, wo einst sein Herz geschlagen hatte. »Aber ich verbeuge mich in der Gegenwart eines Herrn«, sagte Fürst Soth.

Kitiara kaute auf ihrer Lippe; sie hielt einen Ausruf zurück.

Raistlin warf ihr schnell einen Blick zu, in seinen goldenen Stundenglasaugen blitzte Vergnügen auf. »Enttäuscht, meine teure Schwester?«

Aber Kitiara war an die Wechselfälle des Lebens allzu sehr gewohnt. Sie hatte den Feind ausgemacht, herausgefunden, was sie wissen mußte. Jetzt konnte sie die Schlacht fortsetzen. »Natürlich nicht, kleiner Bruder«, antwortete sie mit ihrem verschmitzten Lächeln, das schon so viele bezaubert hatte. »Immerhin bist du es, den ich besuchen will. Es ist lange her, daß wir uns gesehen haben. Du siehst gut aus.«

»Oh, mir geht es gut, teure Schwester«, sagte Raistlin. Er trat vor und legte seine magere Hand auf ihren Arm. Sie zuckte bei seiner Berührung zusammen, sein Fleisch fühlte sich heiß an, als ob es vor Fieber brennte. Aber als sie sah, wie seine Augen sie aufmerksam musterten, schreckte sie nicht zurück. Er lächelte.

»Es ist schon so lange her, daß wir uns das letzte Mal sahen. Zwei Jahre? In der Tat, in diesem Frühling sind es zwei Jahre«, fuhr er fort, immer noch Kitiaras Arm in seiner Hand haltend. Seine Stimme war voll Spott. »Es war im Tempel der Königin der Finsternis in Neraka, in jener Schicksalsnacht, als meine Königin ihren Sturz erlebte und von der Welt verbannt wurde...«

»Dank deinem Verrat«, fuhr Kitiara ihn an und versuchte dabei erfolglos, sich aus seinem Griff zu befreien. Raistlin ließ seine Hand auf Kitiaras Arm. Obgleich sie größer und stärker war als der zerbrechliche Magier und offenbar fähig schien, ihn mit ihren bloßen Händen entzweizureißen, wagte sie nicht, sich zu bewegen.

Raistlin lachte und zog sie mit sich zu den äußeren Toren des Turms der Erzmagier. »Sollen wir uns über Verrat unterhalten, teure Schwester? Hat es dich etwa nicht erfreut, als ich mit meiner Magie Fürst Ariakas' Schutzschild zerstörte, so daß Tanis, der Halbelf, die Möglichkeit hatte, sein Schwert in den Körper deines Fürsten und Herrn zu stoßen? Habe ich dich nicht – durch diese Tat – zur mächtigsten Drachenfürstin auf Krynn gemacht?«

»Es hat mir viel Gutes gebracht!« gab Kitiara bitter zurück. »Ich werde von den abscheulichen Rittern von Solamnia, die jetzt über das ganze Land herrschen, in Sanction fast wie eine Gefangene gehalten und Tag und Nacht von goldenen Drachen bewacht; jede meiner Bewegungen wird beobachtet. Meine Soldaten sind zersprengt, streifen durch das Land…«

»Und dennoch bist du hierher gekommen«, stellte Raistlin fest. »Haben die goldenen Drachen dich aufgehalten? Wußten die Ritter von deinem Weggehen? Aber wir werden später über diese Angelegenheiten sprechen, teure Schwester«, sagte er, als sie weitergingen. »Du frierst und bist hungrig. Der Eichenwald von Shoikan erschüttert die Nerven selbst des robustesten Menschen. Nur eine andere Person hat bisher erfolgreich seine Grenzen passiert, mit meiner Hilfe natürlich. Von dir habe ich erwartet, daß es dir gelingen würde, aber ich muß zugeben, ich war ein wenig überrascht über den Mut Crysanias…«

»Crysania?« rief Kitiara verblüfft. »Eine Verehrte Tochter Paladins? Du hast ihr erlaubt… hier?«

»Ich habe es ihr nicht nur erlaubt, ich habe sie eingeladen«, antwortete Raistlin unerschütterlich. »Ohne diese Einladung und einen Schutzzauber hätte sie natürlich nicht passieren können«

»Und sie ist gekommen?«

»O ja, sogar ganz begierig, das kann ich dir versichern.«

Sie standen vor dem Eingang zum Turm der Erzmagier. Kerzenlicht aus den Fenstern schien auf Raistlins Gesicht. Kitiara konnte es deutlich erkennen. Die Lippen waren zu einem Lächeln verzogen, seine goldenen Augen leuchteten kalt und hart wie das Sonnenlicht im Winter. »Ganz begierig«, wiederholte er sanft.

Kitiara fing zu lachen an.

Spät in der Nacht, als die zwei Monde untergingen, in den stillen Stunden vor der Morgendämmerung, saß Kitiara in Raistlins Arbeitszimmer, ein Glas mit dunkelrotem Wein in Händen haltend.

Das Arbeitszimmer war gemütlich, so schien es zumindest. Große Plüschstühle standen auf handgewebten Teppichen, die sich nur die reichsten Bewohner Krynns leisten konnten. Mit gewebten Bildern von Phantasietieren und farbenfrohen Blumen verziert, zogen sie das Auge an, lockten den Betrachter, sich viele Stunden in ihrer Schönheit zu verlieren. Geschnitzte Holztische standen hier und dort, seltene und wunderschöne Gegenstände schmückten das Zimmer.

Aber das Hervorstechendste waren die Bücher. Sie waren in tiefen Holzregalen aufgestellt. Viele glichen sich im Aussehen, alle waren mit einem nachtblauen Einband versehen, mit silbernen Runen verziert. Es war ein behaglicher Raum, aber trotz eines Feuers, das in einem riesigen offenen Kamin an einem Ende des Arbeitszimmers brannte, lag Kälte in der Luft. Kitiara war sich nicht sicher, hatte aber den Eindruck, daß sie von den Büchern kam.

Fürst Soth stand weit vom Feuer entfernt, im Schatten verborgen. Kitiara konnte ihn nicht sehen, aber sie war sich seiner Gegenwart bewußt – wie Raistlin. Der Magier saß seiner Halbschwester auf einem großen Stuhl hinter einem riesigen Schreibtisch aus schwarzem Holz gegenüber; die geschnitzten Kreaturen, die ihn zierten, schienen Kitiara mit ihren hölzernen Augen zu beobachten.

Sich unbehaglich fühlend, trank sie ihren Wein zu schnell. Obwohl sie an starke Getränke gewöhnt war, war ihr bald schwindelig, und diese Empfindung haßte sie. Sie bedeutete, daß sie die Kontrolle über sich verlor. Wütend schob sie das Glas von sich weg, entschlossen, nicht mehr zu trinken. »Dein Plan ist verrückt!« sagte sie gereizt zu Raistlin. Der Blick der goldenen Augen, die auf ihr ruhten, gefiel ihr nicht. Sie erhob sich und begann im Zimmer auf und ab zu schreiten. »Er ist sinnlos, Zeitverschwendung. Mit deiner Hilfe könnten wir über Ansalon herrschen, du und ich. In der Tat«, sie drehte sich plötzlich um, ihr Gesicht strahlte vor Eifer, »mit deiner Macht können wir die ganze Welt beherrschen! Wir brauchen weder Crysania noch unseren ungeschlachten Bruder...«

»›Die Welt beherrschen‹«, wiederholte Raistlin sanft, seine Augen brannten. »Die *Welt* beherrschen? Du verstehst immer noch nicht, meine teure Schwester. Laß mich das ganz deutlich machen, wie ich es sehe.« Jetzt war es an ihm, sich zu erheben. Er stützte seine mageren Hände auf den Schreibtisch und beugte sich wie eine Schlange zu ihr vor. »Ich schere mich einen Pfifferling um die Welt!« sagte er sanft. »Ich könnte sie morgen beherrschen, wenn ich wollte! Aber ich will nicht.«

»Du willst die Welt nicht.« Kitiara zuckte mit den Schultern, ihre Stimme war bitter vor Sarkasmus. »Dann bleibt nur noch eins übrig...« Sie biß sich fast auf die Zunge. Sie starrte Raistlin erstaunt an.

Im Schatten des Zimmers funkelten Fürst Soths flammende Augen heller als das Feuer.

»Jetzt verstehst du.« Raistlin lächelte zufrieden und nahm wieder Platz. »Jetzt erkennst du die Wichtigkeit dieser Verehrten Tochter Paladins! Das Schicksal führte sie gerade rechtzeitig zu mir, als sich die Zeit für meine Reise näherte.«

Kitiara konnte ihn nur entgeistert anstarren. Schließlich fand sie ihre Stimme wieder. »Woher – woher weißt du, daß sie dir folgen wird? Sicherlich hast du ihr nichts davon gesagt!«

»Nur so viel, um den Samen in ihr Herz zu pflanzen.« Raistlin lächelte und erinnerte sich an das Treffen. Er lehnte sich zurück und legte seine mageren Finger an die Lippen. »Die Vorstellung, die ich ihr gab, war, offen gesagt, eine meiner besten. Ich sprach zögernd, meine Worte wurden durch ihre Güte und Reinheit aus mir herausgezogen. Sie kamen blutbefleckt hervor, und sie war mein... verloren durch ihr eigenes Mitleid.« Mit einem Zusammenzucken gelangte er in die Gegenwart zurück. »Sie wird kommen«, sagte er kalt und setzte sich wieder aufrecht hin. »Sie und dieser Hanswurst von Bruder. Er wird mir natürlich unwissentlich dienen. Nun ja, das macht er ja bei allem so.«

Kitiara legte die Hand an den Kopf, spürte ihr Blut pochen. Es war nicht der Wein, sie war jetzt mehr als nüchtern. Es war Zorn und Enttäuschung. Er könnte mir helfen, dachte sie wütend. Er ist wirklich so mächtig, wie sie gesagt haben. Sogar mächtiger. Aber er ist verrückt. Er hat den Verstand verloren... Dann sprach eine Stimme ungebeten tief aus ihrem Inneren: »Was ist, wenn er nicht verrückt ist? Was ist, wenn er es ernst meint und den Plan ausführen will?«

Kalt zog Kitiara seinen Plan in Erwägung, betrachtete ihn sorgfältig von allen Seiten. Was sie sah, machte ihr Angst. Nein, er konnte nicht gewinnen! Und noch schlimmer, er würde sie womöglich hineinziehen!

Diese Gedanken zogen schnell durch Kitiaras Geist, und keiner zeigte sich in ihrem Gesicht. In der Tat wurde ihr Lächeln nur noch zauberhafter. Es gab viele Männer, die gestorben waren und dieses Lächeln als letzten Anblick erlebt hatten.

Raistlin hatte das wohl in Erwägung gezogen, als er sie aufmerksam musterte. »Zur Abwechslung kannst auch du mal auf der Gewinnerseite stehen, meine Schwester.«

Kitiaras Überzeugung schwankte. Wenn er den Sieg davontrug, war das überwältigend. Krynn würde ihr gehören.

Kitiara sah den Magier an. Vor achtundzwanzig Jahren war er ein gerade geborenes Kind gewesen, krank und schwach, ein zerbrechliches Gegenstück zu seinem starken Zwillingsbruder.

»Laß ihn sterben. Das wird das Beste sein«, hatte die Hebamme gesagt. Kitiara war damals ein Teenager gewesen. Entsetzt hatte sie ihre Mutter weinerlich zustimmen hören.

Aber Kitiara hatte sich dagegen aufgelehnt. Das Kind würde leben! Sie würde es zum Leben bringen, ob es wollte oder nicht. »Mein erster Kampf«, pflegte sie stolz zu sagen, »war mit den Göttern. Und ich habe gewonnen!«

Und jetzt! Kitiara musterte ihn. Sie sah den Mann. Sie sah vor ihrem geistigen Auge das wimmernde, sich übergebende Kind. Sie drehte sich um. »Ich muß zurück«, sagte sie, während sie ihre Handschuhe überzog. »Du wirst dich mit mir nach deiner Rückkehr in Verbindung setzen?«

»Wenn ich erfolgreich bin, besteht keine Notwendigkeit, mich mit dir in Verbindung zu setzen«, sagte Raistlin sanft. »Du wirst es erfahren.«

Kitiara warf Fürst Soth einen Blick zu und machte sich daran, das Zimmer zu verlassen. »Leb wohl, Bruder. Es tut mir leid, daß du nicht meinen Wunsch nach den guten Dingen in *diesem* Leben teilst! Wir könnten so viel gemeinsam unternehmen, du und ich!«

»Leb wohl, Kitiara«, sagte Raistlin. »Nebenbei bemerkt«, fügte er hinzu, als sie in der Tür stand, »ich verdanke dir mein Leben, teure Schwester. Zumindest wurde mir das gesagt. Du solltest nur wissen, daß mit dem Tod von Ariakas, der dich zweifellos getötet hätte, ich meine Schuld als bezahlt betrachte. Ich schulde dir nichts mehr!«

Kitiara starrte in die goldenen Augen des Magiers, suchte eine Drohung, ein Versprechen, was? Aber in ihnen war nichts. Absolut nichts. Und im nächsten Augenblick sprach Raistlin ein Zauberwort und verschwand vor ihren Augen.

Der Weg aus dem Eichenwald von Shoikan war nicht schwierig. Die Wächter kümmerten sich nicht um jene, die den Turm verließen. Kitiara und Fürst Soth gingen zusammen, der tote Ritter bewegte sich geräuschlos durch den Wald, seine Füße hinterließen keinen Abdruck auf den Blättern, die auf dem Boden lagen. Der Frühling erreichte nicht den Eichenwald von Shoikan.

Kitiara sprach erst, als sie die Bäume hinter sich gelassen hatten und wieder auf den soliden Pflastersteinen der Stadt Palanthas standen. Die Sonne ging auf, der Himmel wechselte seine Farbe von einem tiefen Nachtblau zu einem blassen Grau. Hier und dort erwachten Palanthianer, deren Beruf sie zum frühen Aufstehen zwang. Ganz unten an der Straße hinter den verlassenen Gebäuden, die den Turm umgaben, hörte Kitiara marschierende Schritte, die Wachablösung auf der Mauer. Sie befand sich wieder unter den Lebenden. Sie holte tief Luft, dann sagte sie zu Fürst Soth: »Er muß aufgehalten werden.«

Der tote Ritter antwortete nicht.

»Es wird nicht einfach sein, das weiß ich«, sagte Kitiara, setzte den Drachenhelm auf und ging schnell auf Skie zu, der seinen Kopf in Triumph erhoben hatte. Kitiara streichelte den

Drachen liebevoll am Hals, dann wandte sie sich wieder dem toten Ritter zu. »Aber wir dürfen Raistlin nicht direkt entgegentreten. Sein Plan hängt von Crysania ab. Entferne sie, und wir halten ihn auf. Er braucht nicht zu wissen, daß ich etwas damit zu tun habe. Viele sind bei dem Versuch, den Wald von Wayreth zu betreten, gestorben. Stimmt das nicht?«

Fürst Soth nickte, seine Augen flackerten leicht.

»Du schaffst das schon. Laß es aussehen wie... Schicksal«, sagte Kitiara. »Mein kleiner Bruder glaubt offensichtlich daran.« Sie bestieg ihren Drachen. »Als er klein war, lehrte ich ihn, daß es Prügel bedeutet, meinen Befehlen nicht zu gehorchen. Offensichtlich muß er diese Lektion wieder lernen!«

Auf ihr Kommando gruben sich Skies mächtige Hinterbeine in das Pflaster. Er breitete seine Flügel aus und flog in den Morgenhimmel. Die Menschen von Palanthas spürten, wie sich ein Schatten von ihren Herzen hob, aber das war auch alles, was sie wußten. Nur wenige sahen den Aufbruch des Drachen und seiner Reiterin.

Fürst Soth blieb am Saum des Eichenwaldes von Shoikan stehen. »Auch ich glaube an das Schicksal, Kitiara«, murmelte er. »Das Schicksal, das sich ein Mensch selbst bereitet.«

Er sah zu den Fenstern des Turms der Erzmagier hoch, wo das Licht in dem Zimmer ausgelöscht wurde, in dem sie sich aufgehalten hatten. Einen kurzen Augenblick war der Turm in ewige Dunkelheit eingehüllt, die um ihn zu verweilen schien, eine Dunkelheit, die das Sonnenlicht nicht durchdringen konnte. Dann leuchtete ein anderes Licht in einem Zimmer des Turms auf, im Laboratorium des Magiers, dem dunklen und geheimen Raum, in dem Raistlin an seinem Zauber arbeitete.

»Ich frage mich, wer diese Lektion lernen wird«, murmelte Soth. Schulterzuckend verschwand er, verschmolz mit dem schwindenden Schatten, als sich das Tageslicht näherte.

6

»Laßt uns hier eine Rast einlegen«, schlug Caramon vor und steuerte auf ein baufälliges Gebäude zu, das sich wie ein schmollendes Tier im Wald versteckt hielt. »Vielleicht ist sie hier.«

»Das bezweifle ich wirklich«, sagte Tolpan, der unsicher das Schild beäugte, das an einer Kette über der Tür hing. »Der ›Gesprungene Krug‹ scheint wirklich nicht der Ort zu sein...«

»Unsinn«, knurrte Caramon, »sie muß essen. Selbst große, wichtige Kleriker müssen essen. Oder vielleicht hat jemand sie hier auf dem Pfad gesehen. Bisher hatten wir kein Glück.«

»Nein«, murmelte Tolpan leise, »aber wir könnten mehr Glück haben, wenn wir auf der Straße suchen und nicht in Wirtshäusern.«

Sie befanden sich nun seit drei Tagen auf der Reise, und Tolpans schlimmste Befürchtungen über dieses Abenteuer hatten sich als wahr erwiesen.

Normalerweise sind Kender begeisterte Reisevögel. Alle

Kender sind von Wanderlust erfüllt, wenn sie ungefähr das zwanzigste Lebensjahr erreichen. In dieser Zeit schlagen sie fröhlich unbekannte Wege ein, ohne jegliche Absicht, außer Abenteuer und alle möglichen wunderschönen, entsetzlichen oder merkwürdigen Gegenstände zu finden.

Tolpan Barfuß, der auf die Dreißig zuging, war in vielerlei Hinsicht ein typischer Kender. Er war kreuz und quer durch den Kontinent Ansalon gereist, zuerst mit seinen Eltern, bevor sie sich in Kenderheim niedergelassen hatten. Als er alt genug war, hatte er sich allein auf die Wanderschaft begeben, bis er Flint Feuerschmied, den Zwergenschmied, und seinen Freund Tanis, den Halbelf, kennenlernte. Als Sturm Feuerklinge, Ritter von Solamnia, und die Zwillinge Caramon und Raistlin zu ihnen stießen, wurde Tolpan in das wunderschönste Abenteuer seines Lebens hineingezogen, den Krieg der Lanze.

Aber in gewisser Hinsicht war Tolpan kein typischer Kender. Der Verlust zweier Leute, die er sehr geliebt hatte – Sturm Feuerklinge und Flint –, hatte den Kender tief berührt. Er hatte das Gefühl der Angst kennengelernt, der Angst um jene, die ihm etwas bedeuteten. Seine Angst um Caramon war gerade jetzt groß.

Und sie wuchs täglich.

Anfangs war die Reise lustig gewesen. Nachdem Caramon seinen Schmollanfall wegen Tikas Hartherzigkeit und der Unfähigkeit der Welt, ihn zu verstehen, überwunden hatte, hatte er ein paar Schlucke aus seiner Flasche genommen und sich besser gefühlt. Nach einigen weiteren Schlucken begann er Geschichten zu erzählen über die Zeit, als er beim Aufspüren von Drakoniern mitgeholfen hatte. Tolpan fand das amüsant und unterhaltsam und genoß den Morgen, obgleich er ständig Bupu im Auge behalten mußte, damit sie nicht von einem Wagen überfahren wurde oder in ein Schlammloch geriet.

Am Nachmittag war die Flasche leer und Caramons Laune so gut, daß er bereitwillig einigen Geschichten Tolpans zuhörte, die der Kender immer wieder erzählte. Jedoch mitten im besten Teil der Geschichte, als er sich mit dem Pelzelefanten auf der

Flucht befand und die Zauberer mit Blitzen auf ihn schossen, stieß Caramon unglücklicherweise auf eine Taverne.

»Ich will nur die Flasche nachfüllen«, murmelte er und ging hinein.

Tolpan wollte ihm folgen, sah jedoch auf Bupu, die erstaunt und mit offenem Mund auf die Schmiede eines Hufschmieds auf der anderen Straßenseite starrte. Da ihm klar war, daß sie entweder sich selbst oder die Stadt oder beides zusammen in Brand setzen würde, und da er auch wußte, daß er sie nicht mit in die Taverne nehmen konnte – die meisten Wirte verweigerten Gossenzwergen den Eintritt –, entschied Tolpan, draußen zu bleiben und ein Auge auf sie zu haben. Denn Caramon würde ja nur einige Minuten...

Zwei Stunden später taumelte der große Mann heraus.

»Wo in der Hölle bist du gewesen?« rief Tolpan.

»Hab' nur... hab' ein bißchen...«, Caramon schwankte unsicher, »einen für die... Straße.«

»Ich bin auf einer Suche!« schrie Tolpan aufgebracht. »Meine erste Suche, mir aufgetragen von einer wichtigen Person, die sich vielleicht in Gefahr befindet. Und ich hänge hier zwei Stunden mit einer Gossenzwergin herum!« Tolpan zeigte auf Bupu, die in einem Graben eingeschlafen war. »Ich habe mich in meinem ganzen Leben noch nie so gelangweilt, und du bist da drin und läßt dich mit Zwergenspiritus vollaufen!«

Caramon funkelte ihn an, seine Lippen spitzten sich zu einem Schmollmund. »Weißt du was«, murmelte der große Mann, während er zur Straße schwankte, »du fängst an wie Tika zu reden...«

Von da an ging es rapide bergab.

Am Abend erreichten sie eine Kreuzung.

»Laßt uns hier entlanggehen«, sagte Tolpan. »Crysania wird sicherlich wissen, daß Leute versuchen, sie aufzuhalten. Sie wird eine Straße nehmen, die nicht so stark bereist ist. Ich denke, wir sollten die gleiche Straße nehmen, die wir auch vor zwei Jahren genommen haben, als wir Solace verlassen hatten...«

»Unsinn!« schnaufte Caramon. »Sie ist eine Frau und eine Klerikerin zu Fuß. Sie wird die unbeschwerlichere Straße nehmen. Wir nehmen die Straße nach Haven.«

Tolpan war über diese Entscheidung sehr unschlüssig gewesen, und seine Zweifel hatten sich als begründet erwiesen. Sie hatten nur einige Meilen zurückgelegt, als sie auf eine weitere Taverne stießen.

Caramon ging hinein, um zu erfahren, ob jemand eine Person gesehen hatte, die Crysania glich, und ließ Tolpan mit Bupu zurück. Eine Stunde später tauchte der große Mann wieder auf, sein Gesicht war fröhlich.

»Nun, hat jemand sie gesehen?« fragte Tolpan gereizt.

»Wen gesehen? Nein...«

Und jetzt, zwei Tage später, hatten sie erst den halben Weg nach Haven zurückgelegt. Aber der Kender hätte ein Buch über alle Tavernen auf dem Weg schreiben können.

»In den alten Zeiten«, schäumte Tolpan vor Wut, »wären wir in dieser Zeit nach Tarsis und wieder zurück gelaufen!«

»Damals war ich jünger und unreif. Mein Körper ist jetzt gereift, und ich muß meine Stärke aufbauen«, erklärte Caramon hochmütig, »Schritt für Schritt.«

»Er baut etwas Schritt für Schritt auf«, sagte Tolpan grimmig zu sich, »aber Stärke ist es keineswegs!«

Caramon konnte meistens nicht mehr als eine Stunde laufen und war dann gezwungen, eine Pause einzulegen und sich hinzusetzen. Oft brach er völlig zusammen, stöhnte vor Schmerz auf, Schweiß strömte aus seinem Körper. Tolpan, Bupu und die Flasche Zwergenspiritus waren nötig, um ihn wieder auf die Beine zu bringen. Er beklagte sich bitter und unentwegt. Seine Rüstung scheuerte, er war hungrig, die Sonne brannte zu heiß, er hatte Durst. Am späten Abend bestand er darauf, in einem erbärmlichen Wirtshaus einzukehren. Hier hatte Tolpan das erregende Erlebnis zu beobachten, wie der große Mann sich besinnungslos betrank. Tolpan und der Wirt mußten ihn in sein Zimmer schleifen, in dem er bis spät in den anderen Morgen hinein schlief.

Nach dem dritten Tag und ihrer zwanzigsten Taverne und ohne eine Spur von Crysania begann Tolpan ernsthaft darüber nachzudenken, nach Kenderheim zurückzukehren, sich ein nettes, kleines Haus zu kaufen und sich vom Abenteuerleben zurückzuziehen.

Es war um Mittag, als sie den »Gesprungenen Krug« erreichten und Caramon unverzüglich ins Innere verschwand. Tolpan stieß einen Seufzer aus, während er bei Bupu stand und in grimmigem Schweigen den schlampigen Ort betrachtete.

»Ich nicht mögen dies weiter«, verkündete Bupu. Sie funkelte Tolpan vorwurfsvoll an. »Du sagen, wir finden hübschen Mann in roten Roben. Alles, was wir finden, ist fetter Trunkenbold. Ich gehe zurück nach Hause, zurück zu Großbulp.«

»Nein, geh nicht! Noch nicht!« schrie Tolpan verzweifelt auf. »Wir finden den hübschen Mann. Oder zumindest eine hübsche Frau, die helfen will, den hübschen Mann zu finden. Vielleicht – vielleicht erfahren wir hier etwas.«

Offensichtlich glaubte Bupu ihm nicht. Tolpan glaubte es selber nicht. »Sieh mal«, sagte er, »warte hier einfach auf mich. Es wird nicht lange dauern. Ich hole dir etwas zu essen. Versprichst du mir, nicht zu gehen?«

Bupu leckte sich die Lippen und beäugte dabei zweifelnd Tolpan. »Ich warten«, sagte sie und ließ sich auf die schlammige Straße plumpsen. »Zumindest bis nach dem Mittagessen.«

Tolpan folgte Caramon in die Taverne, sein spitzes Kinn entschlossen vorgeschoben. Er und Caramon würden ein kleines Gespräch führen...

Es stellte sich jedoch heraus, daß es nicht notwendig war.

»Auf eure Gesundheit, meine Herren«, sagte Caramon und hob sein Glas der schlampigen Menge entgegen, die im Wirtshaus versammelt war. Es waren nicht viele – zwei reisende Zwerge, die neben der Tür saßen, und eine Gruppe Menschen, die wie Waldhüter gekleidet waren und ihre Krüge in Erwiderung auf Caramons Trinkspruch hoben.

Tolpan setzte sich neben Caramon; er war so niedergeschlagen, daß er tatsächlich eine Geldbörse zurückgab, die seine

Hände aus dem Gürtel eines der Zwerge im Vorbeigehen genommen hatten.

»Ich glaube, du hast das fallen lassen«, murmelte Tolpan und gab sie dem Zwerg zurück, der ihn verwundert anstarrte.

»Wir suchen eine junge Frau«, sagte Caramon, der es sich für den Nachmittag gemütlich machte. Er trug ihre Beschreibung vor, wie er sie in jeder Taverne von Solace an vorgetragen hatte. »Schwarzes Haar, klein, zierlich, blasses Gesicht, weiße Roben. Sie ist eine Klerikerin…«

»Ja, die haben wir gesehen«, sagte einer der Waldhüter.

Bier spritzte aus Caramons Mund. »Ihr habt sie gesehen?« keuchte er würgend.

Tolpan wurde munter. »Wo?« fragte er eifrig.

»Sie wanderte in den Wäldern östlich von hier umher«, sagte der Waldhüter und deutete mit dem Daumen.

»Ach?« machte Caramon argwöhnisch. »Und was habt ihr in den Wäldern zu schaffen?«

»Goblins jagen. In Haven gibt es eine Prämie für sie.«

»Drei Goldstücke für Goblinohren«, sagte sein Freund mit einem zahnlosen Grinsen, »wenn du dein Glück versuchen willst.«

»Was ist mit der Frau?« verfolgte Tolpan das Thema weiter.

»Sie ist verrückt, glaube ich.« Der Waldhüter schüttelte den Kopf. »Wir haben ihr gesagt, daß das ganze Land hier von Goblins wimmelt und sie nicht allein herumlaufen soll. Sie sagte nur, sie sei in den Händen von Paladin, und der würde auf sie aufpassen.«

Caramon stieß einen Seufzer aus und hob sein Glas an die Lippen. »Das hört sich ganz nach ihr an…«

Tolpan sprang hoch und schnappte das Glas aus der Hand des großen Mannes. »Komm schon!« sagte er. »Wir müssen gehen! Vielen Dank für eure Hilfe.« Er zerrte Caramon zur Tür. »Was habt ihr gesagt, wo ihr sie gesehen habt?«

»Ungefähr zehn Meilen östlich von hier. Hinter der Taverne findet ihr einen Weg. Er zweigt von der Hauptstraße ab. Folgt ihm, und er wird euch durch den Wald führen. War früher mal die Abkürzung nach Torweg, bevor es zum Reisen zu gefährlich wurde.«

»Danke nochmals!« Tolpan schob Caramon, der immer noch protestierte, aus der Tür.

»Verdammt noch mal, warum die Eile?« knurrte Caramon wütend und riß sich von Tolpans Händen los. »Wir könnten zumindest zu Mittag essen...«

»Caramon!« sagte Tolpan drängend und tanzte auf und ab. »Denk doch mal nach! Erinnere dich! Ist dir nicht klar, wo sie ist? Zehn Meilen östlich von hier! Sieh mal...« Er riß einen seiner Beutel auf und holte ein ganzes Bündel Karten hervor. Eilig durchsuchte er sie und warf sie in seiner Eile auf den Boden. »Sieh mal«, wiederholte er schließlich, rollte eine auf und hielt sie vor Caramons rotangelaufenes Gesicht.

Der große Mann starrte darauf und versuchte etwas zu erkennen. »Nun?«

»Sieh mal, hier ungefähr sind wir. Und hier ist Haven, südlich von uns. Da drüben ist Torweg. Und hier ist der Weg, über den sie gesprochen haben, und hier...« Tolpan zeigte mit dem Finger.

Caramon krümmte sich. »Düsterwald«, murmelte er. »Düsterwald. Hört sich vertraut an...«

»Natürlich hört sich das vertraut an! Wir wären dort beinahe gestorben!« schrie Tolpan und fuchtelte mit den Armen. »Ohne Raistlin wären wir verloren gewesen...« Als er Caramons finsteren Blick bemerkte, fragte er flehend: »Was ist, wenn sie da allein herumläuft?«

Caramon sah in den Wald hinein, seine trüben Augen beäugten den engen, überwachsenen Pfad. Sein finsterer Blick vertiefte sich. »Vermutlich erwartest du von mir, daß ich sie aufhalte«, murmelte er.

»Nun, natürlich müssen wir sie aufhalten!« begann Tolpan, dann blieb er plötzlich stehen. »Das war niemals deine Absicht«, sagte er und starrte Caramon an. »Die ganze Zeit war das niemals deine Absicht, ihr nachzugehen. Du bist hier nur ein paar Tage herumgetaumelt, ein bißchen trinken, ein bißchen lachen, wolltest dann zu Tika zurück, um ihr zu sagen, daß du ein erbärmlicher Versager bist, hast dir ausgemalt, daß sie dich wieder aufnimmt, so wie immer...«

»Was erwartest du denn von mir?« knurrte Caramon und wandte sich von Tolpans vorwurfsvollem Blick ab. »Wie kann ich dieser Frau helfen, den Turm der Erzmagier zu finden?« begann er zu wimmern. »Ich will ihn nicht finden! Ich habe geschworen, mich niemals wieder in der Nähe dieses abscheulichen Ortes aufzuhalten! Dort haben sie ihn zerstört, Tolpan. Als er wiederkam, hatte seine Haut diese seltsame goldene Farbe angenommen. Sie gaben ihm diese verfluchten Augen, mit denen er nur noch den Tod sehen kann. Sie zerstörten seinen Körper. Er konnte nicht atmen, ohne zu husten. Und sie ließen ihn... sie ließen ihn mich töten!« Caramon würgte und vergrub das Gesicht in den Händen, schluchzte schmerzerfüllt auf, zitterte vor Entsetzen.

»Er... er hat dich nicht getötet, Caramon«, sagte Tolpan, sich völlig hilflos fühlend. »Tanis hat mir das gesagt. Es war nur ein Bild von dir. Und er war krank und verängstigt. Er wußte nicht, was er tat...«

Aber Caramon schüttelte nur den Kopf.

Der zartfühlende Kender konnte ihm keine Schuld geben. Kein Wunder, daß er nicht dorthin will, dachte Tolpan zerknirscht. Vielleicht sollte ich ihn nach Hause bringen. In diesem Zustand kann ihn niemand gebrauchen. Aber dann erinnerte er sich an Crysania, die dort ganz allein war, im Düsterwald herumstolperte... »Ich habe dort einmal zu einem Geist gesprochen«, murmelte er, »aber ich bin mir nicht sicher, ob er sich an mich erinnert. Und dort draußen gibt es Goblins. Ich habe zwar keine Angst vor ihnen, aber ich glaube nicht, daß ich mehr als drei oder vier bekämpfen kann.«

Tolpan war in Verlegenheit. Wenn nur Tanis hier gewesen wäre! Der Halbelf wußte immer, was zu sagen oder zu tun war. Aber Tanis war nicht da, mahnte eine strenge Stimme im Inneren des Kenders, die sich manchmal verdächtig nach Flint anhörte. Es liegt an dir, du Türknopf!

Ich will aber nicht, daß es an mir liegt, jammerte Tolpan, dann wartete er einen Moment, ob die Stimme ihm antworten würde. Aber das tat sie nicht. Er war allein.

»Caramon«, sagte Tolpan und versuchte, so tief wie möglich und wie Tanis zu klingen, »hör mal, komm einfach nur bis zum Rand des Waldes von Wayreth mit. Dann kannst du nach Hause gehen. Wir werden höchstwahrscheinlich sicher sein, wenn...«

Aber Caramon hörte nicht zu. Voll Schnaps und Selbstmitleid brach er zusammen. Er lehnte sich gegen einen Baum und bat Tika, ihn wieder aufzunehmen.

Bupu erhob sich und stellte sich vor den großen Krieger. »Ich gehen«, sagte sie voll Abscheu. »Nicht brauchen fetten, sabbernden Trunkenbold, ich finden nach Hause.« Zur Bekräftigung nickte sie, dann ging sie den Pfad hinunter.

Tolpan rannte ihr nach und hielt sie fest. »Nein, Bupu! Das darfst du nicht! Wir sind doch schon fast da!«

Plötzlich verlor er die Geduld. Tanis war nicht hier. Niemand war hier, um zu helfen. Er ging zu Caramon und trat ihn vors Schienbein.

»Au!« Caramon starrte Tolpan mit einem verletzten und verwirrten Gesichtsausdruck an. »Was hast du vor?«

Als Antwort trat Tolpan ihn wieder hart. Stöhnend griff Caramon nach seinem Bein.

»Na, jetzt haben wir Spaß«, sagte Bupu. Sie rannte ausgelassen nach vorne und trat Caramon ans andere Bein. »Ich bleiben jetzt.«

Der große Mann brüllte auf und funkelte Tolpan wütend an. »Verdammt noch mal, Barfuß, wenn das eins deiner Spiele ist...«

»Es ist kein Spiel, du Ochs!« schrie der Kender. »Ich habe mich entschlossen, etwas Vernunft in dich zu treten, das ist alles! Ich habe dein Winseln satt! Die ganzen Jahre winselst du nur herum! Der ehrenwerte Caramon, der alles für seinen undankbaren Bruder opfert. Der liebende Caramon, der Raistlin immer an die erste Stelle setzt. Nun, vielleicht stimmt das, aber vielleicht stimmt das auch nicht. Ich beginne zu denken, daß du

Caramon immer an die erste Stelle gesetzt hast. Und vielleicht wußte das Raistlin im Inneren, was ich mir gut vorstellen kann. Du hast das nur getan, weil es dir ein gutes Gefühl gegeben hat. Raistlin hat dich nicht gebraucht – du hast ihn gebraucht. Du hast sein Leben gelebt, weil du zu viel Angst hast, ein eigenes Leben zu führen.«

Caramons Augen glühten fiebrig, sein Gesicht erblaßte vor Zorn. Langsam erhob er sich mit geballten Fäusten. »Dieses Mal bist du zu weit gegangen, du kleiner Bastard…«

»Bin ich das?« Tolpan schrie nun, während er auf und ab hüpfte. »Hör mir zu, Caramon! Die ganze Zeit blubberst du herum, daß niemand dich braucht. Hast du je daran gedacht, daß Raistlin dich jetzt mehr denn je braucht? Und Crysania – sie braucht dich! Und du stehst hier herum, ein zitternder Waschlappen mit einem Gehirn, das völlig aufgeweicht und zu Brei geworden ist!«

Caramon machte einen unsicheren Schritt nach vorn, sein Gesicht war gefleckt und häßlich. Bupu kreischte auf und duckte sich hinter Tolpan. Der Kender blieb aufrecht stehen – genauso wie damals, als die wütenden Elfenfürsten ihn in zwei Stücke schneiden wollten, weil er die Kugel der Drachen zerbrochen hatte. Caramon ragte über ihm auf, der nach Schnaps stinkende Atem des großen Mannes ließ Tolpan übel werden. Wider Willen schloß er die Augen. Nicht aus Angst, sondern wegen der Qual und des Zorns in Caramons Gesicht.

Er stand versteift da und wartete auf den Schlag. Aber der Schlag kam nicht. Man hörte riesige Füße durch den dichten Busch stapfen.

Vorsichtig öffnete Tolpan die Augen. Caramon war verschwunden, krachte den Pfad in den Wald hinunter. Seufzend starrte ihm Tolpan nach.

Bupu kroch hinter seinem Rücken hervor. »Das ist Spaß«, verkündete sie. »Ich bleiben trotz allem. Vielleicht spielen wir wieder Spiel?«

»Ich glaube nicht, Bupu«, sagte Tolpan. »Komm. Wir sollten ihm lieber nachgehen.«

»Na gut«, sinnierte die Gossenzwergin. »Anderes Spiel wird kommen, genauso viel Spaß.«

»Ja«, stimmte Tolpan abwesend bei. Als er sich ängstlich umschaute, ob vielleicht jemand in dem erbärmlichen Wirtshaus etwas gehört hatte und Ärger anfangen wollte, riß er die Augen weit auf.

Die Taverne zum gesprungenen Krug war verschwunden: das verfallene Gebäude, das an einer Kette hängende Schild, die Zwerge, die Waldhüter, der Wirt, selbst das Glas, aus dem Caramon getrunken hatte. Alles hatte sich in der Nachmittagsluft aufgelöst wie ein böser Traum.

Am Abend war Caramon sturzbetrunken.

Tolpan und Bupu hatten den großen Mann eingeholt, als er mitten auf dem Pfad stand und den letzten Schluck Zwergenspiritus aus der Flasche trank. Er neigte den Kopf zurück, um jeden Tropfen zu bekommen. Schließlich senkte er die Flasche, um enttäuscht hineinzuschauen, und schüttelte sie.

»Alles weg«, hörte Tolpan ihn unglücklich murmeln. Das Herz des Kenders sank. »Jetzt ist es um mich geschehen«, sagte er jämmerlich zu sich. »Ich kann ihm nicht sagen, daß das Wirtshaus verschwunden ist. Nicht in seinem jetzigen Zustand! Dann wird alles nur noch schlimmer!« Aber wie schlimm es bereits war, erkannte er erst, als er zu Caramon trat und ihm auf die Schulter klopfte.

Der große Mann in seinem trunkenen Zustand drehte sich um. »Was ist das? Wer ist da?« Er spähte in den schnell dunkel werdenden Wald.

»Ich, hier unten«, sagte Tolpan mit leiser Stimme. »Ich... ich wollte nur sagen, daß es mir leid tut, Caramon, und...«

»Oh...« Caramon taumelte zurück und starrte ihn wütend an, dann grinste er tölpelhaft. »Hallo, kleiner Bursche. Ein Kender« – sein Blick wanderte zu Bupu – »und eine Gossenzwergin«, schloß er eilig. Er verbeugte sich. »Ich heiße Raistlin«, sagte er feierlich mit einer weiteren unsicheren Verbeugung. »Ein großer und mächtiger Zauberkundiger.«

»Hör auf, Caramon!« sagte Tolpan voller Abscheu.

»Caramon?« Der große Mann riß die Augen auf, dann verengten sie sich listig. »Caramon ist tot. Ich habe ihn getötet. Vor langer Zeit im Turm des Erzzauberers.«

»Beim Barte Reorx'!« keuchte Tolpan.

»Er nicht Raistlin!« schnaubte Bupu verächtlich. Dann hielt sie inne, beäugte ihn zweifelnd. »Er ist?«

»Nein! Natürlich nicht«, schnappte Tolpan.

»Kein lustiges Spiel!« entschied Bupu entschlossen. »Ich nicht mögen! Er kein hübscher Mann für mich. Er fetter Trunkenbold. Ich gehen nach Hause.« Sie sah sich um. »Welcher Weg Hause?«

»Nicht jetzt, Bupu!« Was war hier nur los? fragte sich Tolpan düster. Er griff nach seinem Haarzopf und zog kräftig daran. Seine Augen waren vor Schmerz feucht, aber der Kender seufzte erleichtert auf. Einen Augenblick dachte er, er sei eingeschlafen, ohne es zu wissen, und laufe in einem merkwürdigen Traum herum.

»Paßt auf«, sagte Caramon feierlich, während er sich im Zickzack bewegte. »Ich spreche einen Zauberspruch.« Er hob die Hände und stieß eine Reihe unsinniger Worte aus. Dann zeigte er auf einen Baum. »Puh«, flüsterte er und taumelte zurück. »Geh in Flammen auf! Auf! Auf! Brenn, brenn, brenn... wie der arme Caramon.« Er taumelte vorwärts, schwankte den Pfad hinab. »Alle Kellnerinnen lieben dich«, sang er. »Jeder Hund ist dein Freund. Was du auch sagst, es ist dein Ernst...«

Tolpan eilte ihm händeringend nach.

Bupu trottete hinterher. »Baum brennt nicht«, sagte sie.

»Ich weiß!« stöhnte Tolpan. »Es ist nur... er denkt...«

»Er schlechter Magier. Ich dran.« Bupu wühlte in ihrem riesigen Beutel, stieß einen triumphierenden Schrei aus und zog eine tote Ratte hervor.

»Nicht jetzt, Bupu...«, begann Tolpan, der das Gefühl hatte, das bißchen geistige Gesundheit, das noch übriggeblieben war, werde ihm entgleiten.

Caramon, der vor ihnen war, hatte mit dem Singen aufgehört und schrie, daß er den Wald mit Spinnweben bedecken wolle.

»Ich werden geheimes Zauberwort sagen«, erklärte Bupu. »Du nicht zuhören. Verdirbst Geheimnis.«

»Ich höre nicht zu«, sagte Tolpan ungeduldig und versuchte Caramon einzuholen, der sich trotz seines schwankenden Ganges schnell vorwärts bewegte.

»Du zuhören?« fragte Bupu, die hinter ihm keuchte.

»Nein«, sagt Tolpan seufzend.

»Warum nicht?«

»Du hast es mir nicht erlaubt!« schrie Tolpan aufgebracht.

»Aber woher du wissen, wenn nicht zuhören?« verlangte Bupu wütend zu wissen. »Du versuchen stehlen geheimes Zauberwort! Ich gehen nach Hause.« Sie blieb unvermittelt stehen, drehte sich um und trottete den Weg zurück.

Tolpan bremste sofort ab. Er konnte jetzt Caramon sehen, der sich an einem Baum festhielt und offensichtlich eine Drachenschar heraufbeschwor. Es hatte den Anschein, als ob der große Mann zumindest eine Weile dort stehen bliebe.

Leise fluchend drehte sich der Kender um und lief hinter der Gossenzwergin her. »Halt, Bupu!« schrie er und ergriff eine Handvoll schmutziger Fetzen, die er für ihre Schulter hielt. »Ich schwöre, ich habe niemals dein geheimes Zauberwort gestohlen!«

»Du es gestohlen!« kreischte sie und fuchtelte mit der toten Ratte herum. »Du es sagen!«

»Was gesagt?« fragte Tolpan völlig verblüfft.

»Geheimes Zauberwort! Du sagen!« schrie Bupu zornig auf. »Hier! Guck!« Sie zeigte auf den vor ihnen liegenden Pfad und kreischte: »Ich sagen geheimes Zauberwort. Dort. Jetzt wir sehen heißen Zauber.«

Tolpan legte die Hand auf sein Gesicht. Ihm war schwindelig.

»Guck! Guck!« schrie Bupu triumphierend, während sie mit einem schmuddeligen Finger zeigte. »Siehst du? Ich fangen Feuer an. Geheimes Zauberwort versagt nie. Pah. Ein schlechter Zauberkundiger – er.«

Als Tolpan den Pfad hinuntersah, blinzelte er. Vor ihnen auf dem Weg waren Flammen sichtbar.

Ich gehe endgültig zurück nach Kenderheim, sinnierte Tolpan insgeheim. Ich kaufe mir ein kleines Haus... oder vielleicht ziehe ich ein paar Monate zu meinen Leuten, bis ich mich besser fühle.

»Wer ist dort?« rief eine helle, kristallklare Stimme.

Tolpan wurde von Erleichterung überflutet. »Es ist ein Lagerfeuer!« rief er vor Freude fast hysterisch. Und die Stimme! Er lief durch die Dunkelheit auf das Licht zu. »Ich bin es – Tolpan Barfuß. Ich habe – huch!«

Caramon riß den Kender vom Boden und hob ihn in seinen starken Armen in die Höhe.

»Pst«, flüsterte Caramon dicht an Tolpans Ohr. Der mit Schnaps vermischte Atem ließ den Kopf des Kenders schwimmen. »Da ist jemand!«

Tolpan zappelte hektisch, versuchte sich aus Caramons Griff zu lösen. Eine von dessen Händen legte sich ihm auf den Mund.

Tolpan begann blaue Sterne zu sehen. Er kämpfte verzweifelt, riß mit seiner ganzen Kraft an Caramons Hand, aber es wäre um das kurze Leben des Kenders geschehen gewesen, wenn nicht plötzlich Bupu vor Caramons Füßen aufgetaucht wäre.

»Geheimes Zauberwort«, kreischte sie und schleuderte die tote Ratte in Caramons Gesicht. Der entfernte Schein des Feuers spiegelte sich in den schwarzen Augen des Kadavers wider.

»Iiih!« kreischte Caramon und ließ den Kender fallen.

Tolpan fiel schwer auf den Boden und japste nach Luft.

»Was ist da los?« fragte eine kalte Stimme.

»Wir sind gekommen... um dich zu retten...«, erklärte Tolpan und erhob sich benommen.

Eine weißgekleidete, in Felle gehüllte Gestalt erschien vor ihnen auf dem Weg. Bupu sah in tiefem Argwohn zu ihr auf.

»Geheimes Zauberwort«, sagte die Gossenzwergin und wedelte mit der toten Ratte vor der Verehrten Tochter Paladins.

»Verzeih mir, wenn ich nicht besonders dankbar bin«, sagte Crysania zu Tolpan, als sie später am Abend um das Feuer saßen.

»Ich weiß. Es tut mir leid«, sagte Tolpan, der jämmerlich zusammengekrümmt auf dem Boden saß. »Ich habe ein Durcheinander angerichtet. Das mache ich öfter«, fuhr er kläglich fort. »Da kannst du alle fragen. Man hat mir schon oft gesagt, daß ich die Leute in den Wahnsinn treibe – aber es ist jetzt das erste Mal, daß ich es wirklich getan habe!« Die Nase hochziehend, warf er Caramon einen ängstlichen Blick zu.

Der große Mann saß in seinem Umhang am Feuer zusammengekauert. Immer noch unter dem Einfluß des starken Zwergenspiritus, war er manchmal Caramon und manchmal Raistlin. Als Caramon aß er gierig, stopfte mit Appetit das Essen in seinen Mund. Dann ergötzte er die anderen mit einigen obszönen Balladen – zum Entzücken von Bupu, die die ganze Zeit applaudierte und heftig einfiel. Tolpan war hin- und hergerissen zwischen dem starken Verlangen, wild zu kichern und sich hinter einem Felsen zu verkriechen und vor Scham zu sterben.

Aber der Kender entschied mit einem Schaudern, daß er Caramon über Caramon-Raistlin stellen würde. Die Verwandlung setzte plötzlich ein, mitten in einem Lied. Die Gestalt des großen Mannes brach zusammen, er begann zu husten, dann befahl er sich selbst, den Mund zu halten.

»Das hast du ihm nicht angetan«, sagte Crysania, die Caramon mit kühlem Blick musterte, zu Tolpan. »Es ist der Alkohol. Er ist unanständig, dickköpfig und offensichtlich ohne jegliche Selbstbeherrschung. Er läßt sich von seinen Gelüsten beherrschen. Merkwürdig, nicht wahr, daß er und Raistlin Zwillinge sind. Sein Bruder ist so beherrscht, intelligent und kultiviert.« Sie zuckte die Schultern. »Oh, es besteht kein Zweifel, daß dieser arme Mann großes Mitleid verdient.« Sie erhob sich, ging hinüber, wo ihr Pferd angebunden stand, und schnallte ihre Bettrolle hinter dem Sattel los. »Ich werde ihn in meine Gebete zu Paladin einschließen.«

»Sicherlich schaden Gebete nicht«, sagte Tolpan zweifelnd, »aber ich denke, ein starker tarbäischer Tee würde gerade jetzt gut tun.«

Crysania drehte sich um und musterte den Kender mißbilligend. »Ich bin sicher, du wolltest keine Gotteslästerung begehen. Darum will ich deine Aussage so nehmen, wie sie geäußert wurde. Jedoch solltest du danach streben, die Dinge mit einer ernsthafteren Einstellung zu betrachten.«

»Ich *war* ernsthaft«, protestierte Tolpan. »Alles, was Caramon braucht, sind einige Kannen guten, starken tarbäischen Tees...«

Crysanias dunkle Augenbrauen zogen sich so eng zusammen, daß Tolpan in Schweigen verfiel, obgleich er nicht die leiseste Ahnung hatte, warum sie so ungehalten war. Er packte seine eigenen Decken aus. Er konnte sich nicht erinnern, jemals in einer so bedrückten Stimmung gewesen zu sein. Er fühlte sich fast genauso wie damals, als er mit Flint während der Schlacht in den Ebenen der Ostwildnis auf dem Drachen geritten war. Der Drache hatte sich in die Wolken erhoben, dann hatte er einen Sturzflug gemacht. Kurze Zeit war der Himmel unten gewesen, der Boden oben, und dann verlor sich alles im Nebel.

Er fühlte sich genauso wie damals. Crysania bewunderte Raistlin und bemitleidete Caramon. Tolpan war sich nicht sicher, aber es schien alles verkehrt. Dann war da Caramon, der Caramon und dann nicht Caramon war. Wirtshäuser, die in einer Minute da waren und in der anderen verschwanden. Ein geheimes Zauberwort, das er hören sollte, damit er wußte, wann er es nicht hören durfte. Dann machte er einen auf dem gesunden Menschenverstand fußenden Vorschlag betreffend tabäischen Tee und wurde wegen Gotteslästerung gemaßregelt! »Immerhin«, murmelte er, während er an seinen Decken riß, »sind Paladin und ich enge persönliche Freunde. Er weiß schon, wie ich es meine.«

Seufzend legte der Kender seinen Kopf auf einen aufgerollten Umhang. Bupu, die inzwischen fast überzeugt war, daß Caramon Raistlin war, schlief fest, sie hatte sich zusammengerollt, ihr Kopf ruhte am Fuß des großen Mannes. Caramon saß still da, ein Lied summend. Gelegentlich hustete er, und einmal verlangte er mit lauter Stimme, daß Tolpan ihm sein Zauberbuch bringe, damit er seine Magie studieren könne.

Crysania breitete ihre Decken auf einem Bett aus Tannennadeln aus, die sie gesammelt hatte, um die Feuchtigkeit fernzuhalten. Tolpan gähnte. Sie kam sicherlich besser klar, als er erwartet hatte. Sie hatte einen guten, vernünftigen Platz zum Übernachten ausgewählt – neben dem Pfad; ein Bach mit klarem Wasser floß in der Nähe, so brauchte man nicht zu tief in diesen düsteren und gespenstischen Wald zu gehen...

Gespenstischer Wald... woran erinnerte ihn das? Tolpan schreckte auf, als er gerade in den Schlaf gleiten wollte. Etwas Wichtiges. Gespenstischer Wald. Gespenster... Gespräche mit Gespenstern... »Düsterwald!« rief er beunruhigt aus und setzte sich kerzengerade auf.

»Was?« fragte Crysania, die sich gerade hinlegen wollte.

»Düsterwald!« wiederholte Tolpan beunruhigt. Er war jetzt hellwach. »Wir sind in der Nähe von Düsterwald. Wir sind gekommen, um dich zu warnen! Es ist ein entsetzlicher Ort. Du hättest da blindlings hineinstolpern können. Vielleicht sind wir schon drin...«

»Düsterwald?« Caramons Augen leuchteten auf. Er starrte mit einem verschwommenen Blick um sich.

»Unsinn«, sagte Crysania, die unter ihrem Kopf ein kleines Reisekissen zurechtrückte. »Wir sind nicht in Düsterwald, noch nicht. Es ist ungefähr fünf Meilen entfernt. Morgen werden wir auf einen Pfad stoßen, der uns dorthin führt.«

»Du – du willst dorthin?« keuchte Tolpan.

»Natürlich«, gab Crysania kalt zurück. »Ich werde den Herrn der Wälder um Hilfe bitten. Es würde viele lange Monate dauern, von hier zum Wald von Wayreth zu reisen, selbst zu Pferd. In Düsterwald bei dem Herrn der Wälder leben silberne Drachen. Sie werden mich zu meinem Ziel fliegen.«

»Aber die Geister, der uralte tote König und seine Anhänger...«

»...wurden von ihrer entsetzlichen Knechtschaft erlöst, als sie dem Ruf, gegen die Drachenfürsten zu kämpfen, folgten«, sagte Crysania mit nun etwas scharfer Stimme. »Du solltest wirklich die Kriegsgeschichte studieren, Tolpan. Als die menschlichen und elfischen Streitkräfte Qualinesti zurückeroberten, kämpften die Geister von Düsterwald mit ihnen, und damit wurden sie von der dunklen Verzauberung erlöst, die sie zu diesem fürchterlichen Leben verdammt hatte. Sie verließen diese Welt und wurden nicht mehr gesehen.«

»Oh«, sagte Tolpan dümmlich. Nachdem er sich umgeschaut hatte, legte er sich wieder zurück. »Ich habe mit ihnen geredet«, erzählte er sehnsüchtig. »Sie waren sehr höflich – ein bißchen plötzlich mit ihrem Kommen und Gehen, aber sehr höflich. Es ist irgendwie traurig zu denken...«

»Ich bin ziemlich müde«, unterbrach Crysania. »Und ich habe morgen eine weite Reise vor mir. Ich werde die Gossenzwergin mitnehmen und meinen Weg nach Düsterwald fortsetzen. Du kannst deinen betrunkenen Freund nach Hause bringen, wo er hoffentlich die Hilfe findet, die er braucht. Schlaf jetzt.«

»Sollte nicht einer von uns... Wache halten?« fragte Tolpan. »Diese Waldhüter sagten...« Er hielt plötzlich inne. Die »Waldhüter« waren in einem Wirtshaus gewesen, das später nicht mehr da gewesen war.

»Unsinn. Paladin wird uns bewachen«, sagte Crysania scharf. Sie schloß die Augen und begann leise ein Gebet aufzusagen.

Tolpan schluckte. »Ich frage mich, ob wir den gleichen Paladin meinen«, sagte er und dachte dabei an Fizban; er fühlte sich sehr einsam. Aber er sagte das leise, weil er nicht schon wieder der Gotteslästerung beschuldigt werden wollte. Er legte sich hin und hüllte sich in seine Decken, konnte aber keine behagliche Stellung finden. Schließlich setzte er sich, immer noch hellwach, auf und lehnte sich gegen einen Baumstamm. Die Frühlingsnacht war kühl, aber nicht unangenehm kalt. Der Himmel war klar, und es wehte kein Lüftchen. Tolpan fuhr mit seiner Hand über den Boden und befingerte das neue Gras, das sich unter dem Laub nach oben schob.

Der Kender seufzte. Warum fühlte er sich so unwohl? War da ein Geräusch? Brach ein Zweig? Tolpan zuckte zusammen und sah sich um, hielt den Atem an, um besser hören zu können. Nichts. Schweigen. Als er zum Himmel blickte, sah er Paladin, den Platindrachen, der um Gilean, die Waagschale, kreiste. Paladin gegenüber stand die Königin der Finsternis, Takisis, der fünfköpfige Drache.

»Du bist so schrecklich weit weg da oben«, sagte Tolpan zu dem Platindrachen. »Und du mußt eine ganze Welt bewachen, nicht nur uns. Sicherlich stört es dich nicht, wenn auch ich über unsere Nachtruhe wache. Es ist nur so, daß ich das Gefühl habe, ein anderer dort oben beobachtet uns auch, wenn du verstehst, was ich meine.« Der Kender erbebte. »Ich weiß nicht, warum ich mich plötzlich so komisch fühle. Vielleicht liegt es daran, daß wir so nah an Düsterwald sind und – nun ja, offensichtlich trage ich für alle die Verantwortung!«

Für einen Kender war dies ein unangenehmer Gedanke. Tolpan war daran gewöhnt, für sich selbst verantwortlich zu sein, aber als er mit Tanis und den anderen gereist war, war immer jemand anders für die Gruppe verantwortlich gewesen. Es hatte starke, geübte Krieger gegeben…

Was war das? Dieses Mal hatte er wirklich etwas gehört! Tolpan sprang auf, stand ruhig da, starrte in die Dunkelheit. Es war still, dann ein Rascheln, dann…

Ein Eichhörnchen. Tolpan stieß einen Seufzer aus. »Wenn ich schon stehe, kann ich noch ein Holzscheit aufs Feuer legen«, sagte er sich. Er eilte hinüber, warf Caramon einen Blick zu und spürte einen stechenden Schmerz. Es wäre einfacher gewesen, in der Dunkelheit Wache zu stehen, wenn er gewußt hätte, daß er sich auf Caramons starken Arm verlassen konnte. Aber der Krieger war auf seinen Rücken gefallen, seine Augen waren geschlossen, sein Mund geöffnet, in trunkener Zufriedenheit schnarchend. Ihren Kopf an seinem Fuß, vermischte sich Bupus Schnarchen mit seinem. Ihnen gegenüber, so weit wie möglich entfernt, schlief Crysania friedlich; ihre glatte Wange ruhte auf ihren gefalteten Händen.

Mit einem Seufzer warf Tolpan Holzscheite auf das Feuer. Er machte es sich gemütlich und beobachtete, wie das Feuer aufflammte, dann starrte er aufmerksam auf die nachtumhüllten Bäume. Da war es schon wieder.

»Eichhörnchen!« flüsterte Tolpan.

Bewegte sich da nicht etwas im Schatten? Man hörte ein deutliches Knacken – wie ein Zweig, der entzweibricht. So etwas tat ein Eichhörnchen nicht! Tolpan wühlte in seinem Beutel, bis sich seine Hand um ein kleines Messer schloß.

Der Wald bewegte sich! Die Bäume traten dichter heran!

Tolpan versuchte, einen Warnschrei auszustoßen, aber ein dünner Ast ergriff seinen Arm...

»Hilfe«, schrie Tolpan, zappelte sich frei und stach mit seinem Messer auf den Zweig ein.

Es folgte ein Fluchen und dann ein Schmerzensschrei. Der Zweig ließ seinen Griff los, und Tolpan atmete schwer. Was immer ihnen gegenüberstand, es lebte, es atmete...

»Angriff!« kreischte der Kender und taumelte nach vorn. »Caramon! Hilfe! Caramon...«

Zwei Jahre zuvor wäre der große Krieger sofort auf den Beinen gewesen, seine Hand um den Schwertknauf geschlossen, hellwach und für die Schlacht bereit. Aber Tolpan, der sich kriechend zum Feuer zurückbewegte, sah Caramons Kopf in trunkener Zufriedenheit auf einer Seite liegen.

»Crysania!« kreischte Tolpan, der nun weitere dunkle Umrisse aus dem Wald kriechen sah. »Wach auf! Bitte, wach auf!«

Er konnte jetzt die Wärme des Feuers spüren. Weiterhin die bedrohlichen Schatten im Auge behaltend, griff Tolpan nach unten und packte ein glühendes Holzscheit. Er hob es hoch und schleuderte es nach vorne.

Eine der Kreaturen setzte zum Sprung auf ihn an. Tolpan schlug mit seinem Messer zu, trieb sie zurück. Aber als sie ins Licht seines Holzscheites trat, konnte er sie erkennen.

»Caramon!« kreischte er. »Drakonier!«

Crysania war nun aufgewacht; Tolpan sah sie sich aufsetzen und sich in verschlafener Verwirrung umsehen.

»Das Feuer!« schrie Tolpan ihr verzweifelt zu. »Geh dicht zum Feuer!« Über Bupu stolpernd, stieß der Kender Caramon an. »Drakonier!« kreischte er wieder.

Ein Auge von Caramon öffnete sich, dann das andere, und beide blickten verschwommen um sich.

»Caramon! Den Göttern sei Dank!« keuchte Tolpan erleichtert.

Caramon setzte sich auf. Er spähte im Lager umher, völlig verwirrt, war aber immer noch Krieger genug, um sich nebelhaft der Gefahr bewußt zu sein. Er erhob sich unsicher, ergriff den Knauf seines Schwertes und rülpste. »Was ist?« murmelte er und versuchte etwas zu erkennen.

»Drakonier!« schrie Tolpan, hüpfte umher und fuchtelte mit dem flammenden Scheit und dem Messer mit solcher Heftigkeit herum, daß er es tatsächlich schaffte, seine Feinde in Schach zu halten.

»Drakonier?« murmelte Caramon und starrte ungläubig um sich. Dann erhaschte er ein Reptiliengesicht im Licht des sterbenden Feuers. Seine Augen öffneten sich weit. »Drakonier!« knurrte er wütend. »Tanis! Sturm! Kommt zu mir! Raistlin, deine Magie! Die knöpfen wir uns vor.« Er riß sein Schwert aus der Scheide, stürzte sich mit einem Kriegsschrei nach vorn – und fiel flach auf sein Gesicht.

Bupu hing an seinem Fuß.

»O nein!« stöhnte Tolpan.

Caramon lag auf dem Boden, blinzelte und schüttelte staunend den Kopf, versuchte zu verstehen, was ihn umgeworfen hatte. Bupu, die so grob geweckt wurde, begann vor Angst und Schmerz zu heulen, dann biß sie Caramon in den Knöchel.

Tolpan machte sich daran, dem gefallenen Krieger zu helfen – zumindest Bupu von ihm wegzuziehen –, als er einen Schrei hörte. Crysania! Verdammt! Er hatte sie vergessen! Er wirbelte herum und sah die Klerikerin im Kampf gegen einen der Drachenmänner.

Tolpan stürzte vor und stach wild auf den Drakonier ein. Kreischend ließ er von Crysania ab und fiel zurück, sein Körper verwandelte sich vor Tolpans Füßen in Stein.

Tolpan zerrte Crysania zu Caramon zurück, der versuchte, die Gossenzwergin von seinem Bein abzuschütteln.

Die Drakonier kamen näher. Tolpan sah sich um und erkannte, daß sie von den Kreaturen umzingelt waren. Aber warum griffen sie nicht an? Worauf warteten sie?

»Ist mit dir alles in Ordnung?« fragte er Crysania.

»Ja«, antwortete sie. Trotz ihrer Blässe wirkte sie ruhig. Tolpan sah, wie sich ihre Lippen bewegten – wahrscheinlich in einem stummen Gebet. »Hier«, sagte er und gab ihr das brennende Scheit in die Hand. »Ich vermute, du wirst gleichzeitig kämpfen und beten müssen.«

»Elistan hat es getan. Ich kann es ebenfalls«, erwiderte Crysania; ihre Stimme bebte nur ganz leicht.

Befehle wurden aus dem Schatten geschrien. Die Stimme war nicht die eines Drakoniers. Tolpan konnte sie nicht einordnen. Er wußte nur, daß allein ihr Klang ihn erschauern ließ. Aber ihm blieb keine Zeit, darüber nachzudenken. Die Drakonier mit ihren heraushängenden Zungen setzten zum Sprung an.

Crysania schlug ihnen mit dem Holzscheit unbeholfen entgegen, aber es reichte aus, um die Drakonier zögern zu lassen.

Tolpan versuchte immer noch, Bupu von Caramon wegzureißen. Aber es war ein Drakonier, der ihnen unabsichtlich zu Hilfe eilte. Tolpan zurückschiebend, legte der Drachenmann eine Klauenhand auf Bupu.

Gossenzwerge sind auf ganz Krynn wegen ihrer Feigheit und völligen Unzuverlässigkeit im Kampf bekannt. Aber wenn sie in eine Ecke gedrängt werden, können sie kämpfen wie tollwütige Ratten.

Bupu hörte auf, an Caramons Knöchel zu nagen, und grub ihre Zähne in die Schuppenhaut des Beines des Drakoniers.

Der Drakonier gab einen entsetzlichen Schrei von sich. Er hob sein Schwert, und Bupus Ende schien gekommen zu sein, als Caramon den Arm der Kreatur durchschnitt. Bupu setzte sich zurück, leckte sich die Lippen und sah sich gierig nach einem neuen Opfer um.

»Hurra, Caramon!« jubelte Tolpan wild, sein kleines Messer stieß hier und dort so schnell wie eine Schlange zu. Crysania schlug mit ihrem Holzscheit auf einen Drakonier ein und schrie dabei Paladins Namen. Die Kreatur stürzte zu Boden.

Nun standen nur noch zwei oder drei Drakonier herum, die Tolpan erkennen konnte, und der Kender begann, sich in Hochstimmung zu fühlen. Die Kreaturen direkt außerhalb des Feuerscheins beäugten Caramon, wie er auf die Füße taumelte. Er gab wie in alten Zeiten eine bedrohliche Figur ab. Seine Schwertklinge glänzte in den roten Flammen.

»Mach sie fertig, Caramon!« kreischte Tolpan mit schriller Stimme. »Schlag ihre Köpfe zusammen…« Die Stimme des Kenders erstarb, als sich Caramon langsam zu ihm umwandte; ein seltsamer Blick lag in seinem Gesicht.

»Ich bin nicht Caramon«, sagte er leise. »Ich bin sein Zwillingsbruder Raistlin. Caramon ist tot. Ich habe ihn umgebracht.« Er sah das Schwert in seiner Hand an, dann ließ er es fallen, als ob es ihn gestochen hätte. »Was tue ich hier mit dem kalten Stahl in meinen Händen?« fragte er barsch. »Wie kann ich mit Schwert und Schild zaubern?«

Tolpan würgte, warf den Drakoniern einen beunruhigten Blick zu. Er konnte sehen, wie sie listige Blicke austauschten. »Du bist nicht Raistlin! Du bist Caramon!« schrie er verzweifelt, aber es hatte keinen Sinn. Das Gehirn des Mannes war immer noch in Zwergenspiritus getaucht. Caramon, dessen Geist völlig zerrüttet war, schloß die Augen, hob die Hände und stimmte einen Singsang an.

Das grinsende Gesicht eines Drakoniers tauchte vor Tolpan auf. Stahl blitzte auf, und der Kopf des Kenders schien vor Schmerz zu explodieren...

Tolpan lag auf dem Boden. Warme Flüssigkeit lief über sein Gesicht, ließ ihn auf einem Auge nichts mehr sehen, tröpfelte in seinen Mund. Er schmeckte Blut. Er war müde... sehr müde...

Aber der Schmerz war furchtbar. Er würde ihn nicht schlafen lassen. Er hatte Angst, seinen Kopf zu bewegen, und so lag er ganz still da und beobachtete die Welt mit einem Auge.

Er hörte die Gossenzwergin wie ein gequältes Tier schreien, und dann hörten die Schreie plötzlich auf. Er hörte einen tiefen Schmerzensschrei, ein ersticktes Aufstöhnen, und ein riesiger Körper stürzte neben ihm zu Boden. Es war Caramon, Blut strömte aus seinem Mund, seine Augen waren weit aufgerissen und starr.

Tolpan konnte keine Traurigkeit empfinden. Er konnte überhaupt nichts empfinden, nur diesen fürchterlichen Schmerz in seinem Kopf. Ein großer Drakonier stand über ihm mit dem Schwert in der Hand. Er wußte, daß die Kreatur ihn töten wollte. Tolpan kümmerte es nicht. Mach mit dem Schmerz ein Ende, bat er. Mach es schnell.

Dann wirbelten weiße Roben auf, und eine klare Stimme rief Paladin. Der Drakonier verschwand, das Geräusch von Klauenfüßen, die durch das Gebüsch scharrten, war zu hören. Die weißen Roben knieten sich neben ihn, er spürte die Berührung einer sanften Hand auf seinem Kopf und hörte wieder den Namen Paladin. Der Schmerz verschwand. Als er aufschaute, sah er die Hand der Klerikerin Caramon berühren, sah die Lider des großen Mannes zittern und sich zu einem friedlichen Schlaf schließen.

Es ist alles in Ordnung! dachte Tolpan in Hochstimmung. Sie sind verschwunden! Wir werden schon wieder auf die Beine kommen! Dann merkte er, daß seine Hand zitterte. Durch die

Heilkräfte der Klerikerin wieder zur Besinnung kommend, die durch seinen Körper strömten, hob der Kender den Kopf.

Irgend etwas kam. Etwas hatte die Drakonier zurückgerufen. Etwas bewegte sich zum Feuer. Tolpan versuchte, eine Warnung zu schreien, aber seine Kehle war wie zugeschnürt.

Er sah, wie Crysania sich erhob, ihre weißen Roben fegten über sein schmutziges Gesicht. Langsam begann sie, vor dem Ding zurückzuweichen, das auf sie zuschritt. Tolpan hörte sie zu Paladin rufen, aber die Worte kamen aus Lippen, die vor Entsetzen starr waren.

Tolpan wollte verzweifelt seine Augen schließen. Angst und Neugierde tobten in seinem Körper. Die Neugierde trug den Sieg davon. Er spähte mit seinem guten Auge und beobachtete die entsetzliche Gestalt, die auf die Klerikerin zuging. Die Gestalt war in die Rüstung eines solamnischen Ritters gekleidet. Als sie sich Crysania näherte, streckte sie einen Arm aus, der nicht in eine Hand überging. Sie sprach Worte, die nicht aus einem Mund kamen. Ihre Augen flackerten orangefarben auf, ihre durchsichtigen Beine schritten durch die glühende Asche des Feuers. Die Eiseskälte der Regionen, in denen sie zum ewigen Leben gezwungen war, strömte von ihrem Körper, ließ das Mark in Tolpans Knochen einfrieren.

Voller Angst hob Tolpan den Kopf. Er sah Crysania zurückweichen. Er sah den toten Ritter mit langsamen, festen Schritten auf sie zugehen.

Der Ritter hob seine rechte Hand und zeigte mit einem blassen, schimmernden Finger auf Crysania. »Stirb!«

In diesem Augenblick sah Tolpan Crysania ihre Hand erheben und das Medaillon umgreifen, das sie um den Hals trug. Er sah einen hellen Blitz reinen weißen Lichtes aus ihren Fingern schießen, und dann fiel sie auf den Boden, als ob sie von dem fleischlosen Finger erstochen worden wäre.

»Nein!« hörte Tolpan sich schreien. Er sah, wie sich die orangefarbenen, flackernden Augen auf ihn richteten, und eine eisige Dunkelheit, wie die Dunkelheit eines Grabes, versiegelte seine Augen und seinen Mund...

8

Dalamar näherte sich beklommen der Tür zum Laboratorium des Magiers; sein nervöser Finger fuhr über die Schutzrunen, die auf das Gewebe seiner schwarzen Roben gestickt waren, als er in Gedanken mehrere Abwehrzauber aufsagte. Ein gewisses Maß an Vorsicht würde man bei einem Lehrling nicht als ungehörig erachten, der sich den inneren, geheimen Kammern eines finsteren und mächtigen Meisters näherte. Aber Dalamars Vorsichtsmaßnahmen waren außergewöhnlich. Und mit gutem Grund. Dalamar hatte eigene Geheimnisse zu verbergen, und er fürchtete den Blick dieser goldenen Stundenglasaugen mehr als alles andere auf der Welt.

Und dennoch, stärker als seine Angst pulsierte wie immer eine unterschwellige Aufregung in Dalamars Blut, wenn er vor dieser Tür stand. Er hatte in dieser Kammer wundervolle Dinge gesehen, wundervolle... beängstigende...

Er hob die rechte Hand, machte vor der Tür ein schnelles

Zeichen und murmelte dabei einige Worte in der Sprache der Magie. Es kam keine Antwort. Die Tür war nicht verzaubert worden. Dalamar atmete ein wenig leichter, aber vielleicht war es auch ein Seufzer der Enttäuschung. Sein Meister war nicht mit einer starken, machtvollen Magie beschäftigt, sonst hätte Raistlin einen Zauber gesprochen, um die Tür geschlossen zu halten. Als der Dunkelelf nun zur Tür hinunterschaute, sah er keine flackernden, flammenden Lichter unter der schweren Holztür leuchten. Er roch nichts außer den gewöhnlichen Düften von Gewürzen und Verfall. Dalamar legte die fünf Fingerspitzen seiner linken Hand auf die Tür und wartete schweigend.

Der Dunkelelf hatte gerade Zeit, Atem zu holen, als der leise gesprochene Befehl kam: »Tritt ein, Dalamar.«

Dalamar nahm seinen Mut zusammen und trat in die Kammer. Raistlin saß an einem riesigen und uralten Steintisch, der so groß war, daß ein Angehöriger der riesigen, breitschultrigen Rasse der Minotaurier sich auf ihn hinlegen und in ganzer Größe ausstrecken konnte, und es wäre immer noch Platz frei. Der Steintisch sowie das ganze Laboratorium gehörten zu den ursprünglichen Einrichtungsgegenständen, die Raistlin entdeckte, als er den Turm der Erzmagier in Palanthas für sich beanspruchte.

Die große, schattige Kammer schien größer zu sein, als sie möglicherweise war, dennoch war sich der Dunkelelf nie schlüssig, ob die Kammer größer schien oder ob er selbst kleiner wurde, wenn er sie betrat. Wie im Arbeitszimmer des Magiers reihten sich hier an den Wänden Bücher. Flaschen und Gefäße aus Glas standen auf Tischen an den Seiten der Kammer, ihre Inhalte brodelten in strahlenden Farben und kochten mit verborgener Kraft.

Hier in diesem Laboratorium wurde vor langer Zeit große und mächtige Magie betrieben. Hier hatten sich die Zauberer aller drei Roben – die Weißen Roben des Guten, die Roten Roben der Neutralität und die Schwarzen Roben des Bösen – zum Bund zusammengeschlossen, um die Kugeln der Drachen zu schaffen, von denen sich nun eine in Raistlins Besitz befand.

Hier kamen die drei Roben zusammen in einer letzten verzweifelten Schlacht, um ihre Türme, die Bollwerke ihrer Kräfte, vor Istars Königspriestern und dem Mob zu retten. Hier versagten sie, überzeugt, es sei besser, mit der Niederlage zu leben als zu kämpfen, da sie wußten, daß ihre Magie die Welt zerstören konnte.

Die Magier waren gezwungen gewesen, diesen Turm aufzugeben, und trugen ihre Zauberbücher und andere Utensilien zum Turm der Erzmagier, der tief im Zauberwald von Wayreth verborgen lag. Genau zu der Zeit, als sie diesen Turm verließen, wurde der Zauber auf ihn geworfen. Der Eichenwald von Shoikan wuchs heran, bis – wie es vorausgesagt war – »der Herr über Vergangenheit und Gegenwart mit Macht zurückkehren würde«.

Und der Herr war zurückgekehrt. Jetzt saß er in dem uralten Laboratorium, zusammengekauert hinter dem Steintisch, der vor langer Zeit vom Meeresgrund heraufgeholt worden war. Mit eingeschnitzten Runen versehen, die jeden möglichen Zauber abwehrten, war er von allen Äußerlichkeiten befreit worden, die die Arbeit des Magiers beeinträchtigen konnten. Die Oberfläche des Tisches war fast spiegelgleich glattpoliert. Dalamar konnte die nachtblauen Einbände der Zauberbücher sehen, die sich auf ihm im Kerzenlicht spiegelten.

Auf dem Tisch lagen auch noch andere Gegenstände – entsetzliche und kuriose, furchtbare und liebliche: die Zauberzutaten des Magiers. Daran arbeitete Raistlin gerade, überflog ein Zauberbuch, murmelte leise Worte vor sich hin, während er etwas zwischen seinen zarten Fingern zerbröselte und in eine Phiole, die er in einer Hand hielt, rieseln ließ.

»Meister«, sagte Dalamar.

Raistlin sah auf.

Dalamar spürte den Blick der goldenen Augen, die sein Herz mit undefinierbarem Schmerz durchbohrten. Ein Angstschauer überkam den Dunkelelf, die Worte »Er weiß es!« brodelten in seinem Gehirn. Aber diese Gefühle waren äußerlich nicht sichtbar. Die Gesichtszüge des Dunkelelfs blieben starr, unverändert, kühl. Seine Augen erwiderten Raistlins Blick standhaft. Seine Hände blieben in seinen Roben gefaltet, wie es angemessen war.

So gefährlich war diese Aufgabe, daß, als *sie* es als notwendig erachteten, einen Spion in den Haushalt des Magiers zu schmuggeln, sie nach Freiwilligen fragten. Dalamar war unverzüglich vorgetreten.

Die Magie war Dalamars einziges Zuhause. Aus Silvanesti stammend, bekannte er sich jetzt nicht mehr zu dieser noblen Elfenrasse. In einer niedrigen Kaste geboren, wurde er nur die elementarsten Dinge der magischen Künste gelehrt, denn das höhere Wissen war den Elfen aus königlichem Blut vorbehalten. Aber Dalamar hatte die Macht geschmeckt, und sie wurde seine Besessenheit. Heimlich arbeitete er, studierte den verbotenen Lehrstoff, der nur für die hochrangigen Elfenmagier vorgesehen war. Die dunklen Künste imponierten ihm am meisten, und als er dann ertappt wurde, wie er die schwarzen Roben trug, wurde er aus seinem Land verstoßen, und er wurde als ein Dunkelelf bekannt, einer, der außerhalb des Lichtes steht. Das sagte Dalamar sehr zu, denn von früh an hatte er erfahren, daß in der Dunkelheit Macht zu finden ist.

Und so hatte Dalamar den Auftrag angenommen. Als er um die Gründe gefragt wurde, warum er sein Leben riskieren wolle, hatte er kalt geantwortet: »Ich würde meine Seele aufs Spiel setzen für die Gelegenheit, bei dem Größten und Mächtigsten unseres Ordens, der jemals gelebt hat, zu studieren!«

»Genau das kann dir jetzt passieren«, hatte ihm eine traurige Stimme geantwortet.

An diese Stimme erinnerte sich Dalamar jetzt. Er zwang sie aus seinen Gedanken.

»Was ist los?« fragte Raistlin sanft.

Der Magier sprach immer sanft, manchmal erhob sich seine Stimme nicht einmal über ein Flüstern. Dalamar hatte in dieser Kammer beängstigende Stürme toben sehen. Flammende Blitze und krachende Donner hatten ihn tagelang taub zurückgelassen. Er war dabei gewesen, wenn der Magier Kreaturen von den oberen und unteren Ebenen herbeigerufen hatte; ihre Schreie und ihr Jammern und ihre Flüche erklangen immer noch nachts in seinen Träumen. Dennoch drang das sanfte Flüstern durch das Chaos und brachte es unter Kontrolle.

»Ereignisse geschehen in der Außenwelt, Meister, die Eure Aufmerksamkeit verlangen.«

»Tatsächlich?« Raistlin, in seine Arbeit versunken, sah wieder auf.

»Crysania...«

Raistlins mit einer Kapuze bedeckter Kopf richtete sich schnell auf.

Dalamar, der sich an eine zubeißende Schlange erinnerte, trat vor diesem aufmerksamen Blick einen Schritt zurück.

»Sprich!« zischte Raistlin.

»Ihr... Ihr solltet kommen, Meister«, stammelte Dalamar. »Die Lebendigen berichten...«

Der Dunkelelf redete im leeren Raum. Raistlin war verschwunden. Nach einem Seufzer sprach der Dunkelelf die Worte aus, die ihn an die Seite seines Herrn bringen würden.

Tief unten im Turm der Erzmagier, tief unter dem Boden war ein kleiner runder Raum, der mit magischer Hilfe aus dem Fels gehauen worden war, der den Turm trug. Bekannt als die Kammer des wahren Blicks, war er Raistlins Schöpfung.

Inmitten des kleinen Raumes aus kaltem Stein befand sich ein vollkommen rundes Becken mit ruhigem, dunklem Wasser. Aus der Mitte des seltsamen, unnatürlichen Teiches sprang ein blauer Feuerstrahl heraus. Sich zur Decke der Kammer erstrekkend, brannte er ewig, Tag und Nacht. Und um den Teich herum saßen die Lebendigen.

Obgleich Raistlin der mächtigste lebende Magier auf Krynn war, war seine Kraft bei weitem nicht vollständig, und niemandem war das bewußter als dem Magier selbst. Er wurde gezwungenermaßen immer an seine Schwächen erinnert, wenn er diesen Raum betrat – ein Grund, ihm fern zu bleiben, wann immer es möglich war. Denn hier befanden sich die sichtbaren, äußeren Symbole seiner Schwächen – die Lebendigen.

Diese erbärmlichen Kreaturen, duch fehlgeschlagene Magie erschaffen, wurden in dieser Kammer in Gefangenschaft gehalten und dienten ihrem Schöpfer. Hier lebten sie ihr gequältes Leben, krümmten sich in blutender Masse um den flammenden Teich. Ihre glänzenden, feuchten Körper bildeten einen entsetzlichen Teppich auf dem Boden; die Steine konnten nur gesehen werden, wenn sie sich teilten, um ihrem Schöpfer Platz zu machen.

Dennoch gaben die Lebendigen trotz ihrer ständigen Pein kein Wort der Klage von sich. Denn ihr Los war bei weitem besser als das derjenigen, die im Turm streiften, jener, die als die Sterbenden bekannt waren...

Raistlin materialisierte sich in der Kammer des wahren Blicks, ein dunkler Schatten, der aus der Dunkelheit auftauchte. Die blaue Flamme spiegelte sich in den silbernen Fäden an seinen Roben, die schwarz schimmerten. Dalamar erschien neben ihm, und die beiden gingen hinüber und traten zu dem stillen schwarzen Wasser.

Raistlin starrte auf das Wasser und winkte Dalamar zu, es ihm gleichzutun. Der Dunkelelf blickte auf die stille Oberfläche, gewahrte kurz die Spiegelung des blauen Feuerstrahls. Dann verschmolzen Flamme und Wasser, teilten sich, und er war in einem Wald.

Ein großer Mann, mit einer schlechtsitzenden Rüstung angetan, stand da und starrte auf den Körper einer jungen Frau, die in weiße Roben gekleidet war. Ein Kender kniete neben der Frau und hielt ihre Hand in seiner. Dalamar hörte den großen Mann so deutlich sprechen, als stünde er an seiner Seite.

»Sie ist tot...«

»Ich... ich bin mir nicht sicher, Caramon. Ich glaubte...«

»Ich habe schon genug Tote gesehen, glaub mir. Sie ist tot. Und es ist alles meine Schuld... meine Schuld...«

»Caramon, du Trottel!« fauchte Raistlin. »Was ist passiert? Was ist schiefgelaufen?«

Als der Magier sprach, sah Dalamar den Kender, der schnell hochblickte.

»Hast du etwas gesagt?« fragte der Kender den großen Mann, der in der Erde wühlte.

»Nein. Es war nur der Wind.«

»Was machst du da?«

»Ein Grab schaufeln. Wir müssen sie begraben.«

»Sie begraben?« Raistlin gab ein kurzes, bitteres Lachen von sich. »Oh, natürlich, du Idiot! Das ist das einzige, woran du denken kannst!« Der Magier kochte. »Sie begraben! Ich muß wissen, was passiert ist!« Er wandte sich zu dem Lebendigen. »Was hast du gesehen?«

»Sie lagern in Bäumen, Herr.« Schaum tröpfelte aus dem Mund der Kreatur, ihre Rede war unverständlich. »Drakonier töten...«

»Drakonier?« wiederholte Raistlin erstaunt. »In der Nähe von Solace? Woher sind sie gekommen?«

»Ich weiß nicht! Ich weiß nicht!« Der Lebendige duckte sich vor Angst. »Ich...«

»Pst«, warnte Dalamar und lenkte die Aufmerksamkeit des Herrn wieder auf den Teich, wo der Kender Gründe vorbrachte.

»Caramon, du darfst sie nicht begraben! Sie ist...«

»Uns bleibt keine andere Wahl. Ich weiß, es schickt sich nicht, aber Paladin wird sich darum kümmern, daß ihre Seele ihre Reise in Frieden antritt. Wir können nicht wagen, einen Scheiterhaufen für ihr Begräbnis zu bauen, nicht mit diesen Drachenmännern in der Nähe...«

»Aber Caramon, ich finde wirklich, du solltest sie dir ansehen! An ihrem Körper ist kein Anzeichen des Todes!«

»Ich will sie nicht ansehen! Sie ist tot! Es ist meine Schuld! Wir begraben sie hier, dann gehe ich nach Solace zurück, gehe zurück, um mein eigenes Grab zu schaufeln...«

»Caramon!«

»Geh und such ein paar Blumen und laß mich in Ruhe!«

Dalamar sah den großen Mann, wie er die feuchte Erde mit bloßen Händen aufriß, sie beiseite warf, während Tränen über sein Gesicht liefen. Der Kender blieb bei der Frau, unentschlossen, sein Gesicht war mit getrocknetem Blut verschmiert, sein Ausdruck eine Mischung aus Trauer und Zweifel.

»Kein Zeichen, keine Verletzung, Drakonier kommen aus dem Nichts...« Raistlin runzelte nachdenklich die Stirn. Dann plötzlich kniete er sich neben den Lebendigen, der vor ihm zurückschreckte. »Sprich. Sag mir alles. Ich muß es wissen. Warum wurde ich nicht früher gerufen?«

»Die Drakonier töten, Herr«, blubberte die Stimme des Lebendigen verzweifelt. »Aber der große Mann tötet auch. Dann kommt ein großer Dunkler! Augen aus Feuer. Ich Angst, ins Wasser zu fallen...«

»Ich fand den Lebendigen am Rande des Teiches«, berichtete Dalamar kühl, »nachdem mir ein anderer mitgeteilt hatte, daß etwas Seltsames vor sich ging. Ich sah in das Wasser. Da ich dein Interesse an dieser Frau kannte, dachte ich, du...«

»Ganz recht«, murmelte Raistlin, Dalamars Erklärung ungeduldig unterbrechend. Die goldenen Augen des Magiers verengten sich, seine dünnen Lippen preßten sich zusammen. Seinen Zorn spürend, zog sich der arme Lebendige so weit wie möglich von dem Magier zurück. Dalamar hielt den Atem an.

»›Große, dunkle Augen aus Feuer‹ – Fürst Soth! Aha, meine Schwester, du verrätst mich«, flüsterte Raistlin. »Ich rieche deine Angst, Kitiara! Du Feigling! Ich hätte dich zur Königin über diese Welt gemacht. Ich hätte dir unermeßlichen Reichtum, unbegrenzte Macht geben können. Aber nein. Du bist trotz allem ein schwacher kleiner Wurm!«

Raistlin stand ruhig da, nachdenkend, starrte in den stillen Teich. Als er dann wieder sprach, klang seine Stimme sanft, tödlich. »Das werde ich nicht vergessen, meine teure Schwester. Du hast Glück, daß ich wichtigere, dringlichere Geschäfte zu erledigen habe, oder du würdest bei dem Phantomfürsten leben, der dir dient!« Raistlins magere Faust ballte sich zusammen, dann entspannte er sie wieder. »Aber nun, was soll nun geschehen? Ich muß etwas unternehmen, bevor mein Bruder die Klerikerin in ein Blumenbeet pflanzt!«

»Meister, was ist geschehen?« wagte Dalamar mit großem

Mut zu fragen. »Diese – Frau. Was bedeutet sie dir? Ich verstehe nicht.«

Raistlin warf Dalamar einen gereizten Blick zu und schien ihn wegen seiner Unverschämtheit rügen zu wollen. Dann zögerte er. Seine goldenen Augen flackerten blitzartig in einem Licht auf, das Dalamar sich zusammenkrümmen ließ. »Natürlich, Lehrling. Du sollst alles erfahren. Aber zuerst…«

Raistlin hielt inne. Eine andere Gestalt betrat den Schauplatz im Wald. Es war eine Gossenzwergin, eingehüllt in Schichten von leuchtenden, bunten Stoffen, einen riesigen Beutel im Laufen hinter sich herziehend.

»Bupu!« flüsterte Raistlin. »Hervorragend. Wieder einmal wirst du mir helfen, meine Kleine.« Er streckte eine Hand aus und berührte das stille Wasser.

Die Lebendigen um den Teich schrien vor Entsetzen auf, denn sie hatten viele von ihrer Art in das dunkle Wasser stolpern sehen, nur um zu schrumpfen und zu welken und nichts weiter als ein Rauchwölkchen zu werden, das sich mit einem Kreischen in die Luft erhob. Aber Raistlin murmelte sanfte Worte, dann zog er seine Hand zurück. Die Finger waren weiß wie Marmor, ein Schmerzenskrampf überzog sein Gesicht. Eilig ließ er seine Hand in eine Tasche seiner Roben gleiten.

Dalamar starrte in das Wasser und beobachtete die Gossenzwergin, die sich der stillen, leblosen Gestalt der Frau näherte.

»Ich helfen.«

»Nein, Bupu!«

»Du nicht mögen meinen Zauber! Ich gehen nach Hause. Aber zuerst ich helfen hübsche Dame.«

»Was im Namen der Hölle…«, murmelte Dalamar.

»Paß auf!« befahl Raistlin.

Dalamar beobachtete, wie die kleine, schmuddelige Hand der Gossenzwergin sich in den Beutel an ihrer Seite schob. Nachdem sie einige Momente herumgewühlt hatte, zog sie einen widerlichen Gegenstand hervor – eine tote, steife Eidechse mit einem Lederriemen um den Hals. Bupu näherte sich der Frau, und als der Kender sie aufzuhalten versuchte, schlug sie warnend ihre kleine Faust in sein Gesicht. Aufseufzend und Caramon einen Seitenblick zuwerfend, der wie ein Wilder grub, trat der Kender zurück. Bupu ließ sich neben der leblosen Gestalt der Frau nieder und legte sorgfältig die tote Eidechse auf die reglose Brust.

Dalamar keuchte.

Die Brust der Frau bewegte sich, die weißen Roben erbebten. Sie begann zu atmen, tief und friedlich.

Der Kender kreischte auf.

»Caramon! Bupu hat sie geheilt! Sie lebt! Sieh!«

»Was im...« Der große Mann hörte zu graben auf, taumelte hinüber und starrte voll Staunen und Angst auf die Gossenzwergin.

»Eidechsenkur«, sagte Bupu triumphierend. »Funktioniert immer.«

»Ja, meine Kleine«, sagte Raistlin, immer noch lächelnd. »Es funktioniert auch bei Husten, wenn ich mich recht erinnere.« Er fuhr mit der Hand über das stille Wasser. Die Stimme des Magiers wurde zu einem einlullenden Singsang. »Und jetzt, mein Bruder, schlaf, bevor du noch weitere Dummheiten anstellst. Schlaf, Kender, schlaf, kleine Bupu. Und auch du schlaf, Crysania, in dem Reich, wo Paladin dich beschützt.«

Immer noch singend, machte Raistlin mit seiner Hand eine winkende Bewegung. »Und jetzt komm, Wald von Wayreth. Kriech über sie, solange sie schlafen. Sing ihnen dein magisches Lied. Locke sie auf deine geheimen Pfade.«

Der Zauber war beendet. Raistlin erhob sich und wandte sich zu Dalamar. »Und komm auch du, Lehrling«, in der Stimme lag eine Spur von Sarkasmus, die den Dunkelelf erschauern ließ, »komm in mein Arbeitszimmer. Es ist Zeit für eine Unterhaltung.«

Dalamar saß im Arbeitszimmer des Magiers auf dem gleichen Stuhl wie Kitiara bei ihrem Besuch. Der Dunkelelf war bei weitem nervöser, bei weitem unsicherer, als Kitiara gewesen war. Jedoch hatte er seine Ängste gut unter Kontrolle. Nach außen hin wirkte er entspannt, gelassen. Eine zunehmende Röte in seinem blassen Gesicht konnte man vielleicht seiner Aufregung zuschreiben, daß er in das Vertrauen seines Herrn einbezogen wurde.

Dalamar war oft im Arbeitszimmer gewesen, obgleich nicht immer in der Gegenwart seines Herrn. Raistlin verbrachte seine Abende hier allein, las, studierte die Bände, die an den Wänden aufgereiht waren. Dann wagte niemand, ihn zu stören. Dalamar betrat das Arbeitszimmer nur bei Tageslicht, und nur, wenn Raistlin anderweitig beschäftigt war. In dieser Zeit war es dem Lehrling gestattet – nein, es wurde verlangt –, die Zauberbücher zu studieren, das heißt, einige von ihnen. Ihm war es verboten, die mit dem nachtblauen Einband zu öffnen.

Dalamar hatte dies natürlich einmal getan. Der Einband hatte sich äußerst kalt angefühlt, so kalt, daß er seine Haut verbrannte. Den Schmerz ignorierend, hatte er es geschafft, den Buchdeckel zu öffnen, aber nach einem Blick hatte er es schnell wieder geschlossen. Die Worte waren unsinnig gewesen, er konnte nichts mit ihnen anfangen. Und er war in der Lage gewesen, den Schutzzauber auszumachen, der über ihnen lag. Jeder, der sie ohne den richtigen Schlüssel zum Übersetzen zu lange ansah, würde dem Wahnsinn verfallen.

Als Raistlin Dalamars verletzte Hand gesehen hatte, hatte er ihn nach der Ursache gefragt. Der Dunkelelf erwiderte kühl, daß er die Säure einer Zauberzutat beim Mischen verschüttet habe. Der Erzmagier hatte gelächelt und nichts gesagt. Es bestand kein Grund dafür. Beide verstanden.

Aber jetzt war er auf Raistlins Einladung im Arbeitszimmer, befand sich auf der mehr oder weniger gleichen Ebene wie sein Herr. Wieder einmal spürte Dalamar die alte Angst, die sich mit Aufregung vermischte.

Raistlin saß vor ihm an dem geschnitzten Holztisch, eine Hand ruhte auf einem dicken, nachtblaugebundenen Zauberbuch. Die Finger des Erzmagiers liebkosten das Buch, fuhren über die silbernen Runen auf dem Deckel. Raistlins Augen starrten unbeweglich auf Dalamar. Der Dunkelelf rührte und regte sich nicht unter dem aufmerksamen, durchdringenden Blick.

»Du warst für die Prüfung sehr jung«, sagte Raistlin plötzlich mit seiner sanften Stimme.

Dalamar blinzelte. Das hatte er nicht erwartet. »Nicht so jung wie Ihr, Meister«, erwiderte er. »Ich bin nun ungefähr neunzig, das heißt nach Euren menschlichen Jahren gerechnet ungefähr fünfundzwanzig. Ihr, glaube ich, wart erst einundzwanzig, als Ihr Euch der Prüfung unterzogen habt.«

»Ja«, murmelte Raistlin, und ein Schatten fuhr über die goldgefärbte Haut des Magiers. »Ich war... einundzwanzig.«

Dalamar sah, wie sich die Hand auf dem Zauberbuch in einem schnellen, plötzlichen Schmerz zusammenballte; er sah die goldenen Augen aufflackern. Der junge Lehrling war über diesen Gefühlsausbruch nicht überrascht. Die Prüfung wird von jedem Zauberer verlangt, der die Künste der Magie auf einer fortgeschrittenen Stufe ausüben will. Sie ist grausam. Die höheren Stufen der Magie, auf denen wahre Macht erlangt wird, sind kein Platz für Stümper. Und sie auszusieben war der Sinn dieser Prüfung; der Tod war die Strafe für Versagen. Dalamar hatte immer noch Alpträume über seine eigene Prüfung, daher konnte er Raistlins Reaktion nur zu gut verstehen.

»Ich habe bestanden«, flüsterte Raistlin, seine Augen starrten in jene Zeit zurück. »Aber als ich aus diesem schrecklichen Ort herauskam, war ich so, wie du mich jetzt siehst. Meine Haut hatte diese goldene Tönung angenommen, mein Haar war weiß, und meine Augen...« Er war nun wieder in der Gegenwart, sein Blick starr auf Dalamar gerichtet. »Weißt du, was ich mit diesen Stundenglasaugen sehe?«

»Nein, Meister.«

»Ich sehe die Zeit, wie sie auf die Dinge einwirkt«, erwiderte Raistlin. »Menschliches Fleisch verfällt vor diesen Augen, Blumen welken und sterben, selbst die Felsen zerbröckeln, wenn ich sie anschaue. In meiner Sicht herrscht immer Winter. Selbst du, Dalamar«, Raistlins Augen fingen und hielten den jungen Lehrling mit ihrem entsetzlichen Blick fest, »selbst Elfenfleisch, das so langsam altert im Laufe der Jahre, wie Regenschauer selten sind im Frühling – selbst in deinem jungen Gesicht, Dalamar, sehe ich die Spuren des Todes!«

Dalamar erbebte, und dieses Mal konnte er sein Gefühl nicht verbergen. Unfreiwillig wich er in die Kissen des Stuhles zurück. Ein Schutzzauber fiel ihm unverzüglich ein, so wie ein Zauber, der verletzen sollte. Dummkopf! verhöhnte er sich selbst, als er schnell die Beherrschung wiedererlangte, welch erbärmlicher Zauber von mir könnte *ihn* töten?

»Das ist wahr«, murmelte Raistlin als Antwort auf Dalamars Gedanken, wie er es häufig tat. »Auf Krynn lebt niemand, der die Macht hat, mir zu schaden. Gewiß nicht du, Lehrling. Aber du bist tapfer. Du hast Mut. Du hast oft neben mir im Laboratorium gestanden, jenen gegenübergestanden, die ich von den Ebenen ihrer Existenz herbeigezogen habe. Du wußtest, wenn ich nur zur falschen Zeit Atem geholt hätte, hätten sie die lebenden Herzen aus unseren Körpern gerissen und verschlungen, während wir uns vor ihnen in Qualen gekrümmt hätten.«

»Das war mein Privileg«, murmelte Dalamar.

»Ja«, entgegnete Raistlin, seine Gedanken waren weit weg. Dann zog er eine Augenbraue hoch. »Und du wußtest, nicht wahr, daß, wenn so etwas passiert wäre, ich mich gerettet hätte und nicht dich?«

»Natürlich, Meister«, antwortete Dalamar standhaft. »Ich verstehe und nehme das Risiko auf mich.« Seine Augen glühten. Seine Angst war vergessen, und er beugte sich eifrig nach vorne. »Nein, Meister, ich *begrüße* die Risiken! Ich würde alles opfern um…«

»Der Magie willen«, beendete Raistlin den Satz.

»Ja! Um der Magie willen!« schrie Dalamar.

»Und um der Macht willen, die sie verleiht.« Raistlin nickte. »Du bist ehrgeizig. Aber wie ehrgeizig? frage ich mich. Suchst du vielleicht die Herrschaft über deine Angehörigen? Oder womöglich irgendein Königreich, wo du einen Monarchen in Sklaverei hältst, während du den Reichtum seiner Länder genießt? Oder vielleicht ein Bündnis mit einem dunklen Fürsten, so wie es in den Tagen der Drachen vor nicht allzu langer Zeit geschehen ist? Meine Schwester Kitiara zum Beispiel fand dich recht attraktiv. Sie würde dich gerne um sich haben. Insbesondere, wenn du über magische Künste verfügst, die du im Schlafzimmer ausüben…«

»Meister, ich würde niemals eine Entweihung…«

Raistlin winkte mit einer Hand. »Ich mache Witze, Lehrling. Aber du verstehst, was ich sagen will. Kommt einer dieser Gedanken deinen Träumen nahe?«

»Nun ja, gewiß, Meister.« Dalamar zögerte verwirrt. Wohin sollte das führen? Er hoffte, gewisse Informationen verwenden und weitergeben zu können, aber wieviel konnte er von sich enthüllen? »Ich…«

Raistlin unterbrach ihn. »Ja, ich sehe, ich bin sehr nahe an den Punkt gekommen. Ich habe die Höhen deines Ehrgeizes entdeckt. Hast du niemals meine erkannt?«

Dalamar fühlte einen Freudenschauer durch seinen Körper gehen. Das war es, was er herausfinden sollte. Der junge Magier antwortete langsam: »Ich habe mir oft diese Frage gestellt, Meister. Du bist so mächtig.« Er zeigte zum Fenster, wo die Lichter von Palanthas zu sehen waren, die in der Nacht leuchteten. »Diese Stadt, dieses Land Solamnia, dieser Kontinent Ansalon könnten dir gehören.«

»Diese *Welt* könnte mir gehören!« Raistlin lächelte, seine dünnen Lippen teilten sich leicht. »Wir haben die Länder unter den Meeren gesehen, nicht wahr, Lehrling? Wenn wir in das brennende Wasser schauen, können wir sie sehen und jene, die dort leben. Sie zu kontrollieren wäre einfach...« Er erhob sich, ging zum Fenster und starrte hinaus auf die funkelnde Stadt, die sich vor ihm ausbreitete.

Dalamar, der die Aufregung seines Herrn spürte, verließ seinen Stuhl und folgte ihm.

»Ich könnte dir dieses Königreich geben, Dalamar«, sagte Raistlin sanft. Seine Hand zog den Vorhang zurück, seine Augen verweilten auf den Lichtern, die wärmer leuchteten als die Sterne am Himmel. »Ich könnte dir nicht nur die Herrschaft über deine elenden Landsleute geben, sondern auch über die Elfen auf ganz Krynn.« Er zuckte die Schultern. »Ich könnte dir meine Schwester geben.« Er wandte sich vom Fenster ab, zu Dalamar, der ihn begierig beobachtete. »Aber es interessiert mich nicht.« Er machte eine Geste und ließ den Vorhang fallen. »Überhaupt nicht. Mein Ehrgeiz geht weiter.«

»Aber Meister, es bleibt nicht mehr viel übrig, wenn Ihr die Welt ablehnt.« Dalamar stammelte, er verstand nicht. »Falls Ihr nicht Welten jenseits von dieser gesehen habt, die meinen Augen verborgen geblieben sind...«

»Welten jenseits von dieser?« sinnierte Raistlin. »Interessanter Gedanke. Vielleicht sollte ich eines Tages diese Möglichkeit in Erwägung ziehen. Aber nein, das meine ich jetzt nicht.« Er machte eine Pause, und dann winkte er Dalamar näher zu sich. »Hast du die große Tür ganz hinten im Laboratorium gesehen? Die Stahltür, die mit silbernen und goldenen Runen versehen ist? Die Tür ohne Schloß?«

»Ja, Meister«, erwiderte Dalamar und spürte einen eisigen Schauer über seinen Rücken laufen, den nicht einmal die seltsame Hitze von Raistlins Körper, der so nahe bei ihm stand, zerstreuen konnte.

»Weißt du, wohin die Tür führt?«

»Ja, Meister.«

»Und du weißt, warum sie nicht geöffnet ist?«

»Du kannst sie nicht öffnen, Meister. Nur einer, der über große und mächtige Magie, und einer, der über heilige Kräfte verfügt, können sie vielleicht gemeinsam öffnen –« Dalamar stockte, seine Kehle verengte sich vor Angst.

»Ja«, murmelte Raistlin, »du verstehst. ›Einer, der über heilige Kräfte verfügt.‹ Jetzt weißt du, warum ich *sie* brauche! Jetzt verstehst du die Höhen und die Tiefen meines Ehrgeizes.«

»Das ist Wahnsinn!« keuchte Dalamar, dann senkte er voll Scham seine Augen. »Verzeiht mir, Meister, ich habe keine Mißachtung beabsichtigt.«

»Nein, und du hast recht. Es ist Wahnsinn, bei meinen begrenzten Kräften.« Eine Spur Bitterkeit mischte sich in die Stimme des Magiers. »Das ist der Grund, warum ich eine Reise unternehmen werde.«

»Reise?« Dalamar sah auf. »Wohin?«

»Nicht wohin – in welche Zeit«, korrigierte Raistlin. »Du hast mich über Fistandantilus sprechen hören?«

»Viele Male, Meister«, sagte Dalamar mit fast ehrfürchtiger Stimme. »Der Größte unseres Ordens. Dort sind seine Zauberbücher, die mit dem nachtblauen Einband.«

»Unvollständig«, murmelte Raistlin, mit einer Geste die gesamte Bibliothek als unbedeutend abtuend. »Ich habe alle gelesen, viele Male in den vergangenen Jahren, seitdem ich den Schlüssel zu ihren Geheimnissen von der Königin der Finsternis persönlich erhalten habe. Aber sie enttäuschen mich!« Raistlin ballte seine magere Hand zur Faust. »Ich lese diese Zauberbücher und finde große Lücken vor – ganze Bände fehlen! Vielleicht wurden sie während der Umwälzung zerstört oder später in den Zwergentorkriegen, die sich als das Verderben von Fistandantilus erwiesen. Diese fehlenden Bände, dieses sein Wissen, das verlorengegangen ist, wird mir die Macht geben, die ich brauche!«

»Und folglich wird deine Reise zurück...« Dalamar hielt ungläubig inne.

»Zurück in die Zeit«, beendete Raistlin gelassen den Satz. »Zurück zu den Tagen kurz vor der Umwälzung, als sich Fistandantilus auf dem Höhepunkt seiner Macht befand.«

Dalamar wurde schwindlig. Was würden *sie* dazu sagen? Bei all ihren Spekulationen hatten sie diese gewiß nicht vorausgesehen!

»Ruhig Blut, Lehrling.« Raistlins sanfte Stimme schien Dalamar von weit her zu erreichen. »Das hat dich aus der Fassung gebracht. Etwas Wein?«

Der Magier ging zum Tisch. Er hob eine Karaffe, goß eine blutrote Flüssigkeit in ein kleines Glas und überreichte es dem Dunkelelfen. Dalamar nahm das Glas dankbar entgegen, verblüfft sah er, daß seine Hand zitterte. Raistlin goß auch für sich ein Glas voll.

»Ich trinke diesen starken Wein nicht häufig, aber heute abend sollten wir feiern. Einen Toast auf – wie hast du es ausgedrückt? – einen mit wahren heiligen Kräften! Dann auf Crysania!«

Raistlin trank seinen Wein in kleinen Schlucken.

Dalamar stürzte ihn hinunter. Das starke Getränk biß in seine Kehle. Er hustete. »Meister, wenn der Lebendige richtig berichtet hat, dann hat Fürst Soth einen Todeszauber auf Crysania geworfen, und dennoch lebt sie. Hast du sie ins Leben zurückgerufen?«

Raistlin schüttelte den Kopf. »Nein, ich verlieh ihr einfach sichtbare Anzeichen von Leben, damit mein teurer Bruder sie nicht begräbt. Ich bin mir nicht ganz sicher, was geschehen ist, aber es ist nicht schwierig, Vermutungen anzustellen. Den toten Ritter vor sich sehend und ihr Schicksal erkennend, bekämpfte die Verehrte Tochter seinen Zauber mit der einzigen ihr verbliebenen Waffe, und sie war eine mächtige – das heilige Medaillon von Paladin. Der Gott beschützte sie, beförderte ihre Seele zu den Reichen, wo die Götter leben, ließ ihren Körper wie eine Schale auf dem Boden zurück. Es gibt niemanden, der ihre Seele und ihren Körper wieder zusammenbringen kann. Nur ein hoher Kleriker Paladins hat diese Kraft.«

»Elistan?«

»Pah, der Mann ist krank, sterbend...«

»Dann hast du sie verloren!«

»Nein«, erwiderte Raistlin sanft. »Du verstehst nicht, Lehrling. Durch Unaufmerksamkeit habe ich die Kontrolle verloren. Aber ich habe sie schnell wiedererlangt. Nicht nur das, ich werde es zu meinem Vorteil nutzen. Gerade jetzt nähern sie sich dem Turm der Erzmagier. Crysania war auf dem Weg dorthin, um die Hilfe der Magier zu suchen. Wenn sie ankommt, wird sie diese Hilfe finden, und auch mein Bruder.«

»Du willst, daß sie ihr helfen?« fragte Dalamar verwirrt. »Sie plant, dich zu vernichten!«

Raistlin nippte gelassen an seinem Wein, während er den jungen Lehrling aufmerksam musterte. »Denk darüber nach, Dalamar«, sagte er sanft, »denk darüber nach, und du wirst es allmählich verstehen. Aber«, er stellte sein leeres Glas ab, »ich habe dich zu lange aufgehalten.«

Dalamar blickte aus dem Fenster. Der rote Mond Lunitari begann hinter den schwarzen, zerklüfteten Rändern der Berge zu verschwinden. Die Nacht erreichte fast ihren Höhepunkt.

»Du mußt deine Reise unternehmen und zurück sein, bevor ich am Morgen aufbreche«, fuhr Raistlin fort. »Du wirst hier während meiner Abwesenheit die Leitung übernehmen.«

Dalamar nickte, dann runzelte er die Stirn. »Ihr habt von meiner Reise gesprochen, Meister? Ich gehe nirgendwohin...« Er stockte, würgte, als er sich daran erinnerte, daß er in der Tat zur Berichterstattung irgendwohin mußte.

Raistlin musterte schweigend den jungen Elf; der Blick entsetzter Erkenntnis, der in Dalamars Gesicht dämmerte, spiegelte sich in den Augen des Magiers wider. Dann ging Raistlin langsam auf den jungen Lehrling zu, seine schwarzen Roben raschelten über seine Knöchel. Vor Entsetzen gelähmt, konnte Dalamar sich nicht bewegen. Er konnte an nichts denken, nichts sehen außer zwei flachen, gefühllosen goldenen Augen.

Langsam hob Raistlin seine Hand und legte sie sanft auf Dalamars Brust, berührte die schwarzen Roben des jungen Mannes mit den fünf Fingerspitzen.

Der Schmerz war unerträglich. Dalamars Gesicht lief weiß an, seine Augen weiteten sich, er keuchte vor Qualen auf. Aber er konnte sich dieser entsetzlichen Berührung nicht entziehen. Von Raistlins Blick festgehalten, konnte er nicht einmal schreien.

»Teile ihnen genau mit, was ich dir gesagt habe«, flüsterte Raistlin, »und was du vielleicht vermutet hast. Und grüße den großen Par-Salian von mir... Lehrling!« Er zog seine Hand zurück.

Dalamar brach auf dem Boden zusammen. Raistlin ging um ihn herum, ohne ihm einen Blick zuzuwerfen. Der Dunkelelf konnte hören, wie er das Zimmer verließ; die Tür öffnete und schloß sich.

Rasend vor Schmerz riß Dalamar seine Roben auf. Fünf rote, glänzende Blutspuren flossen aus seiner Brust, durchtränkten das schwarze Tuch, aus fünf Löchern herrührend, die in sein Fleisch eingebrannt waren.

10

»Caramon! Steh auf! Wach auf!«

Nein. Ich bin in meinem Grab. Hier unter der Erde ist es warm, warm und sicher. Du kannst mich nicht wecken, du kannst mich nicht erreichen. Ich bin in der feuchten Erde verborgen, du kannst mich nicht finden.

»Caramon, du mußt das unbedingt sehen! Wach auf!«

Eine Hand schob die Dunkelheit beiseite, zog an ihm.

Nein, Tika, verschwinde! Du hast mich einmal ins Leben zurückgeholt, zurück zu Schmerz und Leid. Du hättest mich in dem süßen Reich der Dunkelheit unter dem Blutmeer von Istar zurücklassen sollen. Aber jetzt habe ich endlich Frieden gefunden. Ich habe mein Grab geschaufelt und mich selbst eingegraben.

»He, Caramon, du wirst jetzt besser wach und siehst dir das an!«

Diese Worte! Sie waren vertraut. Natürlich, ich sagte sie! Ich sagte sie zu Raistlin vor langer Zeit, als er und ich zum ersten Mal in diesen Wald kamen. Wie kann ich sie dann jetzt hören? Ich *bin* Raistlin… Ach ja, das ist…

Da war eine Hand an seinem Augenlid! Zwei Finger schoben es zurück. Bei der Berührung lief Angst prickelnd durch Caramons Blut, ließ sein Herz mit einem Ruck schlagen.

Caramon brüllte auf, versuchte, in die Erde zu kriechen, als das gezwungenermaßen geöffnete Auge ein riesiges Gesicht über sich schweben sah – das Gesicht eines Gossenzwergs!

»Er wach«, meldete Bupu. »Hier«, sagte sie zu Tolpan, »halte das Auge fest. Ich öffnen anderes.«

»Nein!« schrie Tolpan hastig. Er zog Bupu von Caramon fort und schob sie hinter sich. »Hol etwas Wasser.«

»Gute Idee«, bemerkte Bupu und zog von dannen.

»Es – es ist alles in Ordnung, Caramon«, sagte Tolpan, kniete sich neben den großen Mann und tätschelte ihn beruhigend. »Es war nur Bupu. Es tut mir leid, aber ich sah zur… nun ja, du wirst verstehen… und ich vergaß, auf sie aufzupassen.«

Caramon bedeckte stöhnend sein Gesicht mit der Hand. Mit Tolpans Hilfe mühte er sich, sich aufzusetzen. »Ich habe geträumt, daß ich tot bin«, sagte er mit schwerer Stimme. »Dann sah ich das Gesicht – ich wußte, alles ist vorbei. Ich war in der Hölle.«

»Du könntest dir wünschen, dort zu sein«, sagte Tolpan melancholisch.

Caramon sah bei dem für den Kender ungewöhnlich ernsten Ton auf. »Warum? Wie meinst du das?« fragte er barsch.

Anstatt zu antworten, fragte Tolpan: »Wie geht es dir?«

Caramon knurrte. »Ich bin nüchtern, wenn du das wissen willst«, murmelte er. »Und ich wünschte bei den Göttern, ich wäre es nicht. So sieht es aus.«

Tolpan musterte ihn nachdenklich, dann griff er langsam in einen Beutel und holte eine kleine Flasche hervor. »Hier, Caramon«, sagte er gelassen, »wenn du wirklich glaubst, daß du es nötig hast.«

Die Augen des großen Mannes funkelten. Gierig streckte er

eine zitternde Hand aus und ergriff die Flasche. Er öffnete den Korken, schnüffelte an der Öffnung, lächelte und hob sie an die Lippen. »Hör auf, mich so anzustarren!« befahl er Tolpan mürrisch.

»Es tut mir leid.« Tolpan lief rot an. Er erhob sich. »Ich werde nach Crysania sehen...«

»Crysania...« Caramon senkte die Flasche, ohne getrunken zu haben. Er rieb seine verklebten Augen. »Ach ja, ich habe sie vergessen. Gute Idee, daß du nach ihr siehst. Verschwinde von hier, du und deine vom Ungeziefer heimgesuchte Gossenzwergin! Verschwindet und laßt mich in Ruhe!« Er hob wieder die Flasche an die Lippen und nahm einen großen Schluck. Er hustete, senkte die Flasche und wischte den Mund mit dem Handrücken ab. »Geht schon«, wiederholte er und starrte Tolpan benommen an, »verschwindet von hier! Alle! Laßt mich in Ruhe!«

»Es tut mir leid, Caramon«, antwortete Tolpan gelassen. »Ich wünschte wirklich, wir könnten. Aber es geht nicht.«

»Warum?« fauchte Caramon.

Tolpan holte tief Luft. »Wenn ich mich an Raistlins Geschichten richtig erinnere, dann hat uns, vermute ich, der Wald von Wayreth gefunden.«

Caramon starrte Tolpan mit aufgerissenen, blutunterlaufenen Augen an. »Das ist unmöglich«, sagte er dann; seine Worte waren nicht lauter als ein Flüstern. »Wir sind Meilen von ihm entfernt! Ich – Raistlin und ich, wir bräuchten Monate, um den Wald zu finden! Und der Turm ist weit südlich von hier! Er liegt weit hinter Qualinesti, nach deiner Karte.« Caramon musterte Tolpan haßerfüllt. »Das ist doch nicht die gleiche Karte, die Tarsis am Meer zeigt, oder?«

»Es könnte sein«, wich Tolpan vorsichtig aus, rollte hastig die Karte auf und versteckte sie hinter seinem Rücken. »Ich habe so viele...« Er wechselte schnell das Thema. »Aber Raistlin hat gesagt, es sei ein Zauberwald, darum folgere ich, daß er uns hätte finden können, wenn er uns wohlgesinnt ist.«

»Es *ist* ein Zauberwald«, murmelte Caramon; seine Stimme

war tief und bebte. »Es ist ein entsetzlicher Ort.« Er schloß die Augen und schüttelte den Kopf, dann plötzlich sah er auf, sein Gesicht hatte einen schlauen Ausdruck angenommen. »Das ist ein Trick, nicht wahr? Ein Trick, um mich vom Trinken abzuhalten! Nun, das funktioniert nicht...«

»Es ist kein Trick, Caramon.« Tolpan seufzte. »Sieh dort drüben. Es ist genauso, wie Raistlin es mir einmal beschrieben hat.«

Caramon wandte den Kopf und erschrak, sowohl über den Anblick als auch über die bitteren Erinnerungen an seinen Bruder, die damit verbunden waren.

Die Stelle, wo sie übernachtet hatten, war eine kleine, mit Gras bedeckte Lichtung, die etwas entfernt vom Hauptweg lag. Sie war von Ahornbäumen, Pinien, Walnußbäumen und sogar einigen Espen umgeben. Die Bäume waren gerade am Knospen. Caramon hatte sie gesehen, als er Crysanias Grab geschaufelt hatte. Die Zweige glänzten im Sonnenlicht des frühen Morgens in einem gelbgrünen Frühlingsschimmer. Wildblumen erblühten an ihren Wurzeln, die frühen Blumen des Frühlings – Krokusse und Veilchen.

Als Caramon sich jetzt umschaute, sah er, daß sie immer noch von den gleichen Bäumen umgeben waren – an drei Seiten. Aber an der vierten Seite, nach Süden hin, hatten sich die Bäume verändert.

Diese überwiegend toten Bäume standen nebeneinander, gleichmäßig aufgereiht, Reihe um Reihe. Hier und dort, wenn man tiefer in den Wald sah, konnte man einen lebenden Baum erkennen, der wie ein Offizier die stummen Reihen seiner Soldaten beobachtete. Keine Sonne schien in diesem Wald. Ein dicker, verderblicher Nebel schwebte über den Bäumen, verdunkelte das Licht. Die Bäume selbst waren entsetzlich anzusehen, verzerrt und verunstaltet; ihre Äste waren wie riesige Klauen, die am Boden schleiften. Ihre Zweige bewegten sich nicht, kein Wind regte ihre toten Blätter. Caramon und Tolpan beobachteten, wie Schatten zwischen den Baumstämmen huschten und im dornigen Gebüsch herumschlichen.

»Jetzt sieh dir das an«, sagte Tolpan. Caramons warnenden

Ruf ignorierend, lief der Kender direkt auf den Wald zu. Dabei teilten sich die Bäume! Ein Weg öffnete sich, der direkt in das dunkle Herz des Waldes führte. »Das darf doch nicht wahr sein!« schrie Tolpan verwundert auf und hielt an, bevor er einen Fuß auf den Pfad setzte. »Und wenn ich zurückgehe...«

Er entfernte sich von den Bäumen, und die Baumstämme glitten wieder zurück, schlossen die Reihe und stellten eine feste Schranke dar.

»Du hast recht«, sagte Caramon heiser. »Das ist der Wald von Wayreth. So erschien er uns auch eines Morgens.« Er senkte den Kopf. »Ich wollte nicht hineingehen. Ich versuchte Raistlin aufzuhalten. Aber er hatte keine Angst! Die Bäume teilten sich für ihn, und er trat ein. ›Bleib bei mir, mein Bruder‹, sagte er zu mir, ›ich werde dich vor Gefahren beschützen.‹ Wie oft hatte ich diese Worte zu *ihm* gesagt! Er hatte keine Angst! Ich hatte keine Angst!«

Plötzlich stand Caramon auf. »Laßt uns von hier verschwinden!« Mit zitternden Händen ergriff er seine Bettrolle und schüttete dabei den ganzen Inhalt der Flasche über die Decke.

»Nicht gut«, sagte Tolpan kurz und treffend. »Ich habe es versucht. Paß auf!«

Er wandte den Bäumen den Rücken zu und ging in nördlicher Richtung. Die Bäume rührten sich nicht. Aber unerklärlicherweise ging Tolpan wieder auf den Wald zu. Er konnte alles Mögliche versuchen, sich drehen, wie er wollte; es endete damit, daß er auf die nebelumhüllten, alptraumhaften Reihen der Bäume zuging.

Seufzend ging Tolpan zu Caramon hinüber. Der Kender sah eindringlich zu den tränenverschmierten, rotumränderten Augen des großen Mannes auf, streckte seine kleine Hand aus und ließ sie auf dem einst starken Arm des Kriegers ruhen. »Caramon, du bist der einzige, der hier schon durchgegangen ist! Du kennst als einziger den Weg. Und da ist noch etwas.« Er deutete in eine bestimmte Richtung. Caramon wandte den Kopf. »Du hast nach Crysania gefragt. Sie ist dort. Sie lebt, aber gleichzeitig ist sie auch tot. Ihre Haut ist wie Eis. Ihre Augen sind zu einem schrecklichen Blick erstarrt. Sie atmet, ihr Herz schlägt, aber man könnte genauso gut dieses Würzzeug durch ihren Körper pumpen, das die Elfen zum Konservieren ihrer Toten verwenden!« Er holte zitternd Luft. »Wir müssen Hilfe für sie holen, Caramon. Vielleicht«, Tolpan zeigte in den Wald, »können die Magier ihr helfen! Ich kann sie nicht tragen.« Er hob hilflos die Hände. »Ich brauche dich, Caramon. Sie braucht dich! Ich denke, du schuldest ihr deine Hilfe.«

»Weil es meine Schuld ist, daß sie verletzt ist?« murmelte Caramon heftig.

»Nein, so meinte ich das nicht«, beschwichtigte Tolpan, ließ den Kopf hängen und fuhr sich über die Augen. »Ich glaube, niemand hat Schuld.«

»Nein, es ist meine Schuld«, sagte Caramon.

Tolpan sah zu ihm auf; er hörte in Caramons Stimme einen Ton, den er seit langer, langer Zeit nicht mehr gehört hatte.

Der große Mann stand da und starrte auf die Flasche in seinen Händen. »Es ist an der Zeit, mich dem zu stellen. Ich habe anderen die Schuld gegeben – Raistlin, Tika... Aber die ganze Zeit wußte ich, daß ich es bin. Es ist mir in diesem Traum klar geworden. Ich lag in einem Grab, und ich erkannte, das ist der Grund! Ich kann nicht tiefer gehen. Entweder bleibe ich hier und lasse Erde auf mich werfen – so wie ich Crysania begraben wollte –, oder ich klettere heraus.« Er seufzte, ein langes, zitterndes Seufzen. Dann, in plötzlicher Entschlossenheit, steckte er den Korken in die Flasche und reichte sie Tolpan. »Hier«, sagte er leise. »Es wird ein langes Klettern werden, und ich werde Hilfe brauchen, vermute ich. Aber nicht diese Art von Hilfe.«

»O Caramon!« Tolpan warf, so weit er konnte, seine Arme um den großen Mann und drückte ihn an sich. »Ich hatte keine Angst vor diesem gespenstischen Wald, nicht richtig. Aber ich habe mich gefragt, wie ich da allein durchkommen soll. Ganz zu schweigen von Crysania und – O Caramon! Ich bin so froh, daß du wieder da bist! Ich...«

»Nun, nun«, murmelte Caramon, errötete vor Verlegenheit und schob Tolpan sanft von sich. »Es ist alles in Ordnung. Ich werde bestimmt keine große Hilfe sein – als ich das erste Mal diesen Wald betrat, war ich zu Tode verängstigt. Aber du hast recht. Vielleicht können sie Crysania helfen.« Sein Gesicht verhärtete sich. »Vielleicht können sie mir auch ein paar Fragen über Raistlin beantworten. Nun, wo ist diese Gossenzwergin? Und«, er sah auf seinen Gürtel, »wo ist mein Dolch?«

»Welcher Dolch?« fragte Tolpan, der auf den Wald schauend herumhüpfte.

Caramon griff mit grimmigem Gesicht nach dem Kender und hielt ihn fest. Sein Blick wanderte zu Tolpans Gürtel.

Tolpan folgte seinem Blick. Ganz erstaunt riß er die Augen auf. »Du meinst diesen Dolch? Meine Güte, ich frage mich, wie er dahin kommt! Weißt du«, sagte er nachdenklich, »ich wette, du hast ihn während des Kampfes fallen lassen.«

»Ja«, murmelte Caramon. Knurrend holte er sich seinen Dolch zurück und steckte ihn in die Scheide zurück, als er ein Geräusch hinter sich hörte. Er drehte sich um und bekam einen Eimer eiskalten Wassers direkt ins Gesicht.

»Er nun wach«, verkündete Bupu selbstzufrieden und ließ den Eimer fallen.

Während Caramon seine Kleider trocknete, saß er da und studierte die Bäume; sein Gesicht war vom Schmerz der Erinnerungen angespannt. Schließlich seufzte er auf, zog sich an, überprüfte seine Waffen und erhob sich.

Unverzüglich war Tolpan direkt an seiner Seite. »Laß uns gehen!« sagte er eifrig.

Caramon stockte. »In den Wald?« fragte er mit hoffnungsloser Stimme.

»Natürlich!« sagte Tolpan bestürzt. »Wohin sonst?«

Caramon blickte finster, dann seufzte er und schüttelte den Kopf. »Nein, Tolpan«, sagte er schroff. »Du bleibst hier bei Crysania. Sieh mal«, antwortete er auf das entrüstete Protestgeschrei des Kenders, »ich gehe nur ein wenig in den Wald – um, äh, mich darin umzusehen.«

»Du glaubst, da ist irgend etwas«, beschuldigte Tolpan den

großen Mann. »Darum willst du, daß ich fern bleibe! Du gehst da hinein, und dann gibt es einen großen Kampf. Du wirst es wahrscheinlich töten, und ich verpasse die ganze Sache!«

»Das bezweifle ich«, murmelte Caramon. Besorgt sah er auf den nebelverhüllten Wald und schnallte seinen Schwertgurt enger.

»Zumindest könntest du mir sagen, was es deiner Meinung nach sein könnte«, sagte Tolpan. »Und was soll ich tun, wenn es *dich* tötet? Kann ich dann kommen? Wie lange soll ich warten? Könnte es dich in – sagen wir mal – fünf Minuten töten? In zehn? Nicht daß ich denke, es wird es schaffen«, fügte er hastig hinzu, als er Caramons weitaufgerissene Augen sah. »Aber ich sollte es wirklich wissen. Ich meine, da du mir hier die Leitung überläßt.«

Bupu musterte den schlampigen Krieger abwägend. »Ich sagen – zwei Minuten. Es töten ihn in zwei Minuten. Machst du Wette?« Sie sah Tolpan an.

Caramon funkelte beide wütend an, dann stieß er einen weiteren Seufzer aus. »Ich bin mir nicht sicher, was mich erwartet«, murmelte er. »Ich... ich erinnere mich an das letzte Mal, da... da trafen wir dieses Ding... eine Geistererscheinung. Es – Raist...« Er verstummte. »Ich weiß nicht, was du tun sollst«, sagte er dann. Mit hängenden Schultern wandte er sich ab und begann in den Wald zu gehen. »Das Bestmögliche, denke ich.«

»Ich haben nette Schlange hier, ich sagen, er schaffen zwei Minuten«, sagte Bupu zu Tolpan, während sie in ihrer Tasche wühlte. »Welchen Einsatz bringen du?«

»Pst«, sagte Tolpan leise, der Caramon beobachtete. Dann schüttelte er den Kopf, lief zu Crysania und setzte sich zu ihr. Sie lag auf dem Boden, ihre blinden Augen starrten in den Himmel. Sanft zog Tolpan die weiße Kapuze der Klerikerin über ihren Kopf, um die Sonnenstrahlen von ihr fernzuhalten. Er versuchte diese starrenden Augen zu schließen, aber es schien, als ob sich ihr Fleisch in Marmor verwandelt hätte.

Raistlin schien neben Caramon in den Wald zu laufen. Der Krieger konnte fast das Rascheln der roten Roben seines Bruders hören – damals waren sie rot gewesen! Er konnte die Stimme seines Bruders hören – immer leise, immer sanft, aber mit diesem leicht sarkastischen Zischen, das seinen Freunden so weh getan hatte. Aber es hatte Caramon niemals gestört. Er hatte es verstanden – zumindest hatte er es zu verstehen geglaubt.

Die Bäume im Wald bewegten sich bei Caramons Nahen, so wie sie sich beim Nahen des Kenders bewegt hatten.

Genauso haben sie sich bewegt, als wir uns genähert haben – wie viele Jahre ist es jetzt her? dachte Caramon. Sieben? Sind es wirklich erst sieben Jahre? Nein, erkannte er traurig. Es ist eine ganze Lebensspanne gewesen, eine ganze Lebensspanne für uns beide.

Als Caramon zum Waldrand kam, schwebte der Nebel am Boden, kühlte seine Knöchel mit einer Kälte, die durch das Fleisch ging und in die Knochen biß. Die Bäume starrten ihn an, ihre Zweige krümmten sich im Schmerzenskrampf. Er erinnerte sich an die gequälten Bäume in Silanesti, und das führte ihn zu weiteren Erinnerungen an seinen Bruder. Er stand einen Augenblick still da und sah in den Wald. Er konnte dunkle und schattenhafte Gestalten auf ihn warten sehen. Und es war kein Raistlin da, um sie in Schach zu halten. Dieses Mal nicht.

»Ich hatte vor nichts Angst, bis ich den Wald von Wayreth betreten habe«, sagte Caramon leise zu sich. »Ich bin das letzte Mal nur hineingegangen, weil du bei mir warst, mein Bruder. Dein Mut allein hat mich am Laufen gehalten. Wie soll ich jetzt ohne dich hineingehen? Ich kann gegen sie nicht kämpfen! Welche Hoffnung liegt hier?« Caramon legte die Hände über die Augen, um den entsetzlichen Anblick auszulöschen. »Ich kann hier nicht hineingehen«, sagte er niedergeschlagen. »Es ist zu viel von mir verlangt!«

Er zog sein Schwert aus der Scheide und streckte es aus. Seine Hand zitterte so heftig, daß er die Waffe fast fallen ließ. »Siehst du?« sagte er verbittert. »Ich könnte nicht einmal gegen ein Kind kämpfen. Es ist zu viel von mir verlangt. Keine Hoffnung. Es gibt keine Hoffnung...«

»Es ist leicht, im Frühling Hoffnung zu haben, Krieger, wenn das Wetter warm ist und die Vallenholzbäume grün sind. Es ist leicht, im Sommer Hoffnung zu haben, wenn die Vallenholzbäume golden glitzern. Es ist leicht, im Herbst Hoffnung zu haben, wenn die Vallenholzbäume rot wie lebendes Blut sind. Aber im Winter, wenn die Luft scharf und bitter ist und der Himmel grau, stirbt dann der Vallenholzbaum, Krieger?«

»Wer hat gesprochen?« schrie Caramon, starrte wild um sich und umklammerte sein Schwert mit zitternder Hand.

»Was macht der Vallenholzbaum im Winter, Krieger, wenn alles dunkel ist und selbst der Boden zugefroren? Er gräbt tief, Krieger. Er schickt seine Wurzeln hinab, hinab in die Erde, hinab zum warmen Herzen der Welt. Dort tief unten findet der Vallenholzbaum Nahrung, um die Dunkelheit und die Kälte zu überleben, so daß er im Frühling wieder erblühen kann.«

»So?« fragte Caramon argwöhnisch, trat einen Schritt zurück und sah sich um.

»So stehst du im dunkelsten Winter deines Lebens, Krieger. Und darum mußt du tief graben, um die Wärme und Stärke zu finden, die dir helfen wird, die bittere Kälte und die entsetzliche Dunkelheit zu überleben. Nicht länger hast du die Blüte des Frühlings oder die Lebenskraft des Sommers. Du mußt die Stärke, die du brauchst, in deinem Herzen finden, in deiner Seele. Dann wirst du, wie die Vallenholzbäume, wieder wachsen.«

»Deine Worte sind angenehm...«, begann Caramon mit finsterem Blick, diesem Gespräch über Frühling und Bäume mißtrauend. Aber er konnte den Satz nicht beenden, es verschlug ihm die Sprache.

Der Wald veränderte sich vor seinen Augen.

Die verzerrten, sich windenden Bäume glätteten sich vor seinem Blick, hoben ihre Äste gen Himmel, wuchsen, wuchsen und wuchsen. Er neigte den Kopf so weit zurück, daß er fast das Gleichgewicht verlor, aber er konnte immer noch nicht ihre

Kronen sehen. Es waren Vallenholzbäume! So wie jene in Solace vor der Ankunft der Drachen. Während er sie ehrfürchtig beobachtete, sah er tote Äste zum Leben erwachen – grüne Knospen sprossen, platzten auf, erblühten zu grünen Blättern, die der Sommer golden färbte – die Jahreszeiten wechselten, während er zitternd Luft holte.

Der schädliche Nebel verschwand, an seine Stelle trat süßer Duft, der von wunderschönen, an den Wurzeln der Vallenholzbäume stehenden Blumen kam. Die Dunkelheit im Wald löste sich auf, die Sonne warf ihre hellen Strahlen auf die sich wiegenden Bäume. Und als das Sonnenlicht die Blätter der Bäume berührte, erfüllte der Gesang von Vögeln die duftende Luft.

Caramons Augen füllten sich mit Tränen. Die Schönheit ringsum drang in sein Herz. Da war Hoffnung! Im Wald würde er alle Antworten finden, die Hilfe, die er suchte.

»Caramon!« Tolpan sprang vor Aufregung auf und ab. »Caramon, das ist ja wunderbar! Hörst du die Vögel? Laß uns gehen! Schnell.«

»Crysania...«, sagte Caramon und drehte sich um. »Wir müssen eine Trage bauen. Du mußt helfen...« Bevor er den Satz beenden konnte, verstummte er, starrte erstaunt auf zwei weißgekleidete Gestalten, die aus den goldenen Bäumen glitten. Ihre weißen Kapuzen waren tief über ihre Köpfe gezogen, so daß er ihre Gesichter nicht sehen konnte. Beide verneigten sich feierlich vor ihm, dann gingen sie zur Lichtung, wo Crysania in ihrem todesgleichen Schlaf lag. Mühelos hoben sie ihren reglosen Körper auf und trugen ihn sanft dorthin, wo Caramon stand. Als sie zum Rand des Waldes gelangten, blieben sie stehen, wandten ihre verhüllten Köpfe zu ihm und sahen ihn erwartungsvoll an.

»Ich glaube, sie warten darauf, daß du als erster gehst, Caramon«, sagte Tolpan fröhlich. »Du gehst voran, ich hole Bupu.«

Die Gossenzwergin blieb mitten in der Lichtung stehen und musterte den Wald mit tiefem Argwohn, den Caramon, der die weißgekleideten Gestalten beobachtete, plötzlich teilte. »Wer seid ihr?« fragte er.

Sie gaben keine Antwort. Sie standen einfach da und warteten.

»Wen kümmert es, wer sie sind!« sagte Tolpan, griff ungeduldig nach Bupu und zog sie mit sich; ihr Sack schlug gegen ihre Fersen.

Caramon knurrte. »Ihr geht zuerst.« Er zeigte auf die weißgekleideten Gestalten.

Sie sagten nichts, bewegten sich aber auch nicht.

»Warum wartet ihr darauf, daß ich den Wald betrete?« Caramon trat einen Schritt zurück. »Geht voraus, bringt sie zum Turm. Ihr könnt ihr helfen. Ihr braucht mich nicht...«

Die Gestalten sagten nichts, aber eine hob die Hand.

»Caramon«, drängte Tolpan, »es sieht aus, als ob sie uns einlädt!«

Sie werden uns nichts antun, Bruder... Wir sind eingeladen! Raistlins Worte, die er sieben Jahre zuvor gesprochen hatte.

»Magier haben uns eingeladen. Ich traue ihnen nicht.« Caramon wiederholte leise die Antwort, die er damals auch gegeben hatte.

Plötzlich war die Luft von Gelächter erfüllt, einem seltsamen, schaurigen Gelächter. Bupu warf die Arme um Caramon, klammerte sich entsetzt an ihn. Selbst Tolpan schien ein wenig aus der Fassung gebracht zu sein. Und dann kam die Stimme, so wie Caramon sie sieben Jahre zuvor gehört hatte: »Meinst du mich auch damit, teurer Bruder?«

–

11

Die entsetzliche Erscheinung kam immer näher. Crysania war von einer Angst überwältigt, die sie niemals gekannt hatte, einer Angst, von der sie niemals dachte, daß es sie überhaupt geben könne. Als sie vor ihr zurückschrak, dachte Crysania zum ersten Mal in ihrem Leben über den Tod nach, ihren eigenen Tod. Es war nicht der friedliche Übergang zu einem gesegneten Reich, von dem sie immer geglaubt hatte, es existiere. Es war ein grausamer Schmerz und heulende Finsternis, ewiger Tag und ewige Nacht, in der man die Lebenden beneidete.

Sie versuchte um Hilfe zu schreien, aber ihre Stimme ließ sie im Stich. Es gab sowieso keine Hilfe. Der betrunkene Krieger lag in der Pfütze seines eigenen Blutes. Ihre Heilkünste hatten ihn gerettet, aber er würde viele Stunden schlafen. Der Kender konnte ihr nicht helfen. Nichts konnte ihr helfen gegen diesen…

Die dunkle Gestalt kam immer mehr auf sie zu. Lauf! schrie

ihr Geist. Ihre Glieder gehorchten nicht. Sie konnte nicht einmal ihren Blick von der Gestalt abwenden. Die orangefarbenen, flackernden Lichter, die ihre Augen darstellten, hielten sie fest.

Die Gestalt hob eine Hand, eine Geisterhand. Crysania konnte durch die Gestalt hindurchsehen zu den im Nachtschatten liegenden Bäumen. Der silberne Mond stand am Himmel, aber es war nicht sein helles Licht, das von der uralten Rüstung eines seit langer Zeit toten solamnischen Ritters abstrahlte. Die Kreatur leuchtete in einem eigenen verderbten Licht, glühte mit der Energie ihres widerlichen Verfalls. Ihre Hand hob sich höher und höher, und Crysania wußte, wenn die Hand auf gleicher Höhe mit ihrem Herzen war, dann würde sie sterben.

Durch Lippen, die vor Angst starr waren, rief Crysania einen Namen. »Paladin!« betete sie. Die Angst wich nicht von ihr, sie konnte immer noch nicht ihre Seele von dem entsetzlichen Blick dieser feurigen Augen lösen. Aber ihre Hand fuhr zu ihrem Hals. Sie ergriff das Medaillon und riß es weg. Sie spürte, wie ihre Stärke sich aufzehrte, wie ihr Bewußtsein wich, und sie erhob die Hand. Das Platinmedaillon wurde von Solinaris Licht erfaßt und loderte blauweiß auf. Die entsetzliche Erscheinung sagte: »Stirb!«

Crysania spürte, wie sie stürzte. Ihr Körper schlug auf dem Boden auf, aber der Boden schien sie nicht aufzufangen. Sie fiel durch ihn oder von ihm weg. Fallen... fallen... die Augen schließen... schlafen... träumen...

Sie war in einem Eichenwald. Weiße Hände umklammerten ihre Füße, aufklaffende Münder versuchten, ihr Blut zu trinken. Die Dunkelheit war endlos, die Bäume verhöhnten sie, ihre Zweige lachten entsetzlich.

»Crysania!« rief eine sanfte, flüsternde Stimme.

Wer war das, der ihren Namen aus den Schatten der Eichen rief? Sie konnte ihn sehen, in einer Lichtung stehend, schwarz gekleidet.

»Crysania«, wiederholte die Stimme.

»Raistlin!« Sie schluchzte vor Dankbarkeit auf. Sie taumelte aus diesem beängstigenden Eichenwald heraus und entfloh den knochenweißen Händen, die versuchten, sie herunterzuziehen, um sie an ihrer ewigen Pein teilhaben zu lassen. Crysania spürte magere Arme, die sie festhielten. Sie spürte die seltsam brennende Berührung schlanker Finger.

»Beruhige dich, Verehrte Tochter«, sagte die Stimme sanft. In seinen Armen zitternd, schloß Crysania die Augen. »Deine Prüfungen sind beendet. Du hast den Wald sicher passiert. Es gab nichts zu befürchten. Du hattest meinen Zauber.«

»Ja«, murmelte Crysania. Ihre Hand berührte ihre Stirn, wo seine Lippen sich an ihre Haut gepreßt hatten. Dann erkannte sie, daß sie durchgekommen war, und sie erkannte auch, daß sie ihm erlaubt hatte, ihre Schwäche zu sehen, und sie schob die Arme des Magiers von sich. Als sie von ihm entfernt stand, musterte sie ihn kalt. »Warum umgibst du dich mit so widerlichen Dingen?« herrschte sie ihn an. »Warum duldest du solche... solche Wächter?« Ihre Stimme zitterte unwillkürlich.

Raistlin sah sie mild an, seine goldenen Augen glänzten im Licht seines Stabes. »Mit welchen Wächtern umgibst du dich, Verehrte Tochter?« fragte er. »Welche Qualen würde ich erleiden, wenn ich meinen Fuß auf den heiligen Boden des Tempels setzen würde?«

Crysania öffnete den Mund, um eine vernichtende Antwort zu geben, aber die Worte erstarben auf ihren Lippen. In der Tat *war* der Tempel geweihter Boden, dem Gott Paladin geweiht, und jeder, der die Königin der Finsternis verehrte und seinen Bereich betrat, würde seinen Zorn spüren. Crysania sah Raistlin lächeln, seine dünnen Lippen zucken. Sie spürte, wie sie errötete. Wie konnte er sie so behandeln? Niemals hatte ein Mann sie dermaßen gedemütigt, niemals in solche Unruhe versetzt!

Seit dem Abend, als sie Raistlin im Zimmer von Astinus kennengelernt hatte, hatte Crysania es nicht fertiggebracht, ihn aus ihren Gedanken zu verbannen. Sie hatte sich auf den Besuch im Turm gefreut und sich gleichzeitig gefürchtet. Sie hatte Elistan alles über ihr Gespräch mit Raistlin erzählt, alles – das heißt, seinen »Zauber« hatte sie nicht erwähnt. Irgendwie konnte sie es nicht über sich bringen, Elistan zu erzählen, daß Raistlin sie berührt hatte, sie...

Elistan hatte sich sowieso genügend aufgeregt. Er kannte Raistlin – der Magier war einer der Gefährten gewesen, die den Kleriker aus dem Gefängnis Verminaards in Pax Tharkas befreit hatten. Elistan hatte Raistlin niemals gemocht oder ihm vertraut, aber das hatte niemand, jedenfalls nicht wirklich. Der Kleriker war nicht überrascht gewesen zu erfahren, daß sich der junge Magier für die Schwarzen Roben entschieden hatte. Er war nicht überrascht gewesen, von Paladins Warnung an Crysania zu erfahren. Er war jedoch über Crysanias Reaktion auf das Treffen mit Raistlin überrascht gewesen. Er war überrascht und beunruhigt zu erfahren, daß Crysania eingeladen worden war, Raistlin im Turm zu besuchen, einem Ort, an dem nun das Herz des Bösen auf Krynn schlug. Elistan hätte Crysania es am liebsten verboten, aber der freie Wille war eine Lehre der Götter.

Er teilte Crysania seine Gedanken mit, und sie hörte respektvoll zu. Aber sie war zum Turm gegangen, angezogen von einer Lockung, die sie nicht verstehen konnte – auch wenn sie Elistan sagte, es sei, »um die Welt zu retten«.

»Die Welt kommt ganz gut zurecht«, hatte Elistan ernst erwidert.

Aber Crysania hatte nicht zugehört.

»Tritt ein«, sagte Raistlin. »Wein wird dir helfen, die bösen Erinnerungen an das zu verbannen, was du durchgemacht hast.« Er musterte sie aufmerksam. »Du bist sehr mutig, Verehrte Tochter«, sagte er, und sie entnahm seiner Stimme keinen Sarkasmus. »Es gibt nur wenige, die stark genug sind, das Entsetzen im Eichenwald zu überleben.«

Er wandte sich dann von ihr ab, und Crysania war froh darüber. Sie errötete über sein Lob.

»Bleib dicht bei mir«, warnte er sie, während er vor ihr ging. »Bleib im Licht meines Stabs.«

Er führte sie durch die entsetzlichen Tore. Dinge flüsterten und stießen sie an. Mehr als einmal drehte sie sich bei dem Geräusch um, spürte kalte Finger an ihrem Hals. Mehr als einmal sah sie aus ihren Augenwinkeln eine Bewegung, aber wenn sie sich umsah, war nichts zu erkennen. Ein übelriechender Nebel stieg vom Boden auf, vermischte sich mit dem Geruch des Verfalls. Sie begann zu zittern, und als sie plötzlich einen Blick nach hinten warf und zwei körperlose, starrende Augen sah, tat sie eilig einen Schritt nach vorn und ergriff Raistlins mageren Arm.

Er musterte sie vergnüglich, so daß sie wieder errötete. »Es gibt keinen Grund zur Angst«, sagte er einfach. »Ich bin hier der Herr. Ich werde nicht zulassen, daß dir etwas zustößt.«

»Ich... ich habe keine Angst«, sagte sie, obgleich sie wußte, daß er spürte, wie ihr Körper bebte. »Ich... war nur... unsicher über meine Schritte, das ist alles.«

»Verzeih mir, Verehrte Tochter«, sagte Raistlin, und jetzt war sie sich nicht sicher, ob sie in seiner Stimme Sarkasmus hörte oder nicht. Er blieb stehen. »Es war unhöflich von mir, dich auf diesem dir nicht vertrauten Boden gehen zu lassen, ohne dir meine Hilfe anzubieten. Fällt dir das Gehen jetzt leichter?«

»Ja«, antwortete sie und errötete tief unter seinem seltsamen Blick.

Er sagte nichts, sondern lächelte bloß. Sie senkte die Augen, unfähig, ihn anzusehen, und sie gingen weiter. Crysania schalt sich auf dem ganzen Weg zum Turm wegen ihrer Angst aus, aber sie zog ihre Hand aus dem Arm des Magiers nicht zurück. Keiner von ihnen sprach ein Wort, bis sie die Tür des Turms erreichten. Es war eine einfache Holztür mit Runen auf der Außenfläche. Raistlin sagte kein Wort, machte keine Bewegung, aber bei ihrem Kommen öffnete sich die Tür. Licht strömte aus dem Inneren, und Crysania war so froh über diese helle und begrüßende Wärme, daß sie zuerst nicht die andere Gestalt sah, die dort stand. Als sie sie bemerkte, blieb sie stehen und schrak beunruhigt zurück.

Raistlin berührte mit seinen dünnen, brennenden Fingern ihre Hand. »Das ist nur mein Lehrling, Verehrte Tochter«, sagte er. »Dalamar ist aus Fleisch und Blut, er gehört zu den Lebenden – zumindest im Augenblick noch.«

Crysania verstand die letzte Bemerkung nicht und schenkte ihr auch keine Beachtung, da sie das unterschwellige Lachen in Raistlins Stimme hörte. Sie war über die Tatsache, daß lebende Leute hier lebten, zu verblüfft. Wie dumm, schalt sie sich. Als was für ein Monster habe ich mir diesen Mann vorgestellt? Er ist ein Mensch, nichts weiter. Er ist menschlich, er ist aus Fleisch und Blut. Der Gedanke erleichterte sie. Als sie durch die Tür trat, hatte sie sich fast unter Kontrolle. Sie streckte dem jungen Lehrling die Hand entgegen.

»Mein Lehrling Dalamar«, stellte Raistlin vor. »Crysania, Verehrte Tochter Paladins.«

Der Lehrling nahm mit geziemendem Ernst ihre Hand an, führte sie zu seinen Lippen und verbeugte sich leicht. Als er den Kopf hob, fiel die schwarze Kapuze, die sein Gesicht verdeckte, zurück.

»Ein Elf!« rief Crysania. Ihre Hand verharrte in seiner. »Aber das ist nicht möglich«, begann sie verwirrt. »Elfen dienen nicht dem Bösen…«

»Ich bin ein Dunkelelf, Verehrte Tochter«, sagte der Lehrling, und sie hörte in seiner Stimme Bitterkeit. »Zumindest nennt mein Volk mich so.«

Crysania murmelte verlegen: »Es tut mir leid. Ich wollte nicht…« Sie verstummte, wußte nicht, wohin sie sehen sollte. Sie konnte fast hören, wie Raistlin sie auslachte. Wieder einmal hatte er sie dabei ertappt, wie sie ihre Beherrschung verlor. Wütend riß sie ihre Hand aus dem kühlen Griff des Lehrlings und zog die andere Hand aus Raistlins Arm.

»Die Verehrte Tochter hatte eine ermüdende Reise, Dalamar«, sagte Raistlin. »Führ sie bitte in mein Arbeitszimmer und schenk ihr ein Glas Wein ein. Mit deiner Erlaubnis, Crysania«, der Magier verbeugte sich, »es gibt einige Angelegenheiten, die meine Aufmerksamkeit beanspruchen. Dalamar, alles, was die

Dame wünscht, wirst du ihr unverzüglich zur Verfügung stellen.«

»Gewiß, Meister«, antwortete Dalamar ehrfürchtig.

Crysania folgte dem Lehrling eine enge Wendeltreppe nach oben.

Raistlins Arbeitszimmer war keineswegs so, wie sie erwartet hatte. Was habe ich denn erwartet? fragte sie sich. Gewiß nicht dieses behagliche Zimmer, angefüllt mit seltsamen und faszinierenden Büchern. Die Möbel waren bequem, ein Feuer brannte im Kamin und erfüllte das Zimmer mit einer Wärme, die nach der Kälte auf dem Weg zum Turm willkommen war. Der Wein, den Dalamar einschenkte, war köstlich.

Dalamar brachte einen kleinen Tisch und stellte ihn zu ihrer rechten Seite. Darauf legte er eine Schale mit Früchten und einen Laib duftenden, noch warmen Brotes.

»Was sind das für Früchte?« fragte Crysania, nahm eine Frucht und untersuchte sie staunend. »So etwas habe ich noch nie gesehen.«

Dalamar lächelte. Anders als bei Raistlin, bemerkte Crysania, spiegelte sich das Lächeln des Lehrlings in seinen Augen. »Der Meister hat sie von der Insel Mithas bringen lassen.«

»Mithas?« wiederholte Crysania erstaunt. »Aber das liegt auf der anderen Seite der Welt! Die Minotaurier leben dort. Sie erlauben niemals den Zutritt in ihr Königreich!« Hastig legte sie die Frucht in die Schale zurück.

»Probiert sie, Crysania«, sagte Dalamar. »Ihr werdet sie köstlich finden. Des Meisters Gesundheit ist zart. Er kann nur wenig vertragen. Er ernährt sich von diesen Früchten und von Brot und Wein.«

Crysanias Angst verebbte. »Ja«, murmelte sie. »Er ist schrecklich zerbrechlich, nicht wahr? Und dieser schreckliche Husten...« Ihre Stimme war sanft vor Mitleid.

»Husten? O ja«, sagte Dalamar ruhig, »sein... Husten.« Er sprach nicht weiter, und falls Crysania das merkwürdig fand, dann vergaß sie es schnell wieder bei ihrer nachdenklichen Betrachtung des Zimmers.

Der Lehrling wartete, ob sie noch etwas benötigte. Als Crysania nicht sprach, verbeugte er sich. »Falls Ihr weiter nichts benötigt, werde ich mich zurückziehen. Ich muß mich um meine Studien kümmern.«

»Natürlich. Es ist alles in Ordnung«, sagte Crysania. »Er ist also dein Lehrer«, sagte sie in plötzlicher Erkenntnis. Jetzt sah sie Dalamar aufmerksam an. »Ist er ein guter Lehrer? Lernst du etwas bei ihm?«

»Er ist der Begabteste unseres Ordens«, antwortete Dalamar leise. »Er ist brillant, geschickt, beherrscht. Nur einer hat gelebt, der genauso mächtig war – der große Fistandantilus. Und mein Meister ist jung, erst achtundzwanzig. Falls er am Leben bleibt, kann er wohl...«

»Falls er am Leben bleibt?« wiederholte Crysania.

»Die Kunst ist mit Gefahren verbunden«, sagte Dalamar. »Und jetzt entschuldigt mich...«

»Gewiß«, murmelte Crysania.

Sich wieder verbeugend, verließ Dalamar geräuschlos das Zimmer und schloß die Tür hinter sich. Crysania spielte mit ihrem Weinglas und starrte, in Gedanken versunken, in die tanzenden Flammen. Sie hörte nicht die Tür aufgehen. Sie spürte, wie Finger ihr Haar berührten. Zitternd blickte sie auf und sah Raistlin, der sich auf einen Holzstuhl mit hoher Lehne hinter seinem Schreibtisch setzte.

»Kann ich etwas für dich tun? Ist alles zu deiner Zufriedenheit?« fragte er höflich.

»Ja«, sagte Crysania und setzte ihr Weinglas ab, damit er ihre zitternde Hand nicht sehen konnte. »Alles ist bestens. Sogar noch besser. Dein Lehrling ist bezaubernd.«

»Nicht wahr?« sagte Raistlin gleichgültig. Er legte die Fingerspitzen zusammen und ließ die Hände auf dem Tisch ruhen.

»Was für wunderbare Hände du hast«, sagte Crysania. »Wie schlank und elastisch die Finger sind, und so zierlich.« Plötzlich wurde ihr klar, was sie da sagte, und sie errötete. »Aber ich vermute, das ist notwendig für deine Kunst...«

»Ja«, bestätigte Raistlin lächelnd, und dieses Mal hatte Crysania das Gefühl, in seinem Lächeln wirkliche Freude zu sehen. Er hielt seine Hände dem Licht entgegen, das von den Flammen geworfen wurde. »Als ich noch klein war, konnte ich meinen Bruder mit den Kunststücken, die diese Hände damals schon ausführten, erstaunen und entzücken.« Er nahm eine Goldmünze aus einer der geheimen Taschen seiner Roben und legte sie auf die Knöchel seiner Hand. Mühelos ließ er sie über seine Hand tanzen. Sie flog in die Luft und verschwand, nur um in seiner anderen Hand wieder aufzutauchen. Crysania war entzückt. Raistlin sah zu ihr auf, und sie sah, wie sich sein Lächeln in bitterem Schmerz verzerrte.

»Ja«, sagte er, »das war meine Begabung. Damit amüsierte ich die anderen Kinder. Manchmal konnte ich mich mit ihr davor schützen, daß sie mich verletzten.«

»Dich verletzten?« fragte Crysania zögernd; der Schmerz in seiner Stimme tat ihr weh.

Er antwortete nicht sofort, seine Augen waren auf die Goldmünze gerichtet, die er immer noch in der Hand hielt. Dann holte er tief Atem. »Ich kann mir deine Kindheit vorstellen«, murmelte er. »Du kommst aus einer wohlhabenden Familie, so wurde mir berichtet. Du mußt geliebt, behütet, beschützt worden sein, alles, was du brauchtest, wurde dir gegeben. Du wurdest bewundert, begehrt, gemocht.«

Crysania konnte nicht antworten. Sie wurde plötzlich von Schuldgefühlen überwältigt.

»Wie anders verlief dagegen meine Kindheit.« Wieder dieser bittere Schmerz. »Mein Spitzname war ›der Schlaue‹. Ich war kränklich und schwach. Und zu klug. Sie waren solche Dummköpfe! Sie kannten keinen Ehrgeiz – wie mein Bruder, der niemals weiter dachte als an seinen Teller mit Essen! Oder meine Schwester, die glaubte, ihre Ziele nur mit ihrem Schwert erreichen zu können. Ja, ich war schwach. Ja, sie beschützten mich. Aber eines Tages, das schwor ich, würde ich ihren Schutz nicht mehr brauchen! Ich würde mich zu meiner eigenen Größe erheben, indem ich meine Begabung anwendete – meine Magie!«

Seine Hand ballte sich zur Faust, seine goldgetönte Haut

wurde blaß. Plötzlich begann er zu husten, den Husten, der seinen zerbrechlichen Körper zerriß. Crysania erhob sich, ihr Herz schmerzte. Aber er winkte ihr, sich zu setzen. Er zog ein Tuch aus einer Tasche und wischte sich das Blut von den Lippen.

»Und das war der Preis, den ich für meine Magie zahlte«, sagte er, als er wieder sprechen konnte. Seine Stimme war nicht mehr als ein Flüstern. »Sie zerstörten meinen Körper und gaben mir diesen verfluchten Blick, denn alles, was ich sehe, stirbt vor meinen Augen. Aber es hat sich gelohnt, wirklich gelohnt! Denn ich habe, wonach ich trachtete – Macht. Ich brauche keinen mehr.«

»Aber diese Macht ist böse!« sagte Crysania, beugte sich vor und musterte Raistlin.

»Ist sie das?« fragte Raistlin plötzlich. Seine Stimme war mild. »Ist Ehrgeiz böse? Ist das Streben nach Macht über andere böse? Wenn das so ist, dann fürchte ich, Crysania, kannst du diese weißen Roben gegen schwarze tauschen.«

»Wie kannst du es wagen?« schrie Crysania schockiert auf. »Ich...«

»Nun, es stimmt«, sagte Raistlin mit einem Schulterzucken. »Du hättest nicht so schwer gearbeitet, um zu der Position aufzusteigen, die du in der Kirche hast, ohne deinen Ehrgeiz, ohne den Wunsch nach Macht.« Jetzt beugte er sich vor. »Hast du dir nicht immer gesagt – da ist etwas Großes, wozu ich bestimmt bin? Mein Leben wird sich von dem der anderen unterscheiden. Ich gebe mich nicht damit zufrieden, da zu sitzen und zu sehen, wie die Welt vorübergeht. Ich will sie formen, beherrschen, gestalten!«

Von Raistlins brennendem Blick festgehalten, konnte Crysania sich nicht bewegen oder ein Wort hervorbringen. Wie konnte er das wissen? fragte sie sich verängstigt. Kann er die Geheimnisse meines Herzens lesen?

»Ist das böse, Crysania?« wiederholte Raistlin.

Langsam schüttelte Crysania den Kopf. Langsam hob sie die Hand zu ihren pochenden Schläfen. Nein, es war nicht böse.

Nicht so, wie er darüber sprach; aber irgend etwas stimmte nicht ganz. Sie konnte nicht denken. Sie war zu verwirrt. Alles, was sich ständig in ihrem Kopf wiederholte, war: Wie ähnlich wir uns doch sind, er und ich!

Er schwieg, wartete darauf, daß sie sprach. Sie mußte etwas sagen. Hastig nahm sie einen Schluck Wein, um Zeit zu gewinnen. »Vielleicht habe ich solche Wünsche«, sagte sie, nach Worten ringend, »aber wenn, dann ist mein Ehrgeiz nicht eigennützig. Ich verwende meine Fähigkeiten und Begabungen für andere, um anderen zu helfen. Ich verwende sie für die Kirche...«

»Die Kirche!« wiederholte Raistlin höhnisch.

Crysanias Verwirrung schwand, an ihre Stelle trat kalte Wut. »Ja«, erwiderte Crysania und fühlte sich wieder auf sicherem Boden, umgeben von dem Bollwerk ihres Glaubens. »Es war die Macht des Guten, die Macht Paladins, die das Böse aus dieser Welt vertrieb. Es ist diese Macht, die ich suche. Die Macht, die...«

»Das Böse vertrieb?« unterbrach Raistlin.

Crysania blinzelte. Ihre Gedanken hatten sie vorwärts getragen. Sie war sich nicht ganz bewußt gewesen, was sie gesagt hatte. »Nun ja...«

»Aber das Böse und das Leiden sind immer noch auf der Welt«, beharrte Raistlin.

»Wegen Leuten wie du!« schrie Crysania leidenschaftlich.

»O nein, Verehrte Tochter«, sagte Raistlin. »Nicht durch mein Handeln. Sieh...« Er winkte sie mit einer Hand zu sich, während er mit der anderen in eine der geheimen Taschen seiner Roben griff.

Crysania, plötzlich wachsam, bewegte sich nicht, starrte auf den Gegenstand, den er hervorholte. Es war ein kleines, rundes Stück Kristall, das im Inneren farbig leuchtete, einer Murmel sehr ähnlich. Raistlin hob ein silbernes Gestell von einer Ecke seines Schreibtisches und legte die Murmel darauf. Das Ding wirkte lächerlich, viel zu klein für das Gestell. Aber die Murmel wuchs! Oder vielleicht wurde sie, Crysania, kleiner. Sie war sich nicht sicher. Doch die Glaskugel hatte nun die richtige Größe und ruhte behaglich auf dem silbernen Gestell.

»Sieh hinein«, sagte Raistlin sanft.

»Nein!« Crysania wich zurück, starrte ängstlich auf die Kugel. »Was ist das?«

»Eine Kugel der Drachen«, erwiderte Raistlin, und sein Blick hielt sie fest. »Sie ist die einzige auf Krynn. Sie gehorcht meinen Befehlen. Ich werde nicht zulassen, daß dir etwas geschieht. Sieh in die Kugel, Crysania – sofern du die Wahrheit nicht fürchtest.«

»Woher weiß ich, daß sie mir die Wahrheit zeigt?« verlangte Crysania zu wissen. »Woher weiß ich, daß sie mir nicht das zeigen wird, was du ihr befiehlst mir zu zeigen?«

»Wenn du weißt, wie die Kugeln der Drachen vor langer Zeit hergestellt wurden«, erwiderte Raistlin, »weißt du, daß sie von allen drei Roben geschaffen wurden – den Weißen, den Schwarzen und den Roten. Sie sind keine Werkzeuge des Bösen, sie sind keine Werkzeuge des Guten. Sie sind alles und nichts. Du trägst das Medaillon Paladins«, sein Sarkasmus war zurückgekehrt, »und du bist stark in deinem Glauben. Könnte ich dich zwingen, etwas zu sehen, was du nicht sehen willst?«

»Was werde ich sehen?« flüsterte Crysania. Neugierde und eine seltsame Faszination zogen sie näher zum Schreibtisch.

»Nur was deine Augen zu betrachten sich geweigert haben.« Raistlin legte seine dünnen Finger auf das Glas, sang befehlende Worte.

Zögernd beugte sich Crysania über den Schreibtisch und sah in die Kugel der Drachen. Zuerst sah sie nichts im Inneren der Kugel, außer einer blassen, wirbelnden grünen Farbe. Dann wich sie zurück. In der Kugel waren Hände! Hände, die nach draußen griffen...

»Fürchte dich nicht«, murmelte Raistlin. »Die Hände greifen nach mir.«

Und in der Tat, noch während er sprach, sah Crysania die Hände in der Kugel hinausgreifen und Raistlins Hände berühren. Das Bild verschwand. Wilde, lebhafte Farben wirbelten einen Augenblick so heftig im Inneren der Kugel, daß ihr schwindelig wurde. Dann waren auch sie verschwunden. Sie sah… »Palanthas«, sagte sie verblüfft. Sie sah die gesamte Stadt, im Morgennebel schwebend, wie eine Perle leuchtend. Und dann begann die Stadt sich auf sie zu stürzen, oder vielleicht fiel sie in sie hinein. Jetzt schwebte sie über der Neuen Stadt, nun war sie über der Mauer und dann im Kern der Alten Stadt. Der Tempel Paladins erhob sich vor ihr, der wunderschöne, geweihte Bau lag friedlich im Morgenlicht. Und dann war sie hinter dem Tempel und sah über eine hohe Mauer. Sie hielt den Atem an. »Was ist das?« fragte sie.

»Hast du es niemals gesehen?« entgegnete Raistlin. »Diese Gasse, so nahe dem heiligen Bezirk?«

Crysania schüttelte den Kopf. »Nein«, antwortete sie. »Und doch muß ich sie gesehen haben. Ich habe mein ganzes Leben in Palanthas verbracht. Ich kenne alles…«

»Nein«, sagte Raistlin. Seine Fingerspitzen liebkosten leicht die Oberfläche der Kugel der Drachen. »Nein, du kennst sehr wenig.«

Crysania konnte nicht antworten. Er sagte offenbar die Wahrheit, denn diesen Teil der Stadt kannte sie nicht. Mit Abfall bedeckt, war die Gasse dunkel und trostlos. Das morgendliche Sonnenlicht fand seinen Weg nicht zu diesen Häusern, die sich über die Straße beugten, als hätten sie keine Kraft, aufrecht zu stehen. Crysania erkannte nun die Gebäude wieder. Sie hatte sie von vorne gesehen. Sie wurden zum Lagern von Korn, Wein und Bier verwendet. Aber wie anders sahen sie von hinten aus! Und wer waren diese Menschen, diese erbärmlichen Menschen?

»Sie leben dort«, beantwortete Raistlin ihre unausgesprochene Frage.

»Wo?« fragte Crysania entsetzt. »Dort? Warum?«

»Sie leben dort, wo sie können. Sie wühlen sich ins Herz der Stadt wie Maden, ernähren sich von ihrem Abfall. Und der Grund?« Raistlin zuckte die Schultern. »Sie haben nichts, wo sie hingehen können.«

»Aber das ist ja entsetzlich! Ich werde es Elistan sagen. Wir helfen ihnen, geben ihnen Geld...«

»Elistan weiß es«, sagte Raistlin sanft.

»Nein, das weiß er nicht! Das ist unmöglich!«

»Du wußtest es auch.«

»Ich wußte...«, begann Crysania wütend, dann hielt sie inne. Erinnerungen kamen – ihre Mutter, die ihr Gesicht abwendete, wenn sie in ihrer Kutsche durch gewisse Stadtteile fuhren, ihr Vater, der schnell die Vorhänge zuzog oder sich hinauslehnte, um dem Kutscher zu sagen, sie sollten eine andere Straße nehmen.

Crysania beobachtete mit Höllenqualen, wie der Magier die perlweiße Fassade der Stadt aufriß und ihr die dahinterliegende Schwärze und Korruption zeigte: Kneipen, Bordelle, Spielhöllen... Sie konnte ihr Gesicht nicht abwenden, es gab keine Vorhänge, die man zuziehen konnte.

»Nein«, flehte sie, schüttelte den Kopf und wollte vom Schreibtisch zurückweichen. »Bitte zeig mir nichts mehr.«

Aber Raistlin war erbarmungslos. Wieder wirbelten die Farben, und sie verließen Palanthas. Die Kugel der Drachen trug sie um die Welt, und überall, wohin Crysania blickte, sah sie entsetzliche Dinge: Gossenzwerge, eine Rasse, die von ihren Zwergenverwandten verstoßen worden war und im Schmutz lebte, in dem sonst niemand leben wollte; Menschen, die sich in Ländern durchschlugen, in denen kein Regen fiel; Wildelfen, die von ihrem eigenen Volk versklavt waren; Kleriker, die ihre Macht benutzten, um zu betrügen, und Reichtümer anhäuften auf Kosten jener, die ihnen vertrauten.

Es war zu viel. Mit einem Aufschrei bedeckte Crysania ihr Gesicht mit den Händen. Das Zimmer neigte sich unter ihren Füßen. Fast stürzte sie. Und dann legten sich Raistlins Arme um sie. Sie spürte diese seltsame, brennende Wärme seines Körpers und die sanfte Berührung von schwarzem Samt. Es roch nach Gewürzen, Rosenblättern und anderen, geheimnisvolleren Düften. Sie konnte seinen flachen Atem in seinen Lungen rasseln hören.

Behutsam führte Raistlin Crysania zu ihrem Stuhl zurück. Sie setzte sich. Raistlins Nähe war abstoßend und anziehend zur gleichen Zeit. Sie wünschte verzweifelt, daß Elistan hier wäre. Er mußte eine Erklärung geben! So viel schreckliches Leid, so viel Böses durfte nicht erlaubt werden. Sich leer fühlend, starrte sie ins Feuer.

»Wir sind nicht so verschieden.« Raistlins Stimme schien aus den Flammen zu kommen. »Ich lebe in meinem Turm und widme mich meinen Studien. Du lebst in deinem Turm und widmest dich deinem Glauben. Und die Welt dreht sich.«

»Das ist das wahre Böse«, sagte Crysania zu den Flammen. »Dazusitzen und nichts zu tun.«

»Jetzt verstehst du mich«, sagte Raistlin. »Ich bin es nicht länger zufrieden, dazusitzen und zuzusehen. Ich habe viele Jahre aus einem Grund studiert, mit einem Ziel. Und das ist jetzt in meine Reichweite gerückt. Ich will die Welt verändern. Das ist mein Plan.«

Crysania sah schnell auf. Ihr Glaube war zwar angeschlagen, aber im Kern stark. »Dein Plan! Es ist der Plan, vor dem mich Paladin im Traum warnte. Dieser Plan zur Veränderung der Welt wird zur Zerstörung der Welt führen!« Ihre Hand ballte sich in ihrem Schoß zur Faust. »Du darfst ihn nicht ausführen! Paladin...«

Raistlin machte eine ungeduldige Handbewegung. Seine goldenen Augen blitzten auf, und Crysania erhaschte einen kurzen Blick auf die Feuer, die in dem Mann tobten.

»Paladin wird mich nicht aufhalten«, sagte Raistlin, »denn ich will seinen größten Feind entthronen.«

Crysania starrte den Magier verständnislos an. Welcher Feind konnte das sein? Welchen Feind konnte Paladin in dieser Welt haben? Dann wurde ihr Raistlins Absicht klar. Crysania spürte, wie das Blut aus ihrem Gesicht schwand, und kalte Angst ließ sie schaudern. Unfähig zu sprechen, schüttelte sie den Kopf.

»Hör mir zu«, sagte er sanft. »Ich werde es dir erkären...« Und er teilte ihr seine Pläne mit.

Sie saß Stunden vor dem Feuer, gebannt von dem Blick seiner goldenen Augen, gebannt von dem Klang seiner sanften, flüsternden Stimme, und hörte ihn sprechen von den Wundern seiner Magie und den Wundern, die von Fistandantilus entdeckt worden waren.

Raistlins Stimme verstummte. Crysania saß lange Zeit da, verloren und in Reichen umherwandernd, die weit entfernt von denen waren, die sie je gekannt hatte. Das Feuer brannte niedrig in der grauen Stunde vor der Morgendämmerung. Das Zimmer wurde heller. Crysania erzitterte in der plötzlichen Kühle.

Raistlin hustete, und Crysania sah erschrocken zu ihm auf. Er war vor Erschöpfung blaß, seine Hände bebten.

Crysania erhob sich. »Es tut mir leid«, sagte sie mit leiser Stimme. »Ich habe dich die ganze Nacht wachgehalten, und es geht dir nicht gut. Ich muß aufbrechen.«

Raistlin erhob sich mit ihr. »Mach dir um meine Gesundheit keine Sorgen, Verehrte Tochter«, sagte er mit einem verzerrten Lächeln. »Das Feuer, das in mir brennt, ist Brennstoff genug, diesen zerstörten Körper zu wärmen. Dalamar wird dich durch den Eichenwald von Shoikan zurückbegleiten, wenn es dir recht ist.«

»Ja, ich danke dir«, murmelte Crysania. Sie hatte vergessen, daß sie wieder durch diesen verruchten Wald mußte. Sie holte tief Luft und streckte Raistlin ihre Hand entgegen. »Ich danke dir für dieses Treffen«, begann sie förmlich. »Ich hoffe...«

Raistlin legte seine Hand in die ihre; die Berührung seines glatten Fleisches brannte. Crysania sah in seine Augen. Sie sah sich selbst widergespiegelt, eine Frau in weißen Kleidern, ihr Gesicht von schwarzen Haaren eingerahmt.

»Du kannst das nicht tun«, flüsterte Crysania. »Es ist falsch.« Sie hielt seine Hand fest.

»Beweise mir, daß es falsch ist«, antwortete Raistlin und zog sie an sich. »Zeig mir, daß es verrucht ist. Überzeug mich, daß die Wege des Guten das Mittel sind, die Welt zu retten.«

»Wirst du zuhören?« fragte Crysania nachdenklich. »Du bist von Dunkelheit umgeben. Wie kann ich dich erreichen?«

»Die Dunkelheit hat sich geteilt, nicht wahr?« antwortete Raistlin. »Die Dunkelheit hat sich geteilt, und du bist hereingekommen.«

»Ja…« Crysania war sich plötzlich der Berührung seiner Hand bewußt, der Wärme seines Körpers. Sie errötete vor Unbehagen und trat zurück. Sie zog ihre Hand aus seinem Griff und rieb sie, als ob sie verletzt wäre. »Leb wohl, Raistlin Majere«, sagte sie, ohne ihn anzusehen.

»Leb wohl, Verehrte Tochter Paladins«, sagte er.

Die Tür öffnete sich, und Dalamar stand auf der Schwelle, obgleich Crysania nicht gehört hatte, daß Raistlin den jungen Lehrling gerufen hätte. Sie zog die weiße Kapuze über ihr Haar, wandte sich von Raistlin ab und ging durch die Tür. Als sie im Korridor war, konnte sie seine goldenen Augen durch ihre Roben brennen spüren, und als sie zur schmalen Wendeltreppe trat, erreichte seine Stimme sie.

»Vielleicht hat Paladin dich nicht geschickt, damit du mich aufhältst, Crysania. Vielleicht hat er dich geschickt, damit du mir hilfst.«

Crysania blieb stehen und sah zurück. Raistlin war verschwunden, der Korridor war düster und leer. Dalamar stand schweigend neben ihr und wartete.

Langam hob sie die Falten ihrer weißen Roben, um nicht auf sie zu treten, und ging die Treppe hinunter.

Und sie ging immer tiefer hinunter, in einen ewigen Schlaf.

Der Turm der Erzmagier in Wayreth war seit Jahrhunderten der letzte Außenposten der Magie auf dem Kontinent Ansalon. Hierher waren die Magier gekommen, als der Königspriester sie aus den anderen Türmen vertrieb. Hierher waren sie gekommen, als sie die Türme in Istar und Palanthas verließen.

Der Turm in Wayreth war ein imposantes Bauwerk. Die Außenmauern bildeten ein gleichseitiges Dreieck. An jedem Winkel des vollkommen geometrischen Baues befand sich ein kleiner Turm. In der Mitte erhoben sich die zwei Haupttürme, leicht geneigt; es reichte, daß der Zuschauer sich fragte: Sind sie nicht krumm?

Die Mauern waren aus schwarzem Stein. Hochglänzend poliert strahlte er hell im Sonnenlicht, in der Nacht warf er das Licht der zwei Monde und die Dunkelheit des dritten Mondes zurück. In den Stein waren Runen gegraben, Runen der Macht und der Stärke, die bewachten und abwehrten. Die Mauern endeten oben glatt und eben. Es gab keine Zinnen, die mit Soldaten bemannt werden konnten. Es bestand keine Notwendigkeit dafür.

Von den Zentren der Zivilisation weit abgelegen, war der Turm von Wayreth von seinem magischen Wald umgeben. Niemand konnte eintreten, der nicht dazugehörte, niemand trat ohne Einladung ein. Und so schützten die Magier ihr letztes Bollwerk der Stärke, bewachten es gut vor der Außenwelt.

Dennoch war der Turm nicht leer. Ehrgeizige studierende Zauberkundige kamen aus der ganzen Welt, um sich den strengen Prüfungen zu unterziehen. Hochangesehene Zauberer erschienen täglich, setzten ihre Studien fort, diskutierten, führten gefährliche Experimente durch. Für sie war der Turm Tag und Nacht geöffnet. Sie konnten kommen und gehen, wie es ihnen beliebte – Schwarze Roben, Rote Roben, Weiße Roben.

Obgleich in ihren Denkweisen höchst verschieden, trafen sich die Zauberer friedlich im Turm. Streitereien wurden toleriert, soweit sie dem Fortschritt der Kunst dienten. Jegliche Art des Kampfes war verboten – die Strafe war ein schneller, schrecklicher Tod.

Die Kunst. Sie war es, die alle verband und vereinte. Ihr galt ihre erste Loyalität – gleichgültig, wer sie waren, wem sie dienten, welche Farbe ihre Roben hatten. Die jungen Zauberkundigen, die gelassen dem Tod gegenübertraten, wenn sie sich mit den Prüfungen einverstanden erklärten, verstanden dies. Die uralten Zauberer, die hierher kamen, um nach ihrem letzten Atemzug innerhalb der vertrauten Mauern begraben zu werden, verstanden dies. Die Kunst war alles. Sie war Leben. Sie war Tod.

Par-Salian dachte über all dieses nach, als er in seinen Gemächern stand und beobachtete, wie Caramon und sein kleines Gefolge auf die Tore zukamen.

Es herrschte Zwielicht, als sie den Hof zwischen den Türmen der Erzmagier betraten. Tolpan sah sich verblüfft um. Vor einigen Augenblicken war es noch Morgen gewesen. Als er hochblickte, konnte er rote Strahlen sehen, die über den Himmel streiften und sich schaurig an den polierten Steinmauern spiegelten.

Tolpan schüttelte den Kopf. »Wie wird hier wohl die Zeit gemessen?« fragte er sich. Der riesige Hof war öde. Mit grauen Steinplatten gepflastert, sah er kalt und lieblos aus. Keine Blumen wuchsen, keine Bäume durchbrachen die ununterbrochene Monotonie des grauen Steins. Und er war leer, bemerkte Tolpan enttäuscht.

Oder war doch jemand da? Tolpan erhaschte aus einem Augenwinkel eine Bewegung, ein weißes Flattern. Als er sich schnell umdrehte, konnte er nur feststellen, daß es verschwunden war. Und dann sah er aus dem anderen Augenwinkel ein Gesicht, eine Hand und einen roten Ärmel. Er sah dorthin – und es war verschwunden! Plötzlich hatte er den Eindruck, daß er von Leuten umgeben war, die kamen und gingen, sich unterhielten oder einfach nur dasaßen und schliefen! Trotzdem – der Hof war immer noch still, immer noch leer.

»Das müssen Magier sein, die die Prüfung machen!« sagte Tolpan ehrfürchtig. »Raistlin hat mir erzählt, daß sie umherreisen, aber so habe ich mir das nicht vorgestellt! Ich frage mich, ob sie mich sehen können. Glaubst du, ich kann einen berühren, Caramon, wenn ich... Caramon?«

Tolpan blinzelte. Caramon war verschwunden! Bupu war verschwunden! Die weißgekleideten Gestalten und Crysania waren verschwunden! Er war allein.

Aber nicht lange. Ein gelbes Licht blitzte auf, ein entsetzlicher Geruch erhob sich, und ein schwarzgekleideter Magier ragte vor ihm auf.

Der Magier streckte eine Hand aus, eine Frauenhand. »Du bist gerufen.«

Tolpan schluckte. Langsam hielt er ihr seine Hand entgegen. Die Finger der Frau schlossen sich um sein Handgelenk. Er zitterte bei ihrer kalten Berührung. »Vielleicht werde ich jetzt verzaubert!« sagte er sich hoffnungsvoll.

Der Hof, die schwarzen Steinmauern, die roten Strahlen des

Sonnenlichts, die grauen Steinplatten, alles begann sich um Tolpan aufzulösen. Entzückt spürte der Kender die schwarzen Roben der Frau, die sich um ihn wickelten.

Als er wieder zur Besinnung kam, lag er auf einem harten, kalten Steinboden. Neben ihm schnarchte Bupu selig. Caramon saß aufrecht, schüttelte den Kopf und versuchte, sich von Spinnenweben zu befreien.

»Autsch.« Tolpan rieb sich am Nacken. »Witzige Art der Beherbergung, Caramon«, murrte er und erhob sich. »Man könnte doch denken, daß sie zumindest Betten herbeizaubern. Wenn sie möchten, daß man ein Nickerchen macht, warum sagen sie das nicht einfach, anstatt – oh…«

Als Caramon hörte, daß Tolpans Stimme gurgelnd abbrach, sah er schnell auf.

Sie waren nicht allein.

»Ich kenne diesen Ort«, flüsterte Caramon.

Sie waren in einem riesigen, aus Obsidian gehauenen Saal. Er war so groß, daß sich seine Wände im Schatten verloren, so hoch, daß man keine Decke sah. Es gab ein blasses Licht, obwohl niemand seine Quelle benennen konnte. Es war weiß, kalt und freudlos.

Als Caramon das letzte Mal in diesem Saal gewesen war, hatte das Licht auf einen alten Mann gestrahlt, der in weiße Roben gekleidet war und auf einem riesigen Steinstuhl gesessen hatte. Dieses Mal leuchtete das Licht auf den gleichen alten Mann, aber er war nicht allein. Ein Halbkreis von Steinstühlen war um ihn aufgestellt – genau gesagt, einundzwanzig Stühle. Der weißgekleidete Mann saß in der Mitte. Zu seiner Linken saßen drei nicht zu erkennende Gestalten; ob männlich oder weiblich, menschlich oder nicht, war schwierig zu sagen. Ihre Kapuzen waren tief in ihre Gesichter gezogen. Sie waren in rote Roben gekleidet. Neben ihnen saßen sechs schwarzgekleidete Gestalten. Ein Stuhl war leer. Auf der rechten Seite des alten Mannes saßen vier rotgekleidete Gestalten und daneben sechs weißgekleidete. Crysania lag vor ihnen auf einer Bahre, ihr Körper war mit weißem Leinen bedeckt.

Von der gesamten Versammlung war nur das Gesicht des alten Mannes erkenntlich.

»Guten Abend«, grüßte Tolpan, verbeugte sich und trat zurück, bis er mit Caramon zusammenstieß. »Wer sind diese Leute?« flüsterte der Kender laut. »Und was haben sie in unserem Schlafzimmer zu suchen?«

»Der alte Mann in der Mitte ist Par-Salian«, erklärte Caramon leise. »Und wir sind nicht in einem Schlafzimmer. Das ist die Haupthalle, die Halle der Magier oder so etwas. Du weckst besser die Gossenzwergin.«

»Bupu!« Tolpan stieß die schnarchende Zwergin mit dem Fuß an.

»Gulp-Hungerbrut«, knurrte sie; ihre Augen waren fest geschlossen. »Geh weg. Ich schlafen.«

»Bupu!« Tolpan war verzweifelt; die Augen des alten Mannes schienen durch ihn hindurchzugehen. »Wach auf! Abendessen!«

»Abendessen?« Bupu öffnete die Augen und sprang auf die Beine. Sie sah sich gierig um und erblickte die zwanzig vermummten Gestalten, die stumm dasaßen.

Bupu gab einen Schrei wie ein gequältes Kaninchen von sich. Mit einem Satz warf sie sich auf Caramon und legte ihre Arme um seine Knie. Sich der glitzernden Augen bewußt, die ihn beobachteten, versuchte Caramon, sie abzuschütteln, aber es war unmöglich. Sie hing an ihm wie ein Blutegel, zitterte und starrte die Magier entsetzt an. Schließlich gab Caramon auf.

Das Gesicht des alten Mannes legte sich in Falten, als ob er lächelte. Tolpan sah, wie Caramon unsicher auf seine stinkenden Kleider blickte. Er sah, wie der große Mann seinen unrasierten Unterkiefer befingerte und mit einer Hand über sein wirres Haar fuhr. Vor Unbehagen errötete er. Dann verhärtete sich sein Gesicht. Als er sprach, geschah es mit Würde.

»Par-Salian«, sagte Caramon, und die Worte dröhnten laut in der riesigen, düsteren Halle, »erinnerst du dich an mich?«

»Ich erinnere mich an dich, Krieger«, sagte der Magier. Seine Stimme war leise.

Er sagte nichts weiter. Keiner der anderen Magier sprach. Caramon fühlte sich unwohl. Schließlich zeigte er auf Crysania: »Ich habe sie hierhergebracht in der Hoffnung, daß du ihr helfen kannst. Bist du dazu in der Lage? Wird sie wieder gesund?«

»Ob sie gesund wird oder nicht, liegt nicht in unseren Händen«, antwortete Par-Salian. »Es geht über unsere Fähigkeiten, uns um sie zu kümmern. Um sie vor dem Zauber des toten Ritters zu schützen – ein Zauber, der sicherlich ihren Tod bedeutet hätte –, hörte Paladin ihr letztes Gebet und holte ihre Seele in seine friedlichen Reiche.«

Caramon senkte den Kopf. »Es ist meine Schuld«, sagte er heiser. »Ich habe sie enttäuscht. Ich wäre in der Lage gewesen...«

»Sie zu beschützen?« Par-Salian schüttelte den Kopf. »Nein, Krieger, du hättest sie nicht vor dem Ritter der Schwarzen Rose beschützen können. Bei dem Versuch hättest du dein Leben verloren. Nicht wahr, Kender?«

Tolpan, der plötzlich die blauen Augen des alten Mannes auf sich ruhen fühlte, spürte prickelnde Funken durch seinen Körper jagen. »Ja«, rief er. »Ich sah ihn... es.« Er schauderte.

»Und das sagt jemand, der keine Angst kennt«, fuhr Par-Salian lächelnd fort. »Nein, Krieger, gib dir dafür nicht die Schuld. Und gib die Hoffnung für sie nicht auf. Obgleich wir ihre Seele nicht in ihren Körper zurückbringen können, kennen wir diejenigen, die das vermögen. Aber erzähl mir erst, warum Crysania uns aufsuchen wollte. Denn wir wissen, daß sie den Wald von Wayreth gesucht hat.«

»Ich bin mir dessen nicht sicher«, murmelte Caramon.

»Sie kam wegen Raistlin«, mischte sich Tolpan hilfsbereit ein. Aber seine Stimme klang schrill und mißtönend in der Halle.

Par-Salian runzelte die Stirn. Caramon wandte sich ihm mit finsterem Blick zu. Die mit Kapuzen bedeckten Gesichter der Magier bewegten sich leicht, als ob sie sich ansähen; ihre Roben raschelten. Tolpan schluckte und verfiel in Schweigen.

»Raistlin«, der Name zischte von Par-Salians Lippen. Er

starrte Caramon aufmerksam an. »Was hat eine Klerikerin des Guten mit deinem Bruder zu tun? Warum hat sie diese gefährliche Reise um seinetwillen unternommen?«

Caramon schüttelte den Kopf, unwillig oder unfähig zu sprechen.

»Du weißt von seinem Bösen?« fragte Par-Salian ernst weiter.

Caramon weigerte sich dickköpfig zu antworten; sein Blick war starr auf den Steinboden gerichtet.

»Ich weiß...«, begann Tolpan, aber Par-Salian machte eine leichte Handbewegung, und der Kender verstummte.

»Du weißt, daß wir inzwischen annehmen, daß er beabsichtigt, die Welt zu erobern?« fuhr Par-Salian fort. Seine unbarmherzigen Worte trafen Caramon wie Pfeile. Tolpan konnte den großen Mann zusammenzucken sehen. »Zusammen mit deiner Halbschwester Kitiara – oder der Finsteren Herrin, wie sie bei ihren Soldaten bekannt ist – hat Raistlin begonnen, Armeen zu sammeln. Er hat Drachen, fliegende Zitadellen. Und außerdem wissen wir...«

Eine höhnische Stimme ertönte durch die Halle. »Du weißt nichts, Großer. Du bist ein Narr!«

Die Worte fielen wie ein Stein in ein stilles Gewässer, verursachten Bewegung unter den Magiern. Verblüfft drehte sich Tolpan um, suchte nach der Quelle der seltsamen Stimme und sah hinter sich eine Gestalt aus den Schatten auftauchen. Ihre schwarzen Roben raschelten, als sie an ihnen vorbeiging, um Par-Salian gegenüberzutreten. In diesem Moment zog die Gestalt ihre Kapuze herunter.

Tolpan spürte, wie Caramon sich versteifte. »Was ist los?« flüsterte der Kender, der nichts sehen konnte.

»Ein Dunkelelf!« murmelte Caramon.

»Wirklich?« sagte Tolpan, und seine Augen leuchteten auf. »Weißt du, die ganzen Jahre, die ich auf Krynn verbracht habe, habe ich noch nie einen Dunkelelf gesehen.« Der Kender wollte nach vorne gehen, wurde aber am Kragen seiner Tunika festgehalten. Tolpan schrie wütend auf, als Caramon ihn zurückzog, aber weder Par-Salian noch die schwarzgekleidete Gestalt schienen die Unterbrechung zu bemerken.

»Ich denke, du solltest dich erklären, Dalamar«, sagte Par-Salian ruhig. »Warum bin ich ein Narr?«

»Die Welt erobern!« höhnte Dalamar. »Er plant nicht, die Welt zu erobern! Die Welt bedeutet ihm nichts. Er könnte sie morgen haben, heute abend, wenn er sie wollte!«

»Und was will er dann?« Die Frage kam von einem rotgekleideten Magier, der neben Par-Salian saß.

Tolpan sah die zierlichen, grausamen Gesichtszüge des Dunkelelfs sich zu einem Lächeln entspannen, das ihn, den Kender, erschauern ließ.

»Er will ein Gott werden«, antwortete Dalamar sanft. »Er will die Königin der Finsternis herausfordern. Das ist sein Plan.«

Die Magier sagten nichts, sie bewegten sich auch nicht, als sie Dalamar mit glitzernden, ungerührten Augen anstarrten.

Dann seufzte Par-Salian. »Ich glaube, du überschätzt ihn.«

Es gab ein Geräusch, wie wenn ein Stoff entzweigerissen wird. Tolpan sah die Hände des Dunkelelfs, die ruckartig an dem Stoff seiner Roben zogen und ihn aufrissen.

Die Magier beugten sich vor. Tolpan mühte sich, etwas zu sehen, aber Caramons Hand hielt ihn fest. Wütend sah Tolpan zu ihm auf. War er nicht neugierig? Aber Caramon wirkte völlig unbewegt.

»Ihr seht das Zeichen seiner Hand auf meinem Körper«, zischte Dalamar. »Auch jetzt noch ist der Schmerz stärker, als ich ertragen kann.« Der junge Elf hielt inne, dann fügte er mit zusammengebissenen Zähnen hinzu: »Ich soll dir Grüße von ihm ausrichten, Par-Salian!«

Der Magier beugte sich vor. Er wirkte alt, schwach, müde. Kurz saß er mit bedeckten Augen da, dann musterte er Dalamar aufmerksam. »So haben sich unsere schlimmsten Befürchtungen bewahrheitet.« Par-Salians Augen verengten sich fragend. »Er weiß also, daß wir dich geschickt haben...?«

»Um ihn auszuspionieren?« Dalamar lachte bitter. »Ja, er

weiß es!« Er zischte: »Er wußte es die ganze Zeit. Er hat mich benutzt – uns alle benutzt –, um seine eigenen Ziele schneller zu erreichen.«

»Das ist für mich alles sehr schwer zu glauben«, bemerkte der rotgekleidete Magier mit milder Stimme. »Wir geben alle zu, daß der junge Raistlin mächtig ist, aber ich finde diesen Versuch, eine Göttin herauszufordern, recht lächerlich... in der Tat recht lächerlich.«

Von beiden Hälften des Halbkreises ertönte beipflichtendes Gemurmel.

»Oh, findest du das?« fragte Dalamar, und in seiner Stimme lag eine tödliche Sanftheit. »Dann laßt mich euch Narren erklären, daß ihr keine Vorstellung von der Bedeutung des Wortes Macht habt. Nicht in bezug auf ihn! Ihr könnt die Tiefen seiner Macht nicht ergründen oder euch zu ihren Höhen emporschwingen. Ich kann es! Ich habe Dinge gesehen, von denen ihr niemals gewagt habt, sie euch vorzustellen! Ich bin durch Traumreiche mit offenen Augen gewandert! Ich habe Schönheit gesehen, die mein Herz erzittern ließ. Ich bin in Alpträume hinabgestiegen – ich habe Entsetzliches erlebt. Und all diese Wunder schuf *er*, erweckte *er* mit seiner Magie zum Leben.«

Es war totenstill, niemand bewegte sich.

»Du bist klug genug, ihn zu fürchten, Großer.« Dalamars Stimme sank zu einem Flüstern herab. »Aber egal, wie groß deine Furcht ist, du fürchtest ihn nicht genug. Ihm fehlt die Kraft, diese fürchterliche Schwelle zu überschreiten. Aber diese Kraft wird er bekommen. Während wir sprechen, bereitet er sich auf eine lange Reise vor. Morgen bei meiner Rückkehr wird er aufbrechen.«

Par-Salian hob den Kopf. »Deine Rückkehr?« fragte er schockiert. »Aber er weiß jetzt, wer du bist – ein Spion, von uns geschickt, seinen Kollegen.« Der Blick des großen Magiers glitt zu dem leeren Stuhl bei den Schwarzen Roben, dann erhob er sich. »Nein, Dalamar. Du bist sehr mutig, aber ich kann deine Rückkehr nicht zulassen, die zweifellos zu deinem qualvollen Tod in seinen Händen führen wird.«

»Du kannst mich nicht aufhalten«, sagte Dalamar, und seine Stimme klang völlig gefühllos. »Ich sagte es bereits – ich würde meine Seele geben, um bei einem wie ihm zu studieren. Und jetzt werde ich, auch wenn es mein Leben kostet, bei ihm bleiben. Er erwartet mich zurück. Er hat mir die Verantwortung für den Turm der Erzmagier während seiner Abwesenheit überlassen.«

»Er überläßt ihn dir zum Bewachen?« fragte der rotgekleidete Magier zweifelnd. »Dir, der ihn betrogen hat?«

»Er kennt mich«, sagte Dalamar bitter. »Er weiß, daß er mich umgarnt hat. Er hat in meinen Körper gestochen und meine Seele leergesaugt, aber ich werde in das Netz zurückkehren. Und ich bin auch nicht der erste.« Er deutete auf die weiße Gestalt, die auf der Bahre vor ihm lag. Dann sah er zu Caramon hin. »Nicht wahr, Bruder?« fragte er höhnisch.

Endlich schien Caramon handeln zu wollen. Wütend schüttelte er Bupu von sich, trat einen Schritt vor; der Kender und die Gossenzwergin drängten sich dicht hinter ihm.

»Wer bist du?« herrschte Caramon mit finsterem Blick den Dunkelelfen an. »Was geht hier vor? Über wen redest du?«

Bevor Par-Salian antworten konnte, wandte sich Dalamar dem großen Krieger zu. »Ich werde Dalamar genannt«, sagte er kühl. »Und ich spreche über deinen Zwillingsbruder Raistlin. Er ist mein Meister. Ich bin sein Lehrling. Außerdem bin ich ein Spion, geschickt von dieser erhabenen Gesellschaft, die du vor dir siehst, um über das Treiben deines Bruders zu berichten.«

Caramon antwortete nicht. Seine Augen waren auf die Brust des Dunkelelfs geheftet. Tolpan folgte Caramons Blick und sah fünf verbrannte und blutige Löcher in Dalamars Fleisch. Der Kender schluckte, ihm wurde plötzlich übel.

»Ja, die Hand deines Bruders hat das vollbracht«, bemerkte Dalamar, der Caramons Gedanken erriet. Grimmig lächelnd ergriff er die zerrissenen Ränder seiner schwarzen Roben und zog sie zusammen, um die Wunden zu verbergen. »Es spielt keine Rolle«, murmelte er, »es war nicht mehr, als ich verdiente.«

Caramon drehte sich um. Sein Gesicht war blaß.

Dalamar musterte Caramon verächtlich. »Was ist los?« fragte er. »Hast du ihn nicht für einer solchen Tat fähig gehalten?« Er schüttelte den Kopf. »Nein, du bist wie die anderen. Narren – ihr alle, Narren!«

Die Magier murmelten untereinander, einige Stimmen waren wütend, andere ängstlich, die meisten zweifelnd. Schließlich hob Par-Salian Schweigen gebietend seine Hand. »Dann sag uns, Dalamar, was er plant. Sofern er dir natürlich nicht verboten hat, darüber zu sprechen.« In der Stimme des Magiers lag ein Hauch Ironie, die dem Dunkelelf nicht entging.

»Nein.« Dalamar lächelte grimmig. »Ich kenne seine Pläne. Er fragte mich sogar, ob ich alles verstanden hätte, um sie euch genau berichten zu können.«

Es folgte Gemurmel und spöttisches Schnauben. Aber Par-Salian sah nur noch besorgter drein. »Fahre fort«, sagte er fast ohne Stimme.

Dalamar holte Luft. »Er reist zurück in die Zeit, zu den Tagen vor der Umwälzung, als der große Fistandantilus sich auf der Höhe seiner Macht befand. Es ist die Absicht meines Meisters, diesen großen Magier zu treffen, um mit ihm zu studieren und jene Arbeiten von Fistandantilus zurückzugewinnen, von denen wir wissen, daß sie während der Umwälzung verlorengingen. Denn mein Meister schließt aus dem, was er in den Zauberbüchern gelesen hat, die er aus der Großen Bibliothek in Palanthas nahm, daß Fistandantilus gelernt hatte, wie man die Schwelle überquert, die zwischen Gott und Mensch ist. Darum war der große Zauberer in der Lage, sein Leben nach der Umwälzung zu verlängern, um in den Zwergenkriegen zu kämpfen. Darum war er in der Lage, die schreckliche Explosion zu überleben, die das Land Dergoth verwüstete. Darum war er in der Lage zu leben, bis er einen neuen Unterschlupf für seine Seele fand.«

»Ich verstehe überhaupt nichts! Sagt mir, was hier los ist!« verlangte Caramon, der wütend nach vorne schritt. »Wer ist dieser Fistandantilus? Was hat er mit meinem Bruder zu tun?«

»Pst«, sagte Tolpan, der besorgt zu den Magiern blickte.

»Wir verstehen, Kender«, sagte Par-Salian und lächelte Tolpan freundlich an. »Wir verstehen seinen Zorn und sein Leid. Und er hat recht – wir schulden ihm eine Erklärung.« Der alte Magier seufzte. »Vielleicht war es falsch, was ich getan habe. Und dennoch, hatte ich eine Wahl? Wo wären wir heute, wenn ich nicht die Entscheidung getroffen hätte, die ich traf?«

Tolpan sah, wie Par-Salian sich zu den Magiern wandte, die zu beiden Seiten von ihm saßen, und plötzlich erkannte er, daß Par-Salians Antwort sowohl an sie als auch an Caramon gerichtet war. Viele hatten jetzt ihre Kapuzen zurückgeworfen, und Tolpan konnte ihre Gesichter sehen. Zorn war in den Gesichtern jener, die die schwarzen Roben trugen, Traurigkeit und Angst spiegelten sich in den blassen Gesichtern der Weißen Roben wider. Unter den Roten Roben war es ein Mann, der Tolpans besondere Aufmerksamkeit erregte, hauptsächlich weil sein Gesicht glatt und leidenschaftslos war; aber seine Augen waren dunkel und rege. Es war der Magier, der Raistlins Macht bezweifelt hatte. Es schien Tolpan, daß Par-Salian seine Worte vor allem an diesen Mann richtete.

»Vor mehr als sieben Jahren erschien mir Paladin.« Par-Salians Augen starrten in den Schatten. »Der große Gott warnte mich, daß eine Zeit des Schreckens die Welt überfluten werde. Die Königin der Finsternis hatte die bösen Drachen geweckt und plante, Krieg gegen die Bevölkerung zu führen. ›Du wirst einen aus deinem Orden auswählen, um dieses Böse zu bekämpfen‹, sagte Paladin zu mir. ›Wähle sorgfältig, denn diese Person kann wie ein Schwert sein, das die Dunkelheit spaltet. Du brauchst ihm nicht zu sagen, was die Zukunft bringen wird, denn durch seine Entscheidungen und die Entscheidungen anderer wird eure Welt bestehen oder für immer in ewige Nacht fallen.‹«

Par-Salian wurde von zornigen Stimmen unterbrochen, die überwiegend von den Schwarzen Roben kamen. Par-Salian sah zu ihnen hin, seine Augen blitzten. Jetzt zeigte sich die Macht und Autorität, die in diesem schwachen, alten Magier steckte.

»Vielleicht hätte ich diese Angelegenheit vor die Versammlung bringen sollen«, entgegnete Par-Salian mit scharfer Stimme. »Aber ich war damals überzeugt – so wie ich es immer noch bin –, daß es meine alleinige Entscheidung war. Ich wußte nur allzu gut, wieviel Stunden die Versammlung streitend verbringen würde, ich wußte nur allzu gut, daß keiner von euch einverstanden gewesen wäre: Ich traf meine Entscheidung. Will jemand mein Recht, das zu tun, in Frage stellen?«

Tolpan hielt den Atem an, hörte Par-Salians Zorn wie Donner durch die Halle rollen. Die Schwarzen Roben sanken murrend in ihre Steinsitze zurück.

»Ich wählte Raistlin aus«, fuhr Par-Salian fort.

Caramon blickte finster. »Warum?« herrschte er ihn an.

»Ich hatte meine Gründe«, antwortete Par-Salian sanft. »Einige kann ich dir nicht erklären, nicht einmal jetzt. Aber eines kann ich dir sagen – er ist mit der Gabe geboren. Und das ist das Wichtigste. Die Magie wohnt tief in deinem Bruder. Und mit ihr ist Intelligenz verknüpft. Raistlins Geist kommt niemals zur Ruhe. Er sucht Wissen, verlangt Antworten. Und er ist mutig – vielleicht mutiger als du, Krieger. Er hat mehr als einmal dem Tod gegenübergestanden und ihn besiegt. Er fürchtet nichts – weder die Dunkelheit noch das Licht. Und seine Seele...« Par-Salian schwieg. »Seine Seele brennt vor Ehrgeiz, dem Wunsch nach Macht, dem Wunsch nach mehr Wissen. Ich wußte, daß nichts, nicht einmal die Angst vor dem Tod, ihn hindern würde, seine Ziele zu verwirklichen. Und ich wußte, daß die Ziele, die er anstrebte, der Welt zum Vorteil sein würden, selbst wenn er sich entscheiden würde, sich von ihr abzuwenden.« Par-Salian hielt inne. Als er wieder sprach, war es mit Kummer. »Aber zuerst mußte er sich den Prüfungen unterziehen.«

»Du hättest das Ergebnis voraussehen müssen«, sagte der rotgekleidete Magier, immer noch im gleichen milden Ton. »Wir alle wußten, daß er seine Zeit abwartete...«

»Ich hatte keine Wahl!« rief Par-Salian, und seine blauen Augen blitzten auf. »Unsere Zeit lief ab. Die Zeit der Welt lief ab.

Der junge Mann mußte die Prüfung machen und umsetzen, was er gelernt hatte. Ich konnte es nicht länger hinausschieben.«

Caramon starrte von einem zum anderen. »Du wußtest, daß Raistlin sich in einer gewissen Gefahr befand, als du ihn hierher brachtest?«

»Es besteht immer Gefahr«, antwortete Par-Salian. »Die Prüfung ist so angelegt, daß jene, die sich, dem Orden und den Unschuldigen auf der Welt Schaden zufügen können, ausgesiebt werden. Erinnere dich, daß die Prüfung auch darauf angelegt ist zu lehren. Wir hofften, deinen Bruder Mitgefühl zu lehren, um seinen selbstsüchtigen Ehrgeiz zu mäßigen; wir hofften, ihn Gnade, Mitleid zu lehren. Und es war vielleicht in meinem Eifer, ihn zu lehren, daß mir ein Fehler unterlief. Ich vergaß Fistandantilus.«

»Fistandantilus?« wiederholte Caramon verwirrt. »Was heißt das – ihn vergessen? Nach dem, was du vorher gesagt hast, ist der alte Magier tot.«

»Tot? Nein.« Par-Salians Gesicht verdunkelte sich. »Die Explosion, die in den Zwergenkriegen Tausende tötete und ein Land in Schutt und Asche legte, das immer noch verwüstet und kahl ist, hat Fistandantilus nicht getötet. Seine Magie war mächtig genug, selbst den Tod zu besiegen. Er betrat eine andere Existenzebene, eine Ebene, die zwar weit entfernt von dieser, aber nicht zu entfernt war. Ständig wachte er, wartete auf seine Zeit, auf der Suche nach einem Körper, der seine Seele aufnehmen würde. Und er fand diesen Körper – den deines Bruders.«

Caramon hörte in angespanntem Schweigen zu, sein Gesicht war leichenblaß. Aus den Augenwinkeln sah Tolpan, wie Bupu zurückwich. Er ergriff ihre Hand und hielt sie fest, hielt die verängstigte Gossenzwergin ab, sich umzudrehen und spornstreichs aus der Halle zu fliehen.

»Wer weiß, welchen Handel die beiden während der Prüfung abschlossen? Wahrscheinlich keiner von uns.« Par-Salian lächelte schwach. »Aber das weiß ich: Raistlin tat sich hervor. Dennoch ließ ihn seine zarte Gesundheit im Stich. Vielleicht hätte er die letzte Prüfung nicht überleben können – die Konfrontation mit dem Dunkelelfen –, wenn Fistandantilus ihm nicht geholfen hätte.«

»Ihm geholfen? Sein Leben gerettet?«

Par-Salian zuckte die Schultern. »Wir wissen nur dieses, Krieger – es war niemand von uns, der deinen Bruder mit dieser goldgetönten Haut zurückließ. Der Dunkelelf warf eine Feuerkugel auf ihn, und Raistlin überlebte. Unmöglich, natürlich...«

»Nicht für Fistandantilus«, unterbrach der rotgekleidete Magier.

»Nein«, stimmte Par-Salian traurig zu, »nicht für Fistandantilus. Ich wunderte mich damals, aber ich kam nicht dazu, Nachforschungen anzustellen. Die Ereignisse in der Welt spitzten sich gefährlich zu. Dein Bruder war nach der Prüfung er selbst. Zerbrechlicher, natürlich, aber das war ja zu erwarten. Und er war stark in seiner Magie! Wer sonst hätte ohne jahrelanges Studium Macht über eine Kugel der Drachen erlangen können?«

»Ja«, sagte der rotgekleidete Magier, »er bekam Hilfe von einem, der sie jahrelang studiert hatte.«

Par-Salian runzelte die Stirn und antwortete nicht.

»Laßt mich das richtig zusammenfassen«, sagte Caramon und funkelte den weißgekleideten Magier finster an. »Dieser Fistandantilus... hat Raistlins Seele genommen. Er ließ Raistlin die Schwarzen Roben anziehen.«

»Dein Bruder traf seine eigene Entscheidung«, entgegnete Par-Salian scharf. »So wie wir alle.«

»Das glaube ich nicht!« schrie Caramon. »Raistlin hat diese Entscheidung nicht getroffen. Ihr lügt, alle! Ihr habt meinen Bruder gequält, und dann hat einer von euch alten Zauberern beansprucht, was von seinem Körper übrigblieb!«

Tolpan sah Par-Salian den Krieger grimmig mustern, und der Kender krümmte sich, wartete auf den Zauberspruch, der Caramon vernichtete. Aber er kam niemals. Man hörte nur Caramons stoßweises Atmen.

»Ich hole ihn zurück«, sagte dieser schließlich; Tränen schimmerten in seinen Augen. »Wenn er zurück in die Zeit reisen kann, um diesen alten Zauberer zu treffen, kann ich es auch. Und wenn ich diesen Fistandantilus finde, töte ich ihn. Dann wird Raistlin…« Er unterdrückte ein Schluchzen, kämpfte um Beherrschung. »Er wird wieder Raistlin sein. Und er wird diesen ganzen Quatsch vergessen, die Königin der Finsternis herauszufordern und ein Gott zu werden.«

Der Halbkreis wurde zum Chaos. Stimmen erhoben sich, tobten vor Zorn. »Unmöglich! Er will die Geschichte verändern! Du bist zu weit gegangen, Par-Salian…«

Der weißgekleidete Magier erhob sich und wandte sich um, starrte jeden Magier im Halbkreis einzeln an, seine Augen gingen zu jedem persönlich. Tolpan konnte die sprachlose Unterredung spüren.

Caramon wischte mit einer Hand über seine Augen und starrte die Magier trotzig an. Langsam sanken sie alle auf ihre Sitze zurück. Aber Tolpan sah geballte Fäuste, er sah Gesichter, die nicht überzeugt waren, zornerfüllte Gesichter. Der rotgekleidete Magier starrte Par-Salian forschend an. Dieser warf der Versammlung einen letzten schnellen Blick zu, bevor er sich wieder Caramon zuwandte.

»Wir werden dein Angebot in Erwägung ziehen«, sagte Par-Salian. »Es könnte funktionieren. Gewiß ist es nicht das, was er erwarten würde…«

Dalamar brach in Gelächter aus.

»Erwarten?« Dalamar lachte, bis er kaum noch atmen konnte. »Er *plante* dies alles! Glaubst du, dieser große Idiot« – er zeigte auf Caramon – »hätte seinen Weg allein hierher gefunden? Als Kreaturen der Finsternis Tanis, den Halbelf, und Crysania verfolgten – verfolgten, aber niemals einholten – wer, glaubst du wohl, hat sie geschickt? Selbst die Begegnung mit dem toten Ritter, einen Zusammenstoß, der von seiner Schwester geplant worden war, einen Zusammenstoß, der seine Pläne hätte zum Scheitern bringen können, hat mein Meister in einen Vorteil verwandelt. Denn zweifellos werdet ihr Narren diese Frau zurück in die Zeit zu den einzigen schicken, die ihr helfen können, dem Königspriester und seinen Anhängern. Ihr werdet sie zurück in die Zeit schicken, wo Raistlin sie treffen wird! Nicht nur das, ihr werdet ihr auch diesen Mann, seinen Bruder, als Leibwächter geben. So wie es der Meister wollte.«

Tolpan sah Par-Salians klauengleiche Finger auf den kalten

Steinlehnen seines Stuhls sich zusammenkrampfen, die blauen Augen des alten Mannes funkelten gefährlich.

»Wir haben lang genug deine Beleidigungen erduldet, Dalamar«, sagte Par-Salian. »Ich denke, daß deine Treue gegen deinen Meister zu groß ist. Wenn das stimmt, hast du für diese Versammlung keinen Nutzen mehr.«

Die Drohung ignorierend, lächelte Dalamar bitter. »Mein Meister...«, wiederholte er sanft, dann seufzte er. Ein Schauder fuhr durch seinen schlanken Körper. »Ich wurde mittendrin erwischt, wie er beabsichtigt hatte«, flüsterte er. »Ich weiß nicht, wem ich überhaupt dienen werde, wenn überhaupt.« Er hob seine dunklen Augen, und ihr gehetzter Blick ließ Tolpans Herz erzittern. »Aber das weiß ich – wenn jemand von euch käme und versuchte, während seiner Abwesenheit in den Turm einzudringen, ich würde euch töten. So viel Ergebenheit schulde ich ihm. Aber ich bin genauso verängstigt wie ihr. Ich werde euch helfen, wenn ich kann.«

Par-Salians Hände entspannten sich, obgleich er Dalamar immer noch streng musterte. »Ich verstehe nicht, warum Raistlin dir von seinen Plänen erzählt hat. Er muß doch wissen, daß wir versuchen werden, ihn davon abzuhalten, bei seinem beängstigenden Ehrgeiz Erfolg zu haben.«

»Weil er dich – wie mich – da hat, wo er dich haben will«, sagte Dalamar. Plötzlich taumelte er, sein Gesicht war blaß vor Schmerz und Erschöpfung.

Par-Salian machte eine Handbewegung, und ein Stuhl materialisierte sich aus dem Schatten.

Der Dunkelelf fiel hinein. »Du mußt seine Pläne mitmachen. Du mußt diesen Mann zurück in die Zeit schicken«, er zeigte auf Caramon, »zusammen mit der Frau. Es ist der einzige Weg, auf dem er erfolgreich sein kann...«

»Und es ist der einzige Weg, auf dem wir ihn aufhalten können«, sagte Par-Salian mit leiser Stimme. »Aber warum Crysania? Welches mögliche Interesse könnte er an dieser guten, reinen...«

»Mächtigen Person haben«, sagte Dalamar mit grimmigem

Lächeln. »Wie er aus den Schriften von Fistandantilus entnommen hat, die noch existieren, braucht er einen Kleriker, der mit ihm geht, um der greulichen Königin gegenüberzutreten. Und nur ein Kleriker des Guten hat genügend Macht, der Königin die Stirn zu bieten und die Finstere Tür zu öffnen. Oh, Crysania war nicht die erste Wahl des Meisters. Er hatte vage Pläne, den sterbenden Elistan zu benutzen – aber das will ich jetzt nicht erläutern. Wie sich jedoch herausstellte, fiel Crysania in seine Hände. Sie ist gut, stark in ihrem Glauben, mächtig...«

»Und zum Bösen hingezogen wie eine Motte zur Flamme«, murmelte Par-Salian und sah Crysania mit tiefem Mitleid an.

Tolpan, der Caramon beobachtete, fragte sich, ob der große Mann zumindest die Hälfte von allem verstand. Er hatte einen Blick, als ob er sich nicht sicher wäre, wo oder wer er war. Tolpan schüttelte zweifelnd den Kopf. Sie wollen *ihn* in die Zeit zurückschicken, dachte der Kender.

»Raistlin hat andere Gründe dafür, daß diese Frau und sein Bruder mit ihm zurück in die Zeit sollen, das steht fest«, sagte der rotgekleidete Magier zu Par-Salian. »Er hat sein Spiel nicht offengelegt, auf keinen Fall. Er sagt uns – durch unseren Agenten – genau so viel, daß wir in Verwirrung geraten. Ich meine, wir sollten seine Pläne durchkreuzen!«

Par-Salian entgegnete nichts. Aber als er den Kopf hob, starrte er Caramon lange Zeit an, und in seinen Augen lag eine Traurigkeit, die Tolpans Herz durchbohrte. Dann schüttelte er den Kopf, senkte den Blick und sah starr auf den Saum seiner Roben. Bupu wimmerte, und Tolpan tätschelte sie abwesend. Warum der seltsame Blick auf Caramon? fragte sich der Kender unbehaglich. Sicherlich schicken sie ihn nicht in einen sicheren Tod! Aber war es nicht gerade das, was sie tun würden, wenn sie ihn zurückschickten, so wie er jetzt war – krank, niedergedrückt, verwirrt? Tolpan wechselte von einem Fuß auf den anderen, dann gähnte er. Niemand schenkte ihm Beachtung. Dieses ganze Gerede war langweilig. Außerdem hatte er Hunger. Wenn sie Caramon in die Zeit zurückschicken wollten, so wünschte er, daß sie es einfach täten.

Dalamar sagte: »Sie verbrachte die Nacht in seinem Arbeitszimmer. Ich weiß nicht, worüber geredet wurde, aber als sie am Morgen aufbrach, wirkte sie aufgewühlt und mitgenommen. Seine letzten Worte zu ihr waren: ›Ist dir nie der Gedanke gekommen, daß Paladin dich nicht geschickt haben könnte, um mich aufzuhalten, sondern um mir zu helfen?‹«

»Und was hat sie geantwortet?«

»Sie hat ihm nicht geantwortet«, erwiderte Dalamar. »Sie ging durch den Eichenwald zurück wie eine, die weder sehen noch hören kann.«

»Was ich nicht verstehe: Ist Crysania wirklich hierher gereist, um uns um Hilfe zu bitten? Sie muß doch gewußt haben, daß wir eine solche Bitte ablehnen würden«, bemerkte der rotgekleidete Magier.

»Das kann ich erklären«, sagte Tolpan.

Jetzt schenkte Par-Salian ihm seine Aufmerksamkeit, jetzt schenkten ihm alle Magier in dem Halbkreis Aufmerksamkeit. Jeder Kopf drehte sich in seine Richtung. Tolpan hatte mit Geistern in Düsterwald geredet, er hatte auf dem Treffen von Weißstein gesprochen, aber kurz war er eingeschüchtert von dieser stummen, feierlichen Zuhörerschaft, insbesondere, als ihm einfiel, was er zu sagen hatte.

»Bitte, Tolpan Barfuß«, sagte Par-Salian mit großer Höflichkeit, »sag uns, was du weißt.« Er lächelte. »Dann können wir dieses Treffen vielleicht zu einem Ende führen, und du kannst dein Abendessen bekommen.«

Tolpan errötete und fragte sich, ob Par-Salian seine Gedanken lesen konnte. »Ja, ein Abendessen wäre großartig. Aber jetzt zu Crysania.« Er hielt inne, um seine Gedanken zu sammeln, dann begann er seine Geschichte. »Nun, ich bin mir darüber nicht so sicher, weißt du. Ich weiß nur etwas weniges, was ich in der Lage war hier und dort aufzuschnappen. Um mit dem Anfang anzufangen, lernte ich Crysania kennen, als ich in Palanthas meinen Freund Tanis, den Halbelf, besuchte. Kennt ihr ihn? Und Laurana, den Goldenen General? Ich kämpfte mit ihnen im Krieg der Lanze. Ich half dabei, Laurana vor der Königin der Finsternis zu retten.« Der Kender sprach mit Stolz. »Habt ihr schon diese Geschichte gehört? Ich war im Tempel in Neraka...«

Par-Salians Augenbrauen hoben sich nur ganz leicht, und Tolpan stotterte. »Nun, ich erzähle es später. Auf jeden Fall traf ich Crysania in Tanis' Haus, und ich hörte von ihren Plänen, nach Solace zu reisen, um Caramon zu besuchen. Wie es sich so traf, habe ich einen Brief von Crysania an Elistan gefunden. Ich glaube, er muß aus ihrer Tasche gefallen sein.« Der Kender machte eine Pause, um Atem zu holen.

Par-Salians Lippen zuckten, aber er verkniff sich ein Lächeln.

»Ich habe ihn gelesen«, fuhr Tolpan fort, der nun die Aufmerksamkeit seiner Zuhörer genoß, »nur um nachzusehen, ob er wichtig war. In dem Brief schrieb sie, daß sie nach ihrem Gespräch mit Tanis mehr denn je davon überzeugt sei, daß in Raistlin etwas Gutes stecke und daß er von seinen bösen Wegen abgebracht werden könne. Sie müsse die Magier davon überzeugen... Jedenfalls erkannte ich, daß der Brief wichtig war, und ich brachte ihn ihr zurück. Sie war sehr dankbar, ihn zurückzubekommen«, sagte Tolpan feierlich. »Sie hatte gar nicht bemerkt, daß sie ihn verloren hatte. Ich sagte, ich könne ihr viele Geschichten von Raistlin erzählen, falls sie sie hören wolle. Sie sagte, sie würde sie gerne hören, darum erzählte ich ihr alle Geschichten, die mir einfielen. Sie war insbesondere an denen interessiert, die ich ihr über Bupu erzählte... ›Wenn ich nur diese Gossenzwergin finden könnte!‹ sagte sie eines Abends zu mir. ›Ich bin sicher, ich könnte Par-Salian davon überzeugen, daß es Hoffnung gibt, daß Raistlin vielleicht bekehrt werden kann.‹«

An dieser Stelle lachte einer der Zauberer verächtlich auf. Par-Salian warf einen scharfen Blick in seine Richtung, und der Zauberer verstummte. Aber Tolpan sah, daß viele der Schwarzen Roben vor Wut ihre Arme über die Brust verschränkten. Er konnte ihre Augen aus den Schatten ihrer Kapuzen glitzern sehen...

»Ich wollte niemanden beleidigen«, fuhr Tolpan fort. »Ich habe immer gedacht, daß Raistlin Schwarz sehr viel besser steht – ihm mit seiner goldenen Haut. Nun, ich hatte eine Idee. Wenn Bupu ihre Geschichte erzählen würde, würden die Magier ihr vielleicht glauben, sagte ich zu Crysania. Sie stimmte zu, und ich bot mich an, Bupu zu suchen. Ich war nicht mehr in Xak Tsaroth gewesen, seitdem Goldmond den schwarzen Drachen getötet hatte, und es war von Palanthas nur ein Katzensprung entfernt, und Tanis sagte, er habe nichts dagegen. In der Tat schien er erfreut zu sein, daß ich ging. Der Großbulp ließ mich Bupu mitnehmen. Ich brachte sie nach Solace, aber Tanis war bereits verschwunden und auch Crysania. Caramon war...« Er hielt inne, als er Caramon sich räuspern hörte. »Caramon war – fühlte sich nicht gut, aber Tika – das ist Caramons Frau und eine gute Freundin von mir – egal, Tika sagte, wir müßten Crysania suchen, weil der Wald von Wayreth so ein fürchterlicher Ort sei und... Ich will ja nicht beleidigend werden, aber habt ihr noch nie darüber nachgedacht, daß euer Wald wirklich widerlich ist? Es ist mir unverständlich, warum ihr ihn so herumwandern laßt! Ich finde es unverantwortlich!«

Par-Salians Schultern zitterten vor unterdrücktem Lachen.

»Nun, das ist alles, was ich weiß«, sagte Tolpan. »Und da ist Bupu, und sie kann...« Tolpan stockte, sah sich um. »Wo ist sie?«

»Hier«, sagte Caramon grimmig und zog die Gossenzwergin hinter seinem Rücken hervor, wo sie voll Entsetzen gekauert hatte. Als die Gossenzwergin den Blick der Magier auf sich gerichtet sah, kreischte sie auf und brach zusammen, ein bebendes Bündel zerlumpter Kleider.

»Ich glaube, du erzählst uns lieber ihre Geschichte«, sagte Par-Salian zu Tolpan. »Das heißt, wenn du kannst.«

»Ja«, entgegnete Tolpan. »Ich weiß, was Crysania wollte, daß ich sagen soll. Es geschah damals im Krieg, als wir in Xak Tsaroth waren. Die einzigen, die etwas über die Stadt wußten, waren Gossenzwerge. Aber die meisten wollten uns nicht helfen. Raistlin warf einen Freundschaftszauber auf Bupu. Verzaubert war nicht das richtige Wort, was er mit ihr machte. Sie verliebte sich in ihn.« Er hielt inne, seufzte und fuhr zerknirscht fort: »Einige von uns fanden das komisch, glaube ich. Aber Raistlin nicht. Er war wirklich nett zu ihr, und er hat ihr sogar das Leben gerettet, als die Drakonier uns angriffen. Nun, als wir Xak Tsaroth verließen, kam Bupu mit uns. Sie konnte es nicht ertragen, Raistlin zu verlassen.« Seine Stimme wurde leise. »Eines Nachts wurde ich wach. Ich hörte Bupu weinen. Ich wollte zu ihr, aber ich sah, daß Raistlin sie ebenfalls gehört hatte. Sie hatte Heimweh. Sie wollte zu ihrem Volk zurück, konnte ihn aber nicht verlassen. Ich weiß nicht, was er zu ihr sagte, aber ich sah, wie er seine Hand auf ihren Kopf legte und ein Licht um Bupu aufleuchtete. Und dann schickte er sie nach Hause. Sie mußte durch ein Land reisen, das von entsetzlichen Kreaturen wimmelte, aber irgendwie wußte ich, sie würde in Sicherheit sein. Und das war sie«, schloß er feierlich.

Einen Augenblick herrschte Schweigen, dann schien es, als ob alle Magier auf einmal redeten.

Dalamar schnaubte verächtlich. »Der Kender hat geträumt«, sagte er spöttisch.

»Wer glaubt schon einem Kender?« sagte ein Magier.

»Wenn das stimmt«, sagte ein anderer, »dann haben wir ihn vielleicht falsch eingeschätzt.«

Schließlich hob Par-Salian schweigengebietend die Hand. »Das ist auch der Grund, warum Crysania diese Reise unternahm?« fragte Par-Salian Tolpan, als der Kender näher trat. »Sie glaubt, daß sie den Funken des Guten wieder entzünden kann?«

»Ja«, antwortete Tolpan, der sich unter dem Blick der durchdringenden blauen Augen des Magiers unbehaglich fühlte. »Auch Tika sagte, sie werde es tun, weil sie ihn liebe – Raistlin.«

Par-Salian nickte. Sein Blick wanderte zu Caramon. »Was ist mit dir?« fragte er plötzlich.

Caramon hob den Kopf und starrte Par-Salian mit gehetzten Augen an.

»Liebst du ihn noch? Du hast gesagt, du würdest in die Zeit

zurückgehen und Fistandantilus töten. Die Gefahr, der du gegenübertrittst, wird groß sein. Liebst du deinen Bruder genug, um diese gefährliche Reise zu unternehmen? Dein Leben für ihn zu riskieren, so wie Crysania es getan hat? Denk darüber nach, bevor du antwortest. Du gehst nicht zurück, um die Welt zu retten. Du gehst zurück, um eine Seele zu retten, nicht mehr, nicht weniger.«

Caramons Lippen bewegten sich, aber er brachte kein Wort heraus. Sein Gesicht strahlte jedoch vor Freude und Glück. Er konnte nur nicken.

Par-Salian wandte sich zu der Versammlung. »Ich habe meinen Entschluß gefaßt«, begann er.

Eine der Schwarzen Roben erhob sich und warf ihre Kapuze zurück. Tolpan sah, daß es die Frau war, die ihn hierher gebracht hatte. Zorn glühte in ihren Augen. »Wir fechten diese Entscheidung an, Par-Salian«, sagte sie mit leiser Stimme. »Und du weißt, das bedeutet, daß du den Zauber nicht aussprechen kannst.«

»Der Herr des Turms kann den Zauber allein aussprechen, Ladonna«, erwiderte Par-Salian grimmig. »Diese Macht ist allen Meistern gegeben. Auf diese Weise hat Raistlin das Geheimnis entdeckt, als er Herr des Turms in Palanthas wurde. Ich brauche keine Hilfe, weder von den Roten noch von den Schwarzen.«

Auch unter den Roten Roben setzte Gemurmel ein; einige blickten zu den Schwarzen Roben hin und nickten ihnen zustimmend zu.

Ladonna lächelte. »In der Tat, Großer«, sagte sie, »ich weiß das. Du brauchst uns nicht für den Zauberspruch, aber du brauchst unsere Mitarbeit, Par-Salian, unsere stumme Mitarbeit – sonst wird sich unsere Magie erheben und das Licht des silbernen Mondes auslöschen. Und du wirst versagen.«

Par-Salians Gesicht wurde kalt und grau. »Was ist mit dem Leben dieser Frau?« herrschte er sie an und zeigte auf Crysania.

»Was bedeutet uns das Leben einer Klerikerin Paladins?« höhnte Ladonna. »Unsere Belange sind bei weitem wichtiger und werden in der Gegenwart von Fremden nicht erörtert. Schick sie weg« – sie deutete auf Caramon – »und wir werden uns vertraulich unterhalten.«

»Ich glaube, das wäre klug, Par-Salian«, sagte der rotgekleidete Magier mild. »Unsere Gäste sind müde und hungrig, und sie würden unsere Familienunstimmigkeiten langweilig finden.«

»Na schön«, sagte Par-Salian. Aber Tolpan konnte den Zorn des weißgekleideten Magiers sehen, als er sich ihnen zuwandte. »Ihr werdet gerufen werden.«

»Wartet!« schrie Caramon. »Ich verlange, anwesend zu sein! Ich…« Der große Mann verstummte. Die Halle war verschwunden, die Magier waren verschwunden, die Steinstühle waren verschwunden. Caramon schrie einen Hutständer an.

Benommen sah sich Tolpan um. Er, Caramon und Bupu befanden sich in einem gemütlichen Zimmer, das aus dem Wirtshaus zur letzten Bleibe hätte stammen können. Ein Feuer brannte im Ofen, bequeme Betten standen an einer Wand. Ein mit Essen beladener Tisch stand neben dem Feuer, die Düfte von frischgebackenem Brot und gebratenem Fleisch machten seinen Mund wäßrig. Tolpan seufzte entzückt auf. »Ich glaube, dies ist der wundervollste Ort auf der ganzen Welt«, sagte er.

Der alte, weißgekleidete Magier saß in einem Arbeitszimmer, das dem von Raistlin im Turm von Palanthas sehr ähnlich war, außer daß die Bücher, die Par-Salians Regale füllten, in weißes Leder gebunden waren. Die silbernen Runen auf ihren Rücken und Deckeln schimmerten im Licht eines knisternden Feuers. Für jemanden, der eintrat, war der Raum heiß und stickig. Aber Par-Salian spürte die Kälte des Alters in seinen Knochen. Für ihn war das Zimmer recht behaglich.

Er saß an seinem Schreibtisch, seine Augen starrten in die Flammen. Er zuckte bei einem leisen Klopfen an seiner Tür leicht zusammen, dann seufzte er und rief leise: »Tritt ein.«

Ein junger, weißgekleideter Magier öffnete die Tür und verbeugte sich vor der schwarzgekleideten Magierin, die an ihm vorbeiging. Sie nahm die Huldigung wortlos hin, warf ihre Kapuze zurück und rauschte in Par-Salians Zimmer. Der weißgekleidete Magier schloß leise die Tür hinter ihr.

Ladonna hob die Hand und murmelte einige Worte. Verschiedene Gegenstände im Zimmer begannen in einem unheimlichen rötlichen Licht aufzuleuchten und ließen so erkennen, daß sie über magische Eigenschaften verfügten – unter anderem ein an der Wand lehnender Stab, ein Kristallprisma auf Par-Salians Schreibtisch, ein Armleuchter, ein riesiges Stundenglas und mehrere Ringe an den Fingern des alten Mannes. Dies schien Ladonna nicht zu beunruhigen, sie sah jeden Gegenstand einfach an und nickte. Als sie dann zufrieden war, nahm sie auf einem Stuhl neben seinem Schreibtisch Platz. Par-Salian betrachtete sie mit einem leichten Lächeln in seinem zerfurchten Gesicht.

»In den Ecken lauern keine Kreaturen aus dem Jenseits, Ladonna, das versichere ich dir«, sagte der alte Magier trocken. »Wenn ich dich von dieser Ebene verbannen wollte, hätte ich das schon vor langer Zeit tun können, meine Liebe.«

»Als wir jung waren?« Das eisengraue Haar Ladonnas, zu einem komplizierten Zopf geflochten, umrahmte ein Gesicht, dessen Schönheit durch die Linien des Alters noch betont wurde. »Das wäre in der Tat ein Wettkampf geworden, Großer.«

»Laß den Titel fallen, Ladonna«, sagte Par-Salian. »Dafür kennen wir uns schon zu lange.«

»Kennen uns lange und gut, Par-Salian«, sagte Ladonna mit einem Lächeln. »Recht gut«, murmelte sie, und ihre Augen wanderten zum Feuer.

»Würdest du zu unserer Jugend zurück wollen, Ladonna?« fragte Par-Salian.

Sie sah zu ihm auf und zuckte mit den Schultern: »Um Macht und Weisheit einzutauschen gegen was? Ich bin nicht gekommen, um alte Zeiten aufzufrischen, auch wenn sie noch so angenehm waren.« Sie räusperte sich, ihre Stimme wurde plötzlich streng und kalt. »Ich bin gekommen, um gegen diesen Wahnsinn Einspruch zu erheben.« Sie beugte sich vor, ihre dunklen Augen funkelten. »Selbst du kannst nicht so weichherzig oder so bescheuert sein, diesen dümmlichen Menschen zurück in die

Zeit zu schicken, um Fistandantilus aufzuhalten. Denk an die Gefahr! Er könnte die Geschichte verändern! Wir könnten alle zu existieren aufhören!«

»Pah!« machte Par-Salian. »Die Zeit ist ein riesiger Strom, riesiger und breiter als jeder Fluß, den wir kennen. Wirf einen Kieselstein in das strömende Wasser – hört das Wasser plötzlich auf zu fließen? Beginnt es, rückwärts zu fließen? Natürlich nicht! Der Kieselstein bewirkt vielleicht ein paar Wellen auf der Oberfläche, aber dann versinkt er. Der Strom fließt weiter, so wie er es schon immer getan hat.«

»Was willst du damit sagen?« fragte Ladonna und musterte Par-Salian argwöhnisch.

»Daß Caramon und Crysania Kieselsteine sind, meine Liebe. Sie werden auf den Strom der Zeit keinen Einfluß nehmen. Sie sind Kieselsteine...«, wiederholte er.

»Dalamar sagt, wir würden Raistlin unterschätzen«, unterbrach ihn Ladonna. »Raistlin muß sich seines Erfolges recht sicher sein, sonst würde er dieses Risiko nicht auf sich nehmen. Er ist kein Narr, Par-Salian.«

»Er ist sich sicher, die nötige Magie zu erwerben. In dieser Hinsicht können wir ihn nicht aufhalten. Aber diese Magie ist ohne die Klerikerin bedeutungslos. Er braucht Crysania.« Der weißgekleidete Magier seufzte. »Und darum müssen wir sie zurück in die Zeit schicken.«

»Ich verstehe nicht...«

»Sie muß sterben, Ladonna!« knurrte Par-Salian. »Sie muß in eine Zeit zurückgeschickt werden, wenn *alle* Kleriker aus diesem Land verschwinden. Raistlin sagte, daß wir sie zurückschicken müssen. Wir hätten keine andere Wahl. Wie er selbst sagte – das ist der einzige Weg, seine Pläne zu durchkreuzen! Es ist seine größte Hoffnung und seine größte Angst. Er muß sie mit zum Tor nehmen, aber sie muß bereitwillig mitkommen! Darum plant er, ihren Glauben zu erschüttern, sie zu desillusionieren, aber nur soweit, daß sie mit ihm zusammenarbeitet.« Par-Salian winkte gereizt. »Wir verschwenden Zeit. Er bricht morgen früh auf. Wir müssen unverzüglich handeln.«

»Dann laß sie hier!« sagte Ladonna verächtlich. »Das ist doch wohl einfach genug.«

Par-Salian schüttelte den Kopf. »Er würde wegen ihr zurückkehren. Und – bis dahin wird er über die Magie verfügen. Er wird die Macht haben, das zu tun, wozu er sich entschließt.«

»Töte sie.«

»Das wurde versucht, und es mißlang. Außerdem, könntest selbst du mit deinen Künsten sie töten, solange sie unter Paladins Schutz steht?«

»Du willst sie also in ihren Tod schicken«, murmelte Ladonna, Par-Salian dabei erstaunt ansehend. »Deine weißen Roben werden mit Blut befleckt sein, alter Freund.«

Par-Salian legte die Hände auf den Tisch, sein Gesicht war vor Qual verzerrt. »Es macht mir keinen Spaß, verdammt! Aber verstehst du nicht die Position, in der ich mich befinde? Wer ist das Oberhaupt der Schwarzen Roben?«

»Ich«, erwiderte Ladonna.

»Wer ist das Oberhaupt, wenn er erfolgreich zurückkehrt?«

Ladonna runzelte die Stirn und antwortete nicht.

»Genau. Meine Tage sind gezählt, Ladonna. Ich weiß das. Oh«, er machte eine Handbewegung, »meine Kräfte sind immer noch groß. Vielleicht waren sie nie größer. Aber jeden Morgen, wenn ich wach werde, spüre ich Angst. Wird heute der Tag sein, an dem ich versage? Jedes Mal, wenn ich Mühe habe, mich an einen Zauberspruch zu erinnern, erbebe ich. Ich weiß, daß ich eines Tages nicht in der Lage sein werde, mich an die richtigen Worte zu erinnern.« Er schloß die Augen. »Ich bin müde, Ladonna, sehr müde. Ich möchte nichts lieber als in diesem Zimmer bleiben, in der Nähe des warmen Feuers, und in diesen Büchern das Wissen aufzeichnen, das ich im Laufe der Jahre erworben habe. Dennoch wage ich jetzt diesen Schritt nicht, denn ich weiß, wer meinen Platz einnehmen würde.« Der alte Magier seufzte. »Ich werde meinen Nachfolger aussuchen, Ladonna«, sagte er leise. »Ich will nicht, daß mir meine Position aus den Händen gerissen wird. Mein Einsatz in dieser Sache ist größer als eurer.«

»Vielleicht nicht«, sagte Ladonna, in die Flammen starrend. »Wenn er erfolgreich zurückkehrt, wird es keine Versammlung mehr geben. Wir werden alle seine Diener sein.« Ihre Hand ballte sich zur Faust. »Ich bin immer noch dagegen, Par-Salian! Die Gefahr ist zu groß! Laß sie hier bleiben, laß Raistlin lernen, was er von Fistandantilus lernen kann. Wir können mit ihm fertig werden, wenn er zurückkommt! Er ist natürlich mächtig, aber er wird Jahre brauchen, um die Künste zu beherrschen, die Fistandantilus kannte, bevor er starb. Wir können diese Zeit nutzen, um uns gegen ihn zu wappnen! Wir können…«

Im Schatten hinter Ladonna raschelte es. Sie zuckte zusammen und drehte sich um, ihre Hand schoß sofort zu einer verborgenen Tasche in ihren Roben.

»Immer langsam, Ladonna«, sagte eine milde Stimme. »Du brauchst deine Energien nicht für einen Abwehrzauber zu verschwenden. Ich bin keine Kreatur aus dem Jenseits, wie Par-Salian bereits festgestellt hat.« Die Gestalt trat in den Schein des Feuers, ihre roten Roben glänzten weich.

Ladonna setzte sich mit einem Seufzer zurück, aber in ihren Augen lag ein zorniges Funkeln, das einen Lehrling hätte zurückschrecken lassen. »Nein, Justarius«, sagte sie kühl, »du bist keine Kreatur aus dem Jenseits. Du hast es also geschafft, dich vor mir zu verbergen? Wie klug du geworden bist, Rote Robe.« Sie drehte sich in ihrem Stuhl um und musterte Par-Salian verächtlich. »Du wirst wirklich alt, mein Freund, falls du Hilfe nötig hast, um mit mir fertig zu werden.«

»Oh, ich bin sicher, Par-Salian ist genauso überrascht, mich hier zu sehen wie du, Ladonna«, erklärte Justarius. Er zog seine roten Roben um sich und ging langsam nach vorne, um sich auf einen Stuhl vor Par-Salians Schreibtisch zu setzen. Er hinkte, sein linker Fuß schleifte am Boden. Raistlin war nicht der einzige Magier, der bei den Prüfungen eine Verletzung davongetragen hatte. Justarius lächelte. »Obgleich der Große recht geschickt ist, seine Gefühle zu verbergen«, fuhr er fort.

»Ich war mir deiner bewußt«, entgegnete Par-Salian sanft. »Du solltest mich besser kennen, mein Freund.«

Justarius zuckte die Schultern. »Es spielt wirklich keine Rolle. Es interessierte mich zu hören, was du Ladonna sagen würdest...«

»Ich hätte dir das Gleiche gesagt.«

»Möglicherweise weniger, denn ich hätte nicht so argumentiert wie sie. Ich stimme mit dir überein, das habe ich von Anfang an. Denn wir beide kennen die Wahrheit, du und ich.«

»Welche Wahrheit?« wiederholte Ladonna. Ihr Blick ging von Justarius zu Par-Salian, ihre Augen waren vor Zorn aufgerissen.

»Du mußt es ihr zeigen«, sagte Justarius. »Sie wird sonst nicht zu überzeugen sein. Beweise ihr, wie groß die Gefahr ist.«

»Du wirst mir nichts zeigen!« sagte Ladonna mit bebender Stimme. »Ich würde nichts glauben, was ihr beide ausgeheckt habt...«

»Dann soll sie es selbst machen«, schlug Justarius schulterzuckend vor.

Par-Salian runzelte die Stirn, dann schob er mit finsterem Blick das Kristallprisma auf dem Schreibtisch in ihre Richtung. Er zeigte in eine Ecke. »Der Stab dort gehörte Fistandantilus, dem größten und mächtigsten Zauberer, der je gelebt hat. Sieh auf den Stab, Ladonna!«

Ladonna berührte zögernd das Prisma, ihr Blick ging argwöhnisch noch einmal von Par-Salian zu Justarius.

»Mach schon!« fuhr Par-Salian sie an. »Ich habe daran nicht herumgepfuscht.« Seine grauen Augenbrauen zogen sich zusammen. »Du weißt, daß ich dich nicht anlügen kann, Ladonna.«

»Obgleich du andere anlügst«, sagte Justarius sanft.

Par-Salian warf dem rotgekleideten Magier einen wütenden Blick zu, gab aber keine Antwort.

Ladonna hob den Kristall mit plötzlicher Entschlossenheit in die Höhe. Sie führte ihn vor ihre Augen, sang Worte, die barsch klangen. Ein Regenbogen aus Licht strahlte von dem Prisma zu dem einfachen Holzstab hin, der in einer dunklen Ecke des Arbeitszimmers an der Wand lehnte. Der Regenbogen dehnte sich aus, als er aus dem Kristall hervorquoll, und verschmolz zu einem schimmernden Bild des Besitzers des Stabes.

Ladonna starrte das Bild lange Zeit an, dann ließ sie das Prisma sinken. Das Bild verschwand, das Regenbogenlicht erstarb. Ihr Gesicht war blaß.

»Nun, Ladonna«, fragte Par-Salian ruhig, »fahren wir fort?«

»Zeigt mir nun den Zeitreisezauber«, sagte sie.

Par-Salian machte eine ungeduldige Handbewegung. »Du weißt, daß das nicht möglich ist, Ladonna! Nur die Herren der Türme dürfen diesen Zauber kennen...«

»Du kannst die Zutaten und die Wörter vor meinem Blick verbergen, wenn du willst«, gab Ladonna kalt zurück, »aber ich verlange die erwarteten Ergebnisse zu sehen.« Ihr Gesichtsausdruck verhärtete sich. »Verzeih mir, wenn ich dir nicht vertraue, alter Freund, so wie ich es früher getan hätte.«

Wütend erhob sich Par-Salian. Er griff unter seine Roben und holte einen silbernen Schlüssel hervor, den nur der Herr eines Turms benutzen durfte. Einst waren es fünf gewesen, jetzt waren es nur noch zwei. Als Par-Salian den Schlüssel von seiner Kette nahm und in eine mit Ornamenten geschnitzte Holzkommode steckte, die neben seinem Schreibtisch stand, fragten sich alle drei Magier stumm, ob Raistlin in diesem Augenblick das Gleiche mit dem Schlüssel tat, den er besaß, und vielleicht das gleiche, silbergebundene Zauberbuch hervorholte.

Par-Salian öffnete das Buch und murmelte die vorgeschriebenen Worte, die nur die Meister kennen. Wenn er das nicht getan hätte, wäre das Buch unter seiner Hand verschwunden. Als er die richtige Seite aufgeschlagen hatte, nahm er das Prisma, hielt es über die Seite und wiederholte die gleichen barschen, scharfen Worte, die Ladonna gesprochen hatte. Das Regenbogenlicht strömte vom Prisma auf die Seite und erleuchtete sie. Auf einen Befehl von Par-Salian strahlte das Licht auf die nackte Wand ihnen gegenüber.

»Sieh dort auf der Wand«, sagte Par-Salian, und sein Zorn war immer noch in seiner Stimme hörbar. »Lies die Beschreibung des Zaubers.«

Ladonna und Justarius drehten sich zur Wand, wo sie die Zauberbeschreibung lesen konnten.

»Die Fähigkeit, zurück in die Zeit zu reisen, haben Elfen, Menschen und Oger, da diese Rassen von den Göttern am Beginn der Zeit geschaffen wurden und somit in ihrem Fluß reisen. Der Zauber darf nicht von Zwergen, Gnomen und Kendern angewendet werden, da die Schöpfung dieser Rassen ein Unfall war, von den Göttern nicht vorhergesehen. (Hinweis auf Graustein von Gargath, siehe Anhang G.) Der Übertritt einer dieser Rassen in eine vergangene Zeit könnte ernsthafte Auswirkungen auf die Gegenwart haben, obgleich diese unbekannt sind.« (Als Anmerkung war in Par-Salians Handschrift bei den verbotenen Rassen das Wort »Drakonier« hinzugefügt.)

»Es gibt jedoch Gefahren, deren sich der Zauberer voll bewußt sein muß, bevor er den Zauber ausspricht. Wenn der Zauberer stirbt, während er sich zurück in der Zeit befindet, wird dies in der Zukunft nichts bewirken, denn es wird so sein, als ob der Zauberer in der Gegenwart gestorben wäre. Sein oder ihr Tod wird weder Auswirkungen auf die Vergangenheit oder Gegenwart noch auf die Zukunft haben, außer wie es sich normalerweise ausgewirkt hätte. Folglich verschwenden wir keine Macht auf irgendeine Art von Schutzzauber.

Der Zauberer wird nicht in der Lage sein, etwas zu verändern, das vorher geschehen ist. Das ist eine offensichtliche Vorsichtsmaßnahme. Somit ist dieser Zauber wirklich nur für Studienzwecke sinnvoll. Das war auch der Zweck, warum er entworfen wurde.« (In einer weiteren Anmerkung, dieses Mal in einer Handschrift, die viel älter als die Par-Salians war, war am Rande hinzugefügt: »Es ist nicht möglich, die Umwälzung zu verhüten. Das haben wir zu unserem großen Leid und unter schweren Opfern gelernt. Möge seine Seele bei Paladin ruhen.«)

»Das ist ihm also geschehen«, sagte Justarius. »Das war ein gut behütetes Geheimnis.«

»Sie waren Narren, es selbst zu versuchen«, sagte Par-Salian, »aber sie waren verzweifelt.«

»So wie wir«, fügte Ladonna bitter hinzu. »Nun, gibt es noch mehr zu lesen?«

»Ja, die nächste Seite«, erwiderte Par-Salian.

»Wenn der Zauberer nicht selbst reist, sondern einen anderen zurückschickt, sollte er oder sie den Reisenden mit einem Gerät ausrüsten, das nach Belieben aktiviert werden kann und so den Reisenden in seine eigene Zeit zurückbringt. Beschreibungen dieser Geräte und ihrer Herstellung sind auf der folgenden Seite zu finden...«

»Und so weiter«, sagte Par-Salian. Das Regenbogenlicht verschwand, wurde in der Hand des Magiers verschluckt, als Par-Salian seine Finger darüber legte. »Der Rest ist der Herstellung eines solchen Gerätes gewidmet. Ich habe ein uraltes. Ich werde es Caramon geben.«

Ladonna lächelte gequält, ihre Hände fuhren über ihre schwarzen Roben. Justarius schüttelte den Kopf. Par-Salian sank in seinen Stuhl zurück, sein Gesicht war kummervoll.

»Caramon wird es also allein benutzen«, sagte Justarius. »Ich verstehe, warum wir Crysania schicken, Par-Salian. Sie muß zurückgehen, um niemals zurückzukehren. Aber Caramon?«

»Caramon ist meine Erlösung«, sagte Par-Salian, ohne aufzusehen. Der alte Magier starrte auf seine Hände, die zitternd auf dem geöffneten Zauberbuch lagen. »Er begibt sich auf eine Reise, um eine Seele zu retten, wie ich ihm sagte. Aber es wird nicht die seines Bruders sein.« Er sah auf, seine Augen waren schmerzerfüllt. Sein Blick traf zuerst Justarius, dann Ladonna. Beide begegneten diesem Blick mit völligem Verstehen.

»Die Wahrheit könnte ihn zerstören«, sagte Justarius.

»Da ist wenig zum Zerstören, wenn du mich fragst«, bemerkte Ladonna kalt. Sie erhob sich. »Wenn du nur die Frau loswirst, kümmert es mich wenig, was du mit dem Mann machst, Par-Salian. Wenn du glaubst, es wird das Blut von deinen Roben waschen, dann hilf ihm auf alle Fälle.« Sie lächelte grimmig. »In gewissem Sinne finde ich das recht witzig. Vielleicht unterscheiden wir uns gar nicht mehr so sehr, mein Lieber?«

»Die Unterschiede sind da, Ladonna«, entgegnete Par-Salian und lächelte müde. »Es sind die scharfen, klaren Umrisse, die zu verschwimmen beginnen. Bedeutet das, daß die Schwarzen Roben meine Entscheidung akzeptieren?«

»Es scheint, wir haben keine Wahl«, sagte Ladonna. »Wenn du versagst…«

»Dann genieße meinen Niedergang«, sagte Par-Salian sarkastisch.

»Das werde ich«, antwortete die Frau, »um so mehr, als es wahrscheinlich das Letzte sein wird, was ich in diesem Leben genieße. Leb wohl, Par-Salian.«

»Leb wohl, Ladonna«, erwiderte er.

»Eine kluge Frau«, bemerkte Justarius, als sich die Tür hinter ihr schloß.

»Eine Rivalin, die deiner wert ist, mein Freund.« Par-Salian kehrte zu seinem Platz hinter dem Schreibtisch zurück. »Ich werde es mit Genuß beobachten, wie ihr beide um meine Stellung kämpft.«

»Ich hoffe aufrichtig, daß du die Gelegenheit dazu hast«, sagte Justarius. Seine Hand war an der Tür. »Wann willst du den Zauber ausführen?«

»Früh am Morgen«, antwortete Par-Salian mit schwerer Stimme. »Er nimmt tagelange Vorbereitungen in Anspruch. Ich habe bereits lange Stunden daran gearbeitet.«

»Wie sieht es mit Unterstützung aus?«

»Niemand, nicht einmal ein Lehrling. Ich werde zum Schluß erschöpft sein. Kümmere dich bitte um die Auflösung der Versammlung.«

»Gewiß. Und der Kender und die Gossenzwergin?«

»Bring die Gossenzwergin in ihre Heimat zurück. Was den Kender betrifft«, Par-Salian lächelte, »so kannst du ihn hinschicken, wohin er möchte – abgesehen von den Monden natürlich. Was Schätze angeht, bin ich mir sicher, daß er sich eine ausreichende Menge aneignet, bevor er aufbricht. Überprüfe unauffällig seine Beutel, aber wenn es nichts Wichtiges ist, laß ihn behalten, was er findet.«

Justarius nickte. »Und Dalamar?«

»Der Dunkelelf dürfte bereits aufgebrochen sein. Er wird seinen Meister nicht warten lassen wollen.« Par-Salians Finger trommelten auf den Schreibtisch, seine Stirn furchte sich. »Es ist ein seltsamer Charme, über den Raistlin verfügt! Ich spürte ihn auch und kann nicht verstehen...«

»Vielleicht kann ich es«, unterbrach ihn Justarius. »Wir wurden alle in unserem Leben einmal ausgelacht. Wir sind alle auf Geschwister eifersüchtig gewesen. Wir haben Schmerzen gespürt und gelitten, so wie er. Und wir haben uns alle nach der Macht gesehnt, um unsere Feinde zu zerschmettern! Wir bemitleiden ihn. Wir hassen ihn. Wir fürchten ihn – alles, weil ein wenig von ihm in jedem von uns steckt, obgleich wir uns das selbst nur in tiefer Nacht eingestehen.«

»Wenn wir uns das überhaupt eingestehen. Diese elende Klerikerin! Warum mußte sie darein verwickelt werden?« Par-Salian umklammerte seinen Kopf mit zitternden Händen.

»Leb wohl, mein Freund«, sagte Justarius. »Ich werde vor dem Laboratorium warten, falls du Hilfe brauchen solltest, wenn alles vorbei ist.«

»Ich danke dir«, flüsterte Par-Salian.

Justarius humpelte aus dem Arbeitszimmer. Er schloß jedoch die Tür zu hastig, so daß der Saum seiner roten Roben hängen blieb und er gezwungen war, die Tür wieder zu öffnen, um sich zu befreien. Als er sie erneut schloß, hörte er Par-Salian weinen.

Tolpan, Bupu und Caramon hatten ihr Mahl beendet.

»Nun«, sagte Tolpan fröhlich. Er schob seinen leeren Teller zurück. »Mir geht es viel besser. Wie steht es mit dir, Caramon? Laß uns auf Erkundung gehen!«

»Erkundung!« Caramon warf ihm einen so entsetzten Blick zu, daß Tolpan überrascht war. »Bist du verrückt? Ich würde nicht für den ganzen Reichtum auf Krynn meinen Fuß vor die Tür setzen!«

»Wirklich?« fragte Tolpan eifrig. »Warum nicht? Was ist denn draußen?«

»Ich weiß nicht.« Der große Mann schauderte. »Aber es muß furchtbar sein.«

»Ich habe keine Wachen gesehen...«

»Nein, und dafür gibt es auch einen Grund«, knurrte Caramon. »Wachen sind hier nicht notwendig. Wenn du hinausgehst, läufst du wahrscheinlich in die Arme eines Leichnams!«

Tolpans Augen öffneten sich weit. Er sah auf seine Schuhe und murmelte: »Ja, ich glaube, du hast recht, Caramon. Ich habe vergessen, wo wir sind.«

»Das hast du wohl«, sagte Caramon streng. Er rieb seine schmerzenden Schultern und stöhnte. »Ich bin todmüde. Ich muß ein wenig schlafen. Du und Bupu legt euch auch hin. Alles klar?«

»Ja«, sagte Tolpan.

Bupu, die zufrieden rülpste, hatte sich vor dem Feuer in einen Teppich eingerollt.

Caramon beäugte den Kender argwöhnisch. »Versprich mir, daß du diesen Raum nicht verläßt, Tolpan Barfuß. Versprich es mir so, wie du es Tanis versprechen würdest, wenn er hier wäre.«

»Ich verspreche es so, wie ich es Tanis versprechen würde, wenn er hier wäre«, sagte Tolpan feierlich.

»Gut.« Caramon seufzte. Die Matratze des Bettes, auf das er sich gelegt hatte, sackte unter dem Gewicht des großen Mannes auf den Boden. »Ich vermute, sie werden uns wecken, wenn sie entschieden haben, was sie tun wollen.«

»Willst du wirklich in die Zeit zurück, Caramon?« fragte Tolpan, setzte sich auf sein eigenes Bett und tat so, als schnüre er seine Stiefel auf.

»Ja sicher. Keine große Sache«, murmelte Caramon schläfrig. »Jetzt schlaf ein bißchen und... danke, Tolpan. Du warst... eine große Hilfe...« Seine Worte gingen in ein Schnarchen über.

Tolpan verhielt sich vollkommen still und wartete, bis Caramons Atem regelmäßig wurde. Das dauerte nicht lange, weil der große Mann seelisch und körperlich erschöpft war. Als der Kender auf Caramons biasses Gesicht sah, plagten ihn einen Augenblick Gewissensbisse.

»Er wird nie erfahren, daß ich gegangen bin«, sagte Tolpan zu sich, während er an Caramons Bett vorbeischlich. »Und ich habe ihm nicht wirklich versprochen, nirgendwohin zu gehen. Ich habe es Tanis versprochen. Und Tanis ist nicht da, darum zählt dieses Versprechen nicht. Außerdem bin ich überzeugt, er wäre gern auf Erkundung mitgegangen, wenn er nicht so müde gewesen wäre.« Er öffnete die Tür und streckte seinen Kopf aus dem Türrahmen. Er sah den Korridor hinunter, dann hinauf. Nichts. Kein Leichnam in Sicht. Ein wenig enttäuscht seufzte er, dann glitt er aus der Tür und schloß sie leise hinter sich.

Der Gang war kalt und leer. Andere Türen gingen von ihm ab, alle waren verschlossen. Es gab kein Licht. Offensichtlich mußten sich die Magier selbst darum kümmern, wenn sie nach Einbruch der Dunkelheit umherwanderten.

»Ich husche schnell in eines der Zimmer und borge mir eine Kerze aus«, sagte Tolpan zu sich. »Außerdem ist das eine gute Möglichkeit, Leute zu treffen.« Vorsichtig drehte er am nächsten Türgriff. »Oh, verschlossen!« sagte er und holte sein Einbrecherwerkzeug hervor. »Ich hoffe, das Zimmer ist nicht magisch verschlossen«, murmelte er. Magier taten das manchmal, das wußte er – aber hier im Turm der Erzmagier würde man es vielleicht nicht als lohnenswert ansehen.

Tatsächlich ließ sich das Schloß mühelos öffnen. Tolpans Herz klopfte vor Aufregung. Er schob die Tür leise auf und spähte hinein. Der Raum wurde nur vom schwachen Glühen eines sterbenden Feuers erleuchtet. Er lauschte. Er konnte niemanden hören, und so ging er leise hinein. Seine scharfen Augen fanden das Bett. Es war leer.

»Dann wird es sie nicht stören, wenn ich mir ihre Kerze ausborge«, sagte sich der Kender. Er fand einen Kerzenstumpf und zündete ihn an einer glühenden Kohle an. Dann gab er sich dem Entzücken hin, die Besitztümer des Bewohners zu untersuchen.

Ungefähr zwei Stunden später, und nachdem er viele andere Zimmer untersucht hatte, machte sich Tolpan ermüdet auf den Rückweg; seine Beutel platzten fast von den faszinierendsten Gegenständen, die er aber am nächsten Morgen ihren Eigentümern zurückgeben wollte. Er hatte die meisten Dinge von den Tischen aufgehoben, auf die sie offensichtlich sorglos hingeworfen worden waren. Nicht wenige hatte er auf dem Boden gefunden oder aus den Taschen der Roben geborgen, die wahrscheinlich zum Waschen bestimmt waren.

Er erschrak, als er Licht unter ihrer Tür hervorleuchten sah. Er preßte sein Ohr dagegen und lauschte.

Er hörte Stimmen. Eine erkannte er sofort, die Bupus. Die andere schien vertraut… aber wo hatte er sie gehört?

»Ja, ich werde dich zum Großbulp zurückschicken, wenn du dorthin zurück möchtest. Aber zuerst mußt du mir sagen, wo der Großbulp ist.«

Die Stimme klang ein wenig aufgebracht. Tolpan legte sein Auge an das Schlüsselloch. Er konnte Bupu sehen; sie funkelte argwöhnisch die rotgekleidete Gestalt an. Jetzt erinnerte sich Tolpan, wo er die Stimme gehört hatte – das war der Mann in der Versammlung, der Par-Salian ständig angezweifelt hatte!

»Der Großbulp sein zu Hause. Du schicken mich zu Hause.«

»Ja, natürlich. Wo ist denn zu Hause?«

»Wo Großbulp sein.«

»Und wo ist der Großbulp?« fragte der rotgekleidete Magier.

»Zu Hause«, bemerkte Bupu kurz und bündig.

»Nun, wie bezeichnest du dein Zuhause? Wie ist der Name?«

»Die Grubbe. Zwei Bs. Phantastischer Name«, sagte Bupu stolz. »Großbulps Idee.«

»Wie nennen Menschen den Namen deiner Grubbe?«

Tolpan sah Bupu finster blicken. »Dummer Name. Hört sich an wie Xak Tsaroth.«

Vor Erleichterung tief aufseufzend, hielt der rotgekleidete Magier seine Hand über Bupus Kopf. Er ließ etwas wie Staub über sie rieseln, und Bupu nieste heftig. Tolpan hörte den Magier seltsame Worte singen.

»Ich gehen zu Hause jetzt?« fragte Bupu hoffnungsfroh.

Der Magier antwortete nicht, sondern sang weiter.

»Er nicht nett«, murmelte sie und nieste wieder, als der Staub langsam ihr Haar und ihren Körper bedeckte. Der Staub begann in einem schwachen Gelb zu glühen. Das Glühen wurde heller und heller, und plötzlich…

»Bupu!« flüsterte Tolpan.

Die Gossenzwergin war verschwunden!

»Und ich bin der nächste!« erkannte Tolpan entsetzt. Tatsächlich hinkte der rotgekleidete Magier durch den Raum zu dem Bett, wo der achtsame Kender eine Attrappe aufgebaut hatte, damit Caramon sich keine Sorgen machen mußte, falls er wach werden sollte.

»Tolpan Barfuß«, rief der rotgekleidete Magier leise. Er war nicht mehr in Tolpans Blickfeld. Der Kender wartete darauf, daß der Magier entdeckte, daß er fehlte. Nicht daß er Angst hatte, erwischt zu werden. Er war daran gewohnt, erwischt zu werden, und war sich recht sicher, daß er sich herausreden konnte. Aber er hatte Angst, nach Hause geschickt zu werden. Sie erwarteten doch nicht wirklich, daß er allein irgendwohin ging!

»Caramon braucht mich!« flüsterte Tolpan. »Sie wissen gar nicht, in welch schlechter Verfassung er sich befindet. Was soll nur passieren, wenn ich nicht bei ihm bin und ihn aus den Tavernen ziehe?«

»Tolpan«, wiederholte die Stimme des rotgekleideten Magiers. Er mußte an das Bett getreten sein.

Eilig steckte Tolpan die Hand in einen seiner Beutel. Er holte einen Ring hervor.

»Caramon!« hörte Tolpan den rotgekleideten Magier streng sagen. Er konnte Caramon brummen und stöhnen hören und stellte sich den Magier vor, wie er Caramon schüttelte. »Caramon, wach auf. Wo ist der Kender?«

Tolpan versuchte zu ignorieren, was in dem Zimmer passierte, und konzentrierte sich darauf, den Ring zu untersuchen. Er war vielleicht magisch. Er hatte ihn im dritten Zimmer zur Linken an sich genommen. Magische Ringe funktionierten normalerweise, indem man sie überstreifte. Es war ein schlichter Ring, aus Ebenholz geschnitzt, mit zwei kleinen rosafarbenen Steinen. Auf der Innenseite befanden sich einige Runen.

»Wa... wa...«, brabbelte Caramon. »Kender? Ich habe zu ihm gesagt, er soll nicht hinausgehen...«

»Verdammt!« Der rotgekleidete Magier steuerte auf die Tür zu.

Tolpan steckte sich den Ring an.

Zuerst geschah nichts. Er konnte die hinkenden Schritte des rotgekleideten Magiers hören, die immer näher zur Tür kamen.

Dann geschah etwas, obgleich es nicht das war, was Tolpan erwartet hatte. Der Gang wurde größer! In den Ohren des Kenders rauschte es, als die Wände an ihm vorbeistürzten und die Decke von ihm wegschwebte. Die Tür wurde immer größer, bis sie eine gewaltige Größe erreichte.

Die riesige Tür öffnete sich mit einem Windstoß, der den Kender fast zu Boden warf. Eine riesenhafte, rotgekleidete Gestalt füllte den Türrahmen.

Aber zu Tolpans Verwunderung schien der rotgekleidete Magier überhaupt nicht beunruhigt wegen seiner plötzlichen Größe. Er spähte nach links und rechts in den Gang und rief: »Tolpan Barfuß!« Er blickte sogar dorthin, wo Tolpan stand – und sah ihn nicht!

Aber jetzt sah der rotgekleidete Magier nach unten. »Und aus welchem Zimmer bist du entflohen, mein kleiner Freund?« fragte er.

Tolpan beobachtete ehrfürchtig, wie eine Riesenhand nach unten griff – sie griff nach ihm! Er war so verblüfft, daß er nicht weglaufen konnte. Alles würde vorbei sein! Sie würden ihn unverzüglich nach Hause schicken!

Die Hand schwebte über ihm, und dann hob sie ihn an seinem Schwanz hoch.

Ein Schwanz! dachte Tolpan wild und krümmte sich zusammen, während die Hand ihn in die Höhe hob. Ich habe doch keinen Schwanz!

Aber da sah er, daß er tatsächlich einen Schwanz hatte! Und nicht nur einen Schwanz, sondern auch vier rosafarbene Füße! Und statt einer leuchtendblauen Hose trug er einen weißen Pelz!

»Nun, nun«, dröhnte die strenge Stimme in seine Ohren, »antworte mir, kleines Nagetier! Wessen Vertrauter bist du?«

16

Vertrauter! Tolpan hielt sich krampfhaft an dem Wort fest. Vertrauter… Gespräche mit Raistlin fielen ihm ein.

»Einige Magier haben Tiere, die ihren Befehlen gehorchen müssen«, hatte Raistlin ihm einst erzählt. »Diese Tiere oder Vertraute, wie sie genannt werden, können wie erweiterte Sinne eines Magiers handeln. Sie können zu Orten gehen, die er nicht betreten kann, Dinge sehen, die er zu sehen nicht in der Lage ist, Gespräche hören, zu denen er nicht eingeladen ist.«

»Nun, antworte mir!« verlangte der rotgekleidete Magier und schüttelte Tolpan am Schwanz. Blut stürzte in den Kopf des Kenders, ließ ihn schwindelig werden, abgesehen davon, daß es recht schmerzhaft war, am Schwanz gehalten zu werden, und ganz zu schweigen von der Erniedrigung!

»Ich gehöre Faikus«, sagte Tolpan, der sich erinnerte, daß ein Mitstudent Raistlins so geheißen hatte.

»Ah«, sagte der rotgekleidete Magier stirnrunzelnd, »das

hätte ich mir denken können. Hast du für deinen Meister einen Botengang erledigt, oder streifst du einfach umher?«

Zu Tolpans Glück hielt ihn der Magier nicht mehr am Schwanz, sondern hatte ihn auf seine Hand gesetzt. Die Vorderpfoten des Kenders ruhten nun zitternd auf dem Daumen des rotgekleideten Magiers, seine jetzt runden, leuchtendroten Augen starrten in die kalten, dunklen des Magiers.

»Es – es ist mein freier Abend«, sagte Tolpan entrüstet.

»Pah!« Der Magier schnaufte verächtlich. »Du bist schon zu lange bei diesem faulen Faikus, das steht fest. Ich werde mit diesem jungen Mann morgen früh ein Wörtchen reden. Du brauchst dich nicht so zu winden! Hast du vergessen, daß Sudoras Vertrauter heute abend durch die Gänge streift? Du hättest der Nachtisch von Marigold sein können! Komm mit mir. Wenn ich meine heutige Aufgabe erledigt habe, bringe ich dich zu deinem Herrn zurück.«

Tolpan, der gerade seine scharfen, kleinen Zähne in den Daumen des Magiers graben wollte, fand die Idee plötzlich gut. »Wenn ich meine heutige Aufgabe erledigt habe!« Natürlich, es mußte sich um Caramon handeln! Das war besser, als unsichtbar zu sein! Er würde einfach mitgetragen werden!

Der Kender ließ seinen Kopf in einem Ausdruck der Demut und Reue hängen. Das schien den rotgekleideten Magier zufriedenzustellen, denn er lächelte gedankenverloren und begann, in seinen Roben nach etwas zu suchen.

»Was ist los, Justarius?« Das war Caramon, der immer noch verschlafen aussah. Er spähte den Gang auf und ab. »Hast du Tolpan gefunden?«

»Den Kender? Nein.« Der Magier lächelte wieder, dieses Mal ziemlich wehmütig. »Das kann noch eine Weile dauern, bis wir ihn finden – Kender sind sehr geschickt im Verstecken.«

»Du wirst ihn nicht verletzen?« fragte Caramon ängstlich, so ängstlich, daß Tolpan Mitleid mit dem großen Mann bekam und ihn am liebsten getröstet hätte.

»Nein, natürlich nicht«, erwiderte Justarius besänftigend, immer noch in seinen Roben suchend. »Obgleich«, fügte er hinzu, »er sich unabsichtlich verletzen könnte. Hier liegen Gegenstände herum, mit denen man lieber nicht spielen sollte. Nun, bist du bereit?«

»Ich möchte wirklich nicht, bevor Tolpan zurück ist und ich weiß, daß alles in Ordnung ist«, erklärte Caramon dickköpfig.

»Dir bleibt aber keine Wahl«, sagte der Magier, und Tolpan hörte, daß die Stimme des Mannes kalt wurde. »Dein Bruder macht sich am Morgen auf die Reise. Du mußt dann ebenfalls zum Aufbruch bereit sein. Es wird Par-Salian Stunden kosten, diesen komplizierten Zauber auswendig zu lernen und anzuwenden. Er hat bereits angefangen. In der Tat habe ich schon zu viel Zeit damit verloren, den Kender zu suchen. Wir sind spät dran. Komm mit.«

»Warte... meine Sachen...«, sagte Caramon jämmerlich. »Mein Schwert...«

»Darum brauchst du dir keine Sorgen zu machen«, antwortete Justarius. Offensichtlich hatte er gefunden, wonach er gesucht hatte; er zog einen silbernen Beutel aus seinen Roben. »Du darfst nicht in die Zeit zurückgehen mit einer Waffe oder einem Gerät aus der Gegenwart. Ein Teil des Zaubers wird vorsehen, daß du der Zeit angemessen gekleidet bist, in der du reist.«

Caramon sah verwirrt drein. »Du meinst, ich muß meine Sachen wechseln? Ich werde kein Schwert haben? Was...«

Und ihr wollt diesen Mann allein zurückschicken! dachte Tolpan empört. Er wird es kaum fünf Minuten überleben. Nein, bei allen Göttern, ich werde... Doch plötzlich verschwand er kopfüber in dem silbernen Beutel!

Alles wurde tintenschwarz. Er purzelte auf den Boden des Beutels und landete auf seinem Kopf. Hektisch mühte er sich ab, sich aufzurichten, scharrte mit seinen Klauen wild an den glatten Seiten der Tasche. Endlich saß er richtig.

Er zwang sich zur Ruhe und versuchte nachzudenken, was er jetzt tun sollte. Draußen konnte er zwei Paar Füße laufen hören: Caramons schwere, gestiefelte Füße und die hinkenden des Magiers. Tolpan spürte eine leichte, schaukelnde Bewegung und nahm das Geräusch wahr, wenn Stoff an Stoff reibt. Plötzlich wußte er, daß der rotgekleidete Magier den Sack, in dem er sich befand, an seinen Gürtel gehängt hatte!

»Was soll ich tun, wenn ich in der Zeit zurück bin? Wie soll ich danach zurückkommen…«

Das war Caramons Stimme, durch die Stofftasche etwas gedämpft, aber immer noch deutlich zu hören.

»Das wird dir alles erklärt werden.« Die Stimme des Magiers klang geduldig. »Hast du Zweifel? Hast du es dir vielleicht anders überlegt? Wenn ja, dann solltest du es uns jetzt sagen…«

»Nein.« Caramons Stimme klang bestimmt, so bestimmt hatte sie schon lange nicht mehr geklungen. »Nein, ich habe keine Zweifel. Ich gehe. Ich nehme Crysania mit zurück. Es ist meine Schuld, daß sie verletzt ist, egal, was der alte Mann sagt. Ich werde mich darum kümmern, daß sie die Hilfe, die sie braucht, erhält, und ich werde mich für euch um diesen Fistandantilus kümmern.«

Der große Mann redete drauf los, was er alles mit Fistandantilus anstellen würde, wenn er auf ihn stieße. Aber Tolpan fröstelte, so wie vorher, als Par-Salian in der Halle Caramon mit diesem seltsamen, traurigen Blick angesehen hatte. Der Kender vergaß, wo er sich befand, und jammerte leise.

»Pst«, murmelte Justarius abwesend und tätschelte den Beutel. »Du kommst bald in deinen Käfig zurück und frißt Körner.«

»Was?« fragte Caramon.

Tolpan konnte den verblüfften Blick des großen Mannes fast sehen. Der Kender knirschte mit seinen kleinen Zähnen. Das Wort »Käfig« rief ein fürchterliches Bild in seinen Gedanken hervor, und ein wahrhaft beunruhigender Gedanke kam ihm: Was ist, wenn ich nicht mehr zu mir selbst zurück kann?

»Oh, nicht du, Caramon!« sagte der Magier hastig. »Ich habe mit meinem kleinen, pelzigen Freund gesprochen. Er wird unruhig. Wenn wir nicht so spät dran wären, würde ich ihn zurückbringen.« Tolpan erstarrte. »Nun, er hat es sich gemütlich gemacht. So, was hast du gesagt?«

Tolpan hörte nicht mehr zu. Er klammerte sich mit seinen Klauen an den Beutel, der hin und her schaukelte. Der Zauber konnte sicherlich aufgehoben werden, sobald er den Ring abnahm!

Aber den letzten magischen Ring, den er getragen hatte, hatte er nicht abstreifen können! Wie, wenn es mit diesem genauso war? Sollte er auf ewig zu einem Leben in einem weißen Pelz mit rosaroten Füßen verdammt sein? Er legte eine Pfote auf den Ring, der immer noch an einem Zeh steckte, und zog ihn fast ab, nur um sicherzugehen.

Aber der Gedanke, plötzlich aus dem silbernen Beutel hervorzuplatzen, ein ausgewachsener Kender, und vor den Füßen des Magiers zu landen, gefiel ihm nicht. Er zwang sich, seine Pfote zurückzuhalten. Nein. Zumindest wurde er auf diese Weise dorthin gebracht, wohin Caramon gebracht wurde.

Vorläufig zerbiß er die Naht des Beutels, und bald konnte er etwas Rotes erblicken – die roten Roben des Magiers! Er atmete frische Luft ein und war darüber so glücklich, daß er das Loch eifrig erweiterte. Dann hielt er inne. Wenn er das Loch größer machte, würde er herausfallen. Und dazu war er erst bereit, wenn sie ihr Ziel erreicht hatten. Offenbar war es nicht mehr weit. Tolpan bemerkte, daß sie seit einiger Zeit eine Reihe von Stufen hochgestiegen waren. Er konnte Caramon keuchen hören, und sogar der rotgekleidete Magier schien ein wenig außer Atem zu sein. Plötzlich blieben sie stehen.

»Sind wir da?« fragte Caramon mit fester Stimme.

»Ja«, kam die geflüsterte Antwort. Tolpan strengte sich an, etwas zu hören. »Ich werde dich diese letzten Stufen hinaufführen, dann, wenn wir an diese Tür dort oben gelangt sind, werde ich sie sehr leise öffnen und dich eintreten lassen. Sag kein Wort! Sag nichts, was Par-Salian in seiner Konzentration stören könnte. Dieser Zauber beansprucht tagelange Vorbereitungen...«

»Du meinst, er wußte schon vor Tagen, daß er das tun würde?« unterbrach ihn Caramon barsch.

»Pst!« befahl Justarius, und seine Stimme färbte sich mit

Zorn. »Er mußte vorbereitet sein. Es war gut, daß er das tat, denn wir hatten keine Ahnung, daß dein Bruder beabsichtigte, so schnell vorzugehen!« Tolpan hörte den Mann tief Atem holen. Als er wieder sprach, war seine Stimme ruhiger. »Ich wiederhole, wenn wir diese letzten Stufen hochgegangen sind, sprich kein Wort! Verstanden?«

»Ja.«

»Tu genau das, was Par-Salian dir befiehlt. Stell keine Fragen! Gehorche einfach. Schaffst du das?«

»Ja.« Caramon klang jetzt gedämpft.

»Sehr gut.« Justarius zögerte, und Tolpan konnte spüren, wie sich sein Körper anspannte. »Ich werde mich hier von dir verabschieden, Caramon. Mögen die Götter bei dir sein. Was du tun wirst, ist gefährlich...« Dann seufzte der Magier: »Wenn dein Bruder es nur wert ist!«

»Das ist er«, sagte Caramon bestimmt. »Du wirst es sehen.«

»Ich bete zu Gilean, daß du recht hast... Nun, bist du bereit?«

»Ja.«

Sie stiegen langsam die Stufen hinauf. Der Kender spähte aus dem Boden im Beutel. Er würde nur Sekunden haben, das wußte er.

Die Stufen endeten. Er konnte einen breiten Treppenabsatz unter sich sehen. Das ist es! sagte er sich. Eine Tür quietschte. Er hörte Caramons langsame Schritte, die durch die Tür traten. Er hörte, wie sich die Tür zu schließen begann...

Tolpan sprang aus dem Beutel und fiel auf den Steinboden. Die Tür war fast geschlossen. Der Kender schlüpfte durch den Spalt und verschwand unter einem Bücherregal, das an der Wand stand.

Nach einigen Augenblicken hatte das Herz des Kenders seinen Schlag verlangsamt, so daß er hören konnte, auch wenn das Blut in seinen Ohren pochte. Unglücklicherweise sagten sie ihm wenig. Er konnte ein Murmeln hören. Aber das war auch alles. »Ich muß sehen!« sagte er sich. »Sonst weiß ich nicht, was vor sich geht.«

Während er unter dem Bücherregal hervorkroch, untersuchte der Kender genau die winzige Welt, in die er hineingeschliddert war. Es war eine Welt aus Krümeln, eine Welt aus Staubbällen und Zwirn, aus Nadeln und Asche, aus getrockneten Rosenblättern und feuchten Teeblättern. Möbel erhoben sich über ihm wie Bäume in einem Wald. Eine Kerzenflamme war die Sonne, Caramon ein monströser Riese.

Tolpan umkreiste vorsichtig die riesigen Füße des Mannes. Aus den Augenwinkeln erhaschte er eine Bewegung, er sah einen Fuß, der unter weißen Roben in einem Pantoffel steckte. Par-Salian. Schnell schoß Tolpan zur gegenüberliegenden Seite des Zimmers. Er hielt an, bevor er in einen Kreis trat, der mit silbernem Puder auf den Steinboden gezeichnet war. In der Mitte des Krcises, der im Kerzenlicht glitzerte, lag Crysania; ihre blicklosen Augen starrten immer noch ins Nichts, ihr Gesicht war weiß wie das Leinentuch, das sie einhüllte.

Hier sollte also der Zauber ausgeführt werden!

Tolpan krabbelte hastig zurück und kauerte sich unter einen umgedrehten Nachttopf. Außerhalb des Kreises stand Par-Salian, seine weißen Roben glänzten in einem schaurigen Licht. In seinen Händen hielt er einen mit Juwelen bedeckten Gegenstand, die funkelten und aufblitzten, wenn er ihn drehte. Der Gegenstand sah wie ein Zepter aus, doch war er bei weitem faszinierender. Einige Teile bewegten sich, während sich andere – und das war noch wunderlicher – bewegten, ohne sich zu bewegen! Par-Salian manipulierte gewandt den Gegenstand, faltete, bog und verdrehte ihn, bis er nicht größer als ein Ei war. Seltsame Worte murmelnd, ließ der Erzmagier ihn in seine Roben gleiten.

Obgleich Tolpan geschworen hätte, daß Par-Salian keinen Schritt gegangen war, stand er plötzlich in dem silbernen Kreis neben Crysania. Er beugte sich über sie, und Tolpan sah, daß er etwas in die Falten ihrer Roben schob. Dann begann Par-Salian einen magischen Singsang, bewegte seine knorrigen Hände in immer größer werdenden Kreisen über ihr. Als Tolpan schnell einen Blick auf Caramon warf, sah er ihn mit einem seltsamen Gesichtsausdruck neben dem Kreis stehen. Es war der Gesichtsausdruck eines, der irgendwo fremd ist, aber sich dennoch heimisch fühlt.

Natürlich, dachte Tolpan sehnsüchtig, er ist mit Magie aufgewachsen. Vielleicht ist das einfach so, als wäre er wieder mit seinem Bruder zusammen.

Par-Salian erhob sich, und der Kender war schockiert über die Veränderung, die über den Mann gekommen war. Sein Gesicht war um Jahre gealtert und grau, und er taumelte, als er stand. Er winkte Caramon, und der Mann trat sorgfältig über den silbernen Puder. Sein Gesicht war in Trance erstarrt, er stand stumm neben der reglosen Crysania.

Par-Salian holte aus seinen Roben ein Gerät hervor und hielt es Caramon entgegen. Der große Mann legte seine Hand darauf, und einen Augenblick hielten es beide gemeinsam. Tolpan sah, wie sich Caramons Lippen bewegten, obgleich er nichts hörte. Es war, als ob der Krieger sich etwas vorlese, einige magische Informationen auswendig lernte. Dann hörte Caramon zu sprechen auf. Par-Salian erhob seine Hände, und über dem Boden schwebte er aus dem Kreis in die Dunkelheit des Laboratoriums zurück.

Tolpan konnte ihn zwar nicht mehr sehen, aber seine Stimme hören. Der Singsang wurde lauter und lauter, und plötzlich richtete sich aus dem Kreis auf dem Boden eine Mauer aus silbernem Licht auf. Es war so hell, daß Tolpans rote Augen brannten; aber er konnte nicht wegsehen. Par-Salian schrie nun mit so lauter Stimme, daß selbst die Steine des Raumes auf einen Chor von Stimmen zu antworten begannen, der aus dem Boden aufstieg.

Tolpans Blick war auf diesen schimmernden Vorhang der Macht gerichtet. Hinter ihm konnte er Caramon neben Crysania stehen sehen; Caramon hielt immer noch das Gerät in der Hand. Nun verschwand das Laboratorium, und Wälder, Städte, Seen und Ozeane kamen und gingen. Menschen waren einen Augenblick zu sehen, verschwanden und wurden durch andere ersetzt.

Caramons Körper begann mit der gleichen Regelmäßigkeit zu pulsieren wie die seltsamen Bilder, als er in der Lichtsäule stand. Auch Crysania war da, und dann war sie wieder nicht da.

Tränen streiften Tolpans bebende Nase und glitten an seinem Schnurrbart herab. Caramon zieht in das größte Abenteuer aller Zeiten, dachte der Kender, und er läßt mich zurück!

Par-Salian hörte nicht den schwachen Laut. In sein Zaubern verloren, erhaschte er aus den Augenwinkeln nur eine flüchtige Bewegung. Zu spät sah er den Kender aus seinem Versteck flitzen, auf die silberne Wand aus Licht zu. Entsetzt brach Par-Salian seinen Singsang ab, die Stimmen der Steine klangen hohl und erstarben. In dem Schweigen, das folgte, konnte er die winzige Stimme vernehmen: »Verlaß mich nicht, Caramon! Verlaß mich nicht! Du weißt genau, in welche Schwierigkeiten du gerätst, wenn du ohne mich gehst!«

Der Kender lief durch den silbernen Puder, ließ eine funkelnde Spur zurück und stürmte in den erleuchteten Kreis. Par-Salian hörte ein schwaches Klirren und sah einen Ring, der auf dem Steinboden dahinrollte. Er sah eine dritte Gestalt sich im Kreis materialisieren, und er keuchte vor Entsetzen auf. Dann waren die pulsierenden Gestalten verschwunden. Über das Laboratorium senkte sich Dunkelheit.

Erschöpft brach Par-Salian auf dem Boden zusammen. Sein letzter Gedanke, bevor er das Bewußtsein verlor, war schrecklich.

Er hatte einen Kender zurück in die Zeit geschickt.